Renate Folkers
Ein Grab auf Sylt

Bibliografische Information der Deutschen Nationalbibliothek
Die Deutsche Nationalbibliothek verzeichnet diese Publikation in der Deutschen Nationalbibliografie; detaillierte bibliografische Daten sind im Internet abrufbar über http://dnb.ddb.de

www.niemeyer-buch.de

Umschlaggestaltung: C. Riethmüller
Der Umschlag verwendet Motiv(e) von 123RF.com
Druck und Bindung: Nørhaven, Viborg
Printed in Denmark
ISBN 978-3-8271-9516-6

Renate Folkers

Ein Grab auf Sylt

CW Niemeyer

Der Roman spielt hauptsächlich in allseits bekannten Stätten um Husum und auf Sylt, doch bleiben die Geschehnisse reine Fiktion. Sämtliche Handlungen und Charaktere sind frei erfunden.

Über die Autorin:

- 1950 auf Nordstrand bei Husum geboren
- nach der Schule Ausbildung zur Verwaltungsfachangestellten
- insgesamt über 25 Jahre an Schreibtischen öffentlicher Arbeitgeber
- von 1978 bis 1988 Familiengründung und Kindererziehung (4)
- 2001 Lebensmittelpunkt nach Minden verlegt
- 2009 Abschied aus dem Berufsleben und mit dem Schreiben begonnen
- größte Herausforderung als Autorin der 2014 fertiggestellte Kriminalroman „Der Tote hinter dem Knick“

Mehr über Renate Folkers und ihre Aktivitäten erfahren Sie auf Facebook.

Ein Autor ist jemand,
der seinen Geist gelehrt hat,
sich unpassend zu benehmen.
(Oscar Wilde)

‚HIN UND WIEDER AUSSERGEWÖHNLICHEN SEX IN ERSTKLASSIGEM AMBIENTE ERHÖHT DIE GENUSSFÄHIGKEIT', stand in großen Lettern auf dem Titelblatt einer Zeitschrift. Genau das hat er sich gegönnt, außergewöhnlichen Sex in erstklassigem Ambiente, intensivsten Genuss.

Hannes schließt den Reißverschluss seiner Hose und zupft das Hemd zurecht. Er schaut in den Spiegel, der die Sicht auf das luxuriöse Doppelbett im Nebenzimmer freigibt. Wie tot liegt der junge Frauenkörper inmitten der mit seidener Bettwäsche bezogenen Kissen und Decken. Das dichte, leuchtend rote Haar, das anfangs zu einem Zopf geflochten gewesen war, schlängelt sich wie züngelndes Feuer auf dem champagnerfarbenen Kissen.

„Nimm das Band aus dem Haar", hatte er gesagt, es ihr aus der Hand gezogen und um den Hals gelegt. Seine Finger hatten das Geflecht der Haare gelöst. Die wilde Mähne, die nun ungebändigt ihre Schultern berührte, verdeckte teilweise ihr Gesicht. Der schlanke, nackte Körper wand sich wie der einer Schlange. Ihre Augen mit Riesenpupillen, die sich in seinem Blick versenkten, hatten ihn in Ekstase versetzt und seine Hände die Enden des weinroten samtenen Haarbandes zusammenziehen lassen. Luftnot ließ sie auf das Bett sinken. In diesem Augenblick glaubte er, sie sei in anderen Sphären. Bewegungslos der Körper, nur der regelmäßige Rhythmus des Atems, der die Nasenflügel hob und senkte, ließ ihn wissen, dass sie nicht tot war. Das war das Spiel, das er liebte, das ihn reiten ließ auf einer Welle, die ihn erregte und berauschte, ihm eine an Wahnsinn grenzende Entspannung bescherte.

Karenina war keine professionelle Prostituierte, dafür war sie zu jung. Auf etwa fünfzehn Jahre schätzte er sie. Die meisten Mädels hier waren unwesentlich älter und auf Drogen, damit sie das Geschäft nicht ruinierten. Der Stoff machte sie auf unproblematische Art gefügig. Eine lohnende Investition für die Betreiber des Bordells. Die Zuhälter waren wenig zimperlich. Wer nicht parierte, wurde bedroht, geschlagen, gegebenenfalls rigoros aus dem Verkehr gezogen. Ein Scheißgeschäft irgendwie, und er machte mit. Er zahlte nicht schlecht, und wenn er nicht käme, gäbe es genügend andere. Immerhin behandelte er sie gut.

Karenina war high, das hatte ihm ihr Blick bereits beim Betreten des Etablissements verraten. Zwangsweise enthemmt, damit der Kunde zufrieden war, so konnte man es wohl ausdrücken. Genau das war es, was die Sache für ihn so reizvoll machte, dieses Enthemmtsein. Er liebte die jungen Mädels. Sie waren unverdorben, gefügig und sie konnten einen, wie gesagt, zum Wahnsinn treiben.

Seit seinem Umzug nach Husum war er nicht mehr hier gewesen. Das Etablissement, in dem er regelmäßig verkehrt hatte, war aufgeflogen. Er hatte davon in der Zeitung gelesen. In einer Nacht- und Nebelaktion hatten Polizei, Gewerbeamt, Zoll und Finanzbehörden erfolgreich zugeschlagen. Menschenhandel, Zuhälterei und Schutzgelderpressung wurden den Betreibern des illegalen Bordells vorgeworfen. Wegen Zwangsprostitution und sexueller Ausbeutung waren seine Kontaktperson und mit ihr einige Mitglieder des Schleuser- und Drogenrings in Haft genommen worden.

Einige Tage später hatte man ihn angerufen und informiert, dass das Etablissement aus gegebener Veranlassung habe verlegt werden müssen. Leider sei Irina, das von ihm bevorzugte Püppchen, wie der Anrufer sich ausdrückte, wegen Vertrauensmissbrauch nicht mehr im Geschäft. Später hatte er erfahren, dass sie in Abschiebehaft gekommen war. Die Organisation hatte mit anderen Hintermännern die Stammkunden weiter bedient und ihm, wegen seiner Vorliebe für ganz junge Mädchen, ein perfektes Äquivalent zu Irina angeboten. Die Sache war ihm zu heiß gewesen, deshalb hatte er vorerst keinen Gebrauch davon gemacht.

Nun schien Gras über die Angelegenheit gewachsen zu sein. Er gönnte sich ein Wohlfühlwochenende in Düsseldorf, seiner alten Heimat, und dazu gehörte zweifelsfrei auch dieser Besuch.

In seine Gedanken versunken nimmt er Platz in dem pompösen schwarz-rot-goldenen Plüschsessel. Er rückt ihn so zurecht, dass er über den Blick in den Spiegel die Frau auf dem Bett im Auge behält.

Damals war er guter Kunde gewesen, vertrauenswürdig, und hatte, was die Auswahl der Mädels betraf, immer eine bevorzugte Behandlung genossen. Auch heute war er nicht enttäuscht worden.

Seit jenem Tag, an dem er Tanja begegnete, war er süchtig nach dem Kick, den Mädchenkörper in ihm auslösten. Tanja war dreizehn und die Tochter seines Nachbarn in der Düsseldorfer Straße in Oberkassel. Paul Gerhard hatte ihn zu einer Gartenparty eingeladen. Sie hatten nie großartig Kontakt gehabt, aber eines Tages gab Paul in der Nachbarschaft bekannt, dass er am Wochenende eine Fete veranstalten würde. Es könne an diesem Abend etwas lauter zugehen, und wer Lust habe, möge vorbeikommen. Hannes selbst hatte keinen Garten, er wohnte in der Einliegerwohnung seines Vermieters, die lag im ersten Stock gegenüber vom Haus der Gerhards. Von seiner Wohnung aus konnte er in ihren Garten sehen.

„Macht mir nichts aus", hatte er zu Paul gesagt. „Ich werde mir das Spektakel von oben anschauen. Aber danke fürs Bescheidgeben."

„Komm doch einfach vorbei, wenn du nichts Besseres vorhast", war es Paul spontan über die Lippen gekommen. „Essen, trinken und Spaß garantiert. Das Tanzbein kann übrigens auch geschwungen werden, das solltest du dir nicht entgehen lassen."

Tatsächlich hatte er fürs Wochenende nichts geplant und sich am Samstag kurzerhand entschlossen, zu den Gerhards zu gehen. Pauls Frau Lene kannte er flüchtig. Manchmal hatten sie einander zugewunken, wenn er auf dem Balkon, sie zufällig im Garten gewesen war.

Lene freute sich sichtlich, ihren Nachbarn persönlich kennenzulernen. Spontan zeigte sie ihm das Haus. Hannes gefiel ihre offene Art. Sie war eine Frau zum Schockverlieben, wie er fand. Sie trug ein schwarzes, schulterfreies Kleid. Ihre braunen Locken, die bei jedem Schritt wie kleine Spiralfedern wippten und auf den nackten Schultern tanzten, faszinierten ihn. Und sie verströmte einen betörenden Duft.

„Hier ist das Reich von Tanja", sagte Lene. Nachdem sie angeklopft hatte, öffnete sie die Kinderzimmertür. Hannes war verblüfft über die Ähnlichkeit von Mutter und Tochter.

„Kannst nicht leugnen, dass sie deine Tochter ist. Hübsch wie die Mama. Hallo, Tanja."

„Das ist unser Nachbar Hannes Baum, er wohnt drüben bei den Schünemanns. Tanja ist dreizehn. Wie alle Mädchen in ihrem Alter ist sie von Zeit zu Zeit nicht ganz unkompliziert", hatte Lene gesagt und Hannes dabei zugezwinkert. Hübsche braune Augen hatte Lene. Eine Art ewiges Lächeln lag in ihnen und eine unergründliche Tiefe.

Dem Gesichtsausdruck des Mädchens entnahm er, dass die Beschreibung „nicht ganz unkompliziert" deutlich untertrieben war.

„Was macht ein Mädchen in deinem Alter denn so in seiner Freizeit?", hatte Hannes sie zu einem Gespräch zu ermuntern versucht.

„Da mach ich was, wovon ältere Männer ganz bestimmt keine Ahnung haben."

„Tanja!"

„Lass nur, Lene, ist schon in Ordnung. Ich spiele die neuesten Nintendo-Spiele, schon mal was davon gehört? Ich rede hier nicht von Papieralarm im Pilzkönigreich. Bin leider ein richtiger Stubenzocker, wenn man so will."

„Echt? Krass! Können wir zusammen mal was machen?"

Er hatte Tanja aus dem Schneckenhaus gelockt, darauf konnte er sich, nachdem sie ihn als älteren Mann betitelt hatte, etwas einbilden.

„Klar, sag Bescheid, wenn du mal Lust und Zeit hast, mit einem älteren Mann ein Spiel zu machen." Die Spitze konnte er sich nicht verkneifen.

Später war Tanja sogar auf der Party erschienen, hatte seine Nähe gesucht. Das fand er interessant, wo sie am frühen Abend noch mit Nullbockstimmung kokettiert hatte.

Das Fest war in vollem Gang, es wurde getanzt.

„Darf ich um einen Tanz bitten, Prinzessin?", fragte er sie.

„Oh mein Gott, was ist das denn für eine Ansage? Willkommen bei Anna und Elsa im Eisprinzessinnenland. Aber nein, ich kann nicht tanzen“, maulte sie und verdrehte die Augen.

„Kann ich nicht, gibt's nicht. Sicher hast du schon mal so richtig abgetanzt, oder? Komm, ich zeig's dir.“

Widerwillig hatte sie sich mit ihm ins Getümmel begeben.

„Klappt doch super. Du bist die geborene Partymaus!“

Bei der schnulzigen Schmusemusik zog er sie dicht zu sich heran.

„Mach am besten die Augen zu, die Füße tanzen automatisch die richtigen Schritte, lass dich einfach fallen.“

Während er sie in seinen Armen hielt, dachte er an Lene und ihre wippenden Locken. In einem Anflug von, er wusste selbst nicht wie, passierte es. Er beugte sich zu ihr herab, küsste sie und schob gierig seine Zunge in ihren Hals.

„Lass das, das ist eklig!“, hatte Tanja geschrien, woraufhin er sie noch enger an sich gezogen und seinen erigierten Penis gegen ihren Bauch gedrückt hatte.

„Stell dich nicht so an, das gehört zum Erwachsenwerden dazu“, hatte er gekeucht. „Da können wir doch schon mal ein bisschen üben.“

Sie hatte sich von ihm losgerissen und ihn angeschrien: „Igitt, das ist so eklig, du bist pervers!“

Vor allen Gästen hatte er dagestanden, schrecklich blamiert. Er ging davon aus, dass aufgrund der lauteren Musik nur er mitbekommen hatte, was genau Tanja gekreischt hatte. Doch die Leute hatten abwechselnd ihn angesehen und Tanja hinterher geschaut, die daraufhin ins Haus gerannt war.

„Was ist passiert?“, hörte er Pauls Stimme.

„Lass nur, sicherlich hat Tanja wieder einen von ihren abscheulichen Trotzanfällen. Das ist das Alter, sie kommt schon wieder zu sich. Mach dir nichts draus, Hannes", hatte Lene sich eingemischt, der das schlechte Benehmen der Tochter vom frühen Abend in den Sinn kam. Offensichtlich ging Lene tatsächlich von einem harmlosen kleinen Zwischenfall aus, der von ihrer pubertären Tochter mit viel Aufsehen hochgespielt wurde.

Dankbar hatte er Lene angelächelt und ihren Ball aufgenommen: „Manchmal sind sie ein bisschen empfindlich in dem Alter. Das darf man nicht zu ernst nehmen."

Eine gewagte Aussage, aber irgendwie musste er den Kopf aus der Schlinge kriegen. Das war ihm gelungen, wie er fand.

Die Sache hatte zwar kein Nachspiel, was ein Aufgreifen des Vorfalls durch die Eltern anging, doch er selbst hatte sie nie vergessen. Das Gefühl der Zurückweisung, in höchster Erregung stehen gelassen und vor versammelter Mannschaft blamiert zu werden, nagte an seinem Selbstwertgefühl. Sie hatte ihn vorgeführt, er war gescheitert und bloßgestellt worden!

Diese Begebenheit war das Schlüsselerlebnis, das in ihm diesen innerlichen Zwang auslöste, seine Gier nach jungen Frauen, Kinderfrauen, zu befriedigen. So war er in den Puffs gelandet. Hier gab es keine Blamagen.

Dessen ungeachtet lässt ihn der Gedanke, sich an der Gattung Frau insgesamt rächen zu müssen, nicht in Ruhe. Er wird ihn nicht los.

Verdrängt hatte er die abscheulichen Erlebnisse aus der Zeit, als er selbst noch minderjährig, etwa zwölf Jahre alt war. Die Erinnerungen wären vielleicht nicht wieder so nah an ihn herangekommen, wenn er nicht kürzlich zufällig in der Süddeutschen Zeitung ein Interview mit dem Publizisten Fritz Raddatz gelesen hätte. Tief in seinem Inneren hatten die schrecklichen Geschehnisse geschlummert, bis er auf dieses Interview gestoßen war.

Ähnlich wie Fritz Raddatz war auch er missbraucht worden. Seine Mutter - sie hatte nach dem Tod des Vaters noch einmal geheiratet - hatte ihn verführt. Hannes musste ihr und ihrem Mann im Schlafzimmer beim Sex zuschauen. Danach hatte der Mann sich an ihm vergangen. Freunde hatte er damals nicht. Mit wem hätte er darüber reden sollen? Vielleicht mit seiner Lehrerin, aber die Scham war groß. Er konnte sich niemandem anvertrauen.

Die Verletzungen sitzen tief. Die plötzlich wieder aufkeimenden Erinnerungen produzieren Gefühle zwischen Hass, Wut und Erniedrigung. Sie fordern eine Wiedergutmachung. Wenn er Ruhe finden will, muss er sich revanchieren! Er ist überzeugt, dass die Frauen ihm etwas schuldig sind. Zwei Frauen tragen dafür die Verantwortung, dass er so geworden ist: seine Mutter und Tanja.

Die Mutter ist tot. Sie hatte ihm keine Geborgenheit gegeben, Nähe nicht zugelassen. Jedenfalls nicht die Nähe, die ihm als Junge nach dem Tod des Vaters so sehr gefehlt hatte. Anstatt ihn zu trösten, hatte sie ihn lächerlich gemacht vor anderen. Beschimpfungen und Bestrafungen waren das tägliche Brot. Die Gedanken an seine Kinderjahre fühlen sich kalt, leer und schmerzhaft an.

Er spürt tief in seinem Inneren ein Gefühl von Hass, wenn die Erinnerungen sich, wie jetzt, in sein Gedächtnis schleichen. Körperliches und seelisches Leid, Zurückweisung und Spott, Schmerz. Das kann so nicht bleiben. Die jungen Dinger können nichts dafür, die Frau an sich ist der Übeltäter.

Karenina ist aus ihrem Rausch aufgewacht. „Du bist noch da! Wie spät ist es?"

„Wir haben noch Zeit."

Trotz seiner sarkastischen Gedanken, der Verletztheit mit Rache und Vergeltung zu Leibe zu rücken, schafft er es, der jungen Frau ein Lächeln zu schenken. Er legt den vereinbarten Betrag und ein anständiges Trinkgeld neben sie auf das Kopfkissen.

Sieht aus wie ein Traum, denkt er beim Anblick des makellosen Körpers in der luxuriösen Umgebung. Im Gehen streichelt er ihre Wange.

Lautlos lässt sich die Tür ins Schloss ziehen. Der dicke Teppich auf dem langen, schmalen Flur schluckt jegliches Geräusch. Er zählt die Türen zu den Zimmern nicht. Es mögen zwanzig oder mehr sein, hinter denen täglich illegal mit Prostitution Geld verdient wird. Und er ist dabei.

Den Code zum Öffnen der stählernen Brandschutztür am Ende des Flures entnimmt er dem in Augenhöhe neben dem Türrahmen befindlichen Kästchen. Durch Eingabe der angegebenen Zahlenkombination und dem Drücken der Okay-Taste springt die Verriegelung der schweren Tür auf.

Kurz darauf betritt er den nackten Betonboden des dritten Obergeschosses. Hier werden in Kürze ein Friseursalon und eine Massagepraxis ihre Tore öffnen, verrät ein Aufsteller. Der Gebäudekomplex besteht aus drei Etagen. Auf den ersten beiden haben Firmen, Anwälte, Versicherungen und Ärzte ihre Büros und Praxen. Dass sich über ehrbaren Bruttosozialprodukt-Erzeugern ein Bordell vom Feinsten befindet, ahnt niemand. Hier wird gedealt, mit der Ware Mensch gehandelt und im großen Stil Kohle am Fiskus vorbei verdient. Doch was haben ihn die Dinge zu interessieren? Er bereichert sich nicht mit, er nimmt eine Dienstleistung in Anspruch und zahlt dafür. Puffs hat es immer schon gegeben. Er hat sich nichts zuschulden kommen lassen, hier nicht und auch sonst nicht. Es ist ein Geschäft. Zweihundert Euro die Stunde für Sex in exklusivem Ambiente inklusive einer Flasche Mumm Dry, das ist okay. Heute hatte er eineinhalb Stunden gebucht.

Er ist dabei, sein Leben neu einzurichten. Der heutige Tag dient dem endgültigen Abschied von Düsseldorf und dem illegalen Bordell mit minderjährigen, zur Prostitution gezwungenen Frauen. Er will Distanz, den Rückzug aus jener Art Leben.

Er geht ein Stockwerk zu Fuß die Treppe hinunter, nimmt von hier aus den Aufzug ins Erdgeschoss. Der Fahrstuhl gleitet nach unten. Der direkte Weg führt ihn an einem Informationsschalter vorbei. Unauffällig, als würde er aus einem der Büros kommen, verlässt er das Gebäude. Auf der Straße herrscht rege Betriebsamkeit. Ein paar Mal tief durchatmen, und er ist in der Realität wieder angekommen. Die Rachegedanken verflüchtigen sich ebenso wie die Erinnerungen an Karenina.

Er betrachtet sein Spiegelbild in der Fensterfront eines Herrenausstatters, ist zufrieden mit seinem Aussehen.

Die hellblaue Jeans mit aufliegenden Nähten macht eine ausgesprochen gute Figur. Hässlich sieht anders aus, sagt er zu sich selbst. Unter dem Ton in Ton zur Hose ausgewählten blau-grün karierten Hemd strahlt ein weißes T-Shirt, das seinen braunen Teint optimal zu Geltung bringt. Die kinnlangen blonden Haare hat er hinter die Ohren geschoben, Ponyfransen fallen lässig in die Stirn. Verwegen, abenteuerlich. Ja, so mag er sich. Zweiundvierzig Jahre und kein graues Haar.

„Ich sollte mich als Model bei Dolce & Gabbana bewerben", brummelt er und grinst in sich hinein.

Im Block House in der Altstadt am Burgplatz werde ich eine Kleinigkeit essen. Ausgezeichnete Steaks soll es dort geben. Danach kann der Abend im Hotel gemütlich ausklingen.

Er winkt ein Taxi heran, lässt sich lässig in den Beifahrersitz fallen und gibt dem Fahrer Anweisung, wohin es gehen soll. Als das Handy einen Anruf meldet, weist er das Gespräch ab und klappt den Deckel der ledernen Hülle zu.

Wer immer du auch bist, lass mich in Ruhe, es ist Feierabend, und was für einer.

Kurze Zeit später zahlt er das Fahrgeld und steigt aus dem Wagen.

Das sieht ja ganz schlecht aus, nicht ein einziger freier Platz hier draußen, denkt er bei sich, als sein Blick den Außenbereich des Restaurants inspiziert.

„Sie können hier Platz nehmen, wir gehen!" Eine Frau, die seinen suchenden Blick beobachtet hat, winkt zu ihm herüber. Wie ein Blitz durchzuckt es ihn.

Mutter, fährt es ihm durch den Kopf.

So ein Unsinn, Mutter ist tot. Aber verdammt viel Ähnlichkeit hat diese Frau mit seiner Mutter.

„Scheint heute der Tag der bösen Erinnerungen zu sein", brummelt er vor sich hin.

„Das ist nett von Ihnen, danke", stammelt er und zieht sich einen Stuhl zurecht. Von seinem Platz aus hat er einen Überblick über die gesamte Terrasse. Die Augen verlieren sich suchend in der Menge der Menschen um ihn herum.

Dass die Frau ihn an seine Mutter erinnert, muss mit den gruseligen Erinnerungen, die immer noch in seinem Kopf herumspuken, zusammenhängen. Das Feindbild Mutter.

Doch auch Tanja geht ihm nicht aus dem Sinn.

Er denkt an ihren schlanken Mädchenkörper, den er mit seinen Armen umschlungen hielt. Und an die Erregung, die plötzlich in ihm aufgestiegen war. Bis dahin war alles gut, bis die kleine widerborstige Göre sich aus seinen Armen befreit und laut zu schreien angefangen hatte.

„Das ist eklig!“ Die Worte klangen in seinen Ohren, wann immer er später daran gedacht hatte. Auch in diesem Augenblick dröhnt in seinem Kopf der Widerhall der Worte. „EKLIG!“

Und dann haut das kleine Luder ab, lässt mich stehen und alle kriegen es mit.

Er redet sich innerlich in Rage, greift mit beiden Händen an seinen Kopf und durchkämmt mit den Fingern die Haare.

Niemals werde ich diese peinliche Bloßstellung vergessen. Abgeblitzt von einer kleinen Zicke.

Die verkrampften Hände lösen sich und sein Blick kehrt zurück zu den Menschen an den Nachbartischen. Erst jetzt bemerkt er, wie einige der Gäste in seine Richtung starren. Mit einem Räuspern nimmt er eine andere Sitzposition ein und verschenkt ein verzerrtes Lächeln in alle Richtungen. Er nimmt die Getränkekarte zur Hand.

Ich werde mir etwas sehr Spezielles ausdenken. Mit dem Alten aufräumen gehört zu einem Neubeginn.

„Darf ich Ihnen schon etwas zu trinken bringen?“, holt ihn der Ober aus seinen Gedanken.

„Gerne, eine Bloody Mary, bitte“, kommt es ihm wie selbstverständlich über die Lippen.

„Virgin oder mit Umdrehung?“

„Mit, bitte."

Die nervös auf der Tischplatte trommelnden Finger kommen zur Ruhe. Der spitze Gesichtszug verschwindet. Eine Bloody Mary. Ihm gefällt sein spontaner Entschluss, gerade dieses Getränk bestellt zu haben, das mit einem Mal eine weitaus bedeutendere Relevanz als nur die des die Katerstimmung vertreibenden Drinks bekommt. Eine außerordentlich interessante und spannende Bedeutung. Die Betonung liegt auf *bloody*, oder nicht?

„Möglicherweise", murmelt er in sich hinein. „Noch kann ich es nicht abschätzen. Was für ein schöner Sommerabend."

Das Essen im Block House war hervorragend. Gegen zweiundzwanzig Uhr steigt Hannes am Düsseldorfer Carathotel in der Benrather Straße aus dem Taxi.

Er steuert direkt die Wintergarten-Bar an, um seine Mails zu checken und einen Absacker zu bestellen. Nur wenige Tische sind besetzt. Er nimmt Platz am Tresen und bestellt einen Dry-Martini-Cocktail. Sein Lieblingsgetränk, wenn ein Tag nach einem harmonischen Ausklang verlangt.

Die brünette Bedienung serviert das Getränk und stellt ein Schälchen mit Oliven neben das Glas. Genüsslich zerkleinern seine Zähne die fein salzige, grüne Frucht, die er mit Gin und Martini hingebungsvoll herunterspült. Er überlegt kurz, einen weiteren Cocktail zu bestellen, entscheidet sich aber doch, sein Zimmer aufzusuchen.

„Den Drink buchen Sie bitte auf Zimmer Nummer dreihundertfünf“, sagt er. „Plus zwei Euro Tipp für Sie“, fügt er lächelnd hinzu.

Frau Merlot belohnt seine Großzügigkeit mit einem flüchtig in seine Richtung gehauchten Kuss. Hannes kritzelt seinen Namenszug auf den Beleg und verschwindet mit einem Augenzwinkern in Richtung Fahrstuhl. Sein Zimmer liegt im dritten Stock.

Ein kurzer Klick und die Karte hat das Türschloss entriegelt. Beim Betreten des Raumes empfängt ihn ein dezenter Duft, der ihn an das Etablissement vom Nachmittag erinnert. Er lässt den Blick schweifen.

Oh, mal eine andere Art von Betthupferl als diese langweilige Schokolade oder Gummibärchentüten, denkt er bei sich, als er einen grünen Apfel auf dem Kopfkissen entdeckt. Das Zimmer ist ruhig nach hinten zur Wintergarten-Bar gelegen, ausgestattet mit einer Nespresso-Maschine. Er liebt es, am Morgen schlaftrunken aus dem Bett zu steigen, die Maschine einzuschalten und sich mit dem kleinen starken Kaffee mit einer Prise Kardamom und viel braunem Zucker noch einmal ins Bett zurückzuziehen. So kann ein Tag beginnen!

Seine Umhängetasche legt er auf dem Sessel ab und beginnt sich zu entkleiden, um ein ausgiebiges Duschbad zu nehmen.

Später, vor dem Einschlafen, zappt er sich noch eine Weile durch die Fernsehprogramme, löscht schließlich das Licht und lässt den Tag vor den geschlossenen Augenlidern Revue passieren.

Der Bordellbesuch am Nachmittag war eine gute Idee gewesen. Es sollte sein letztes Amüsement in diesem Haus gewesen sein, so hatte er es jedenfalls geplant.

Man soll eine Sache erst ordentlich zu Ende bringen, bevor man etwas Neues beginnt, hatte seine Oma oft zu ihm gesagt. Das klang nach geordnetem Leben. Und damit wollte er jetzt beginnen.

Er denkt an die junge Nutte Karenina und überlegt, welche Chancen sie hätte, aus dem Milieu auszusteigen, wenn sie es wollte. Das würde die Organisation nicht zulassen, und die Wahrscheinlichkeit, dass man sie, bevor es dazu käme, einfach verschwinden ließe, wäre groß. So, wie sie Olga aus dem Verkehr gezogen hatten.

Die Geschichte mit Olga steckt ihm immer noch tief in den Knochen. Er ist glimpflich davongekommen, die Sache hätte auch anders ausgehen können.

Seine Gedanken driften ab. Er denkt an die Reise, die unter anderen Umständen ein wunderbares Erlebnis gewesen wäre.

Damals, er hatte seinen Wohnsitz noch in Düsseldorf, verkehrte er regelmäßig in dem Bordell von Igor und seinen Männern. Eines Tages wollte ihn der Boss der Russengang als Mitarbeiter anwerben. Hannes lehnte ab. Doch Igor war hartnäckig.

„Keine großen Sachen", hatte er sein Ansinnen heruntergespielt. „Nur mal aushelfen, wenn's eng wird. Natürlich wird gut bezahlt, sehr gut."

Wenngleich er sich nicht hatte vorstellen können, welcher Art seine Mitarbeit in diesen Kreisen sein sollte, hatte das Geld gelockt und er schließlich eingewilligt, doch Drecksarbeit wollte er nicht erledigen.

„Keine großen Sachen, mal aushelfen" klang verlockend und Geld konnte er immer gebrauchen.

Fast vergessen war seine Zusage von damals, als er plötzlich Anfang November letzten Jahres einen Anruf erhielt.

Für zwanzigtausend Euro zuzüglich Spesen sollte er die junge Prostituierte Olga aus dem Weg schaffen.

Igors Nötigungen nahmen kein Ende, er setzte ihn unter Druck. Hannes sah sich gezwungen, den Auftrag anzunehmen.

Seine Gefühle fuhren Achterbahn. Igor hatte ihm keine Wahl gelassen, und weil er die rigorosen und skrupellosen Repressalien der Bande fürchtete, hatte er seine Chancenlosigkeit gesehen und es blieb bei der Einwilligung. Über mögliche Konsequenzen hatte er nicht nachgedacht.

Er würde mit Olga auf einem großen Kreuzfahrtschiff von Hamburg nach New York reisen. Die Rückreise nach Deutschland sollte er allein antreten. Man verlangte mehr von ihm, als er jemals in seinem Leben an krimineller Energie aufgewendet hatte.

Eine Anzahlung von zehntausend Euro war für ihn vor Antritt der Reise in bar in einem Umschlag an der Rezeption eines Hotels hinterlegt worden. Weitere zehntausend Euro sollten nach seiner Rückkehr für das Beweisfoto, dass sie tot war, fließen. Eine Menge Geld, aber so ausgebufft und abgebrüht, ein Menschenleben auszulöschen, war er nicht. Doch er wusste, dass man ihn nicht in Ruhe lassen würde, wenn er das großzügige Angebot, wie Igor es nannte, nicht annahm.

Die minderjährige Olga kam aus der Ukraine und natürlich war sie illegal in Deutschland. Sie arbeitete als Prostituierte für Igor, dem Boss des Zuhälterringes, der mit einer großen Anzahl junger Frauen Riesengeschäfte machte.

Wegen verschiedener Delikte stand sie auf der Fahndungsliste der Polizei. Ein geschädigter Juwelier hatte eine perfekte Personenbeschreibung abgegeben, nach der ein Phantombild gefertigt worden war, das einem Foto der Frau gleichkam. Nun hing es an fast jeder Litfaßsäule, und dass man sie schnappen würde, war nur eine Frage der Zeit.

Vielseitig war Olga unterwegs gewesen: Räuberischer Diebstahl, Handtaschenraub, Betrug. Igor musste handeln. Der Kopf der Bande hatte beschlossen, Olga auf schnellstem Wege verschwinden zu lassen, denn hätte man sie geschnappt, wäre die Polizei sehr schnell auf Igor gekommen und er wäre erledigt gewesen. Aufgeflogen, wie andere vor ihm. Natürlich hätten seine Leute das Mädchen auch in Düsseldorf aus dem Verkehr ziehen können, aber die Düsseldorfer Polizei hatte eine Menge fähiger Leute und deshalb war es sicherer, sich die Sache etwas kosten zu lassen.

An einem Tag im November checkten Hannes und Olga in Hamburg auf dem Kreuzfahrtschiff ein. Der mächtige Schiffskörper des Luxusliners wirkte trotz seiner Größe elegant und graziös. Die maritime Farbgebung verlieh ihm eine edle Nuance. Nicht nur von außen war dieses Schiff beeindruckend. War man erst ins Innere gelangt, kam man aus dem Staunen nicht heraus. Exquisit und luxuriös das Ambiente, ob Kino, Theater oder Bibliothek. Überwiegend exquisit und elitär auch die Gäste. Mehr als dreitausend sollte das Schiff in Kabinen und Luxussuiten aufnehmen können, das Bordpersonal nicht mitgerechnet.

Hannes' und Olgas Kabinen befanden sich auf unterschiedlichen Decks. Er hatte eine luxuriöse Balkonkabine ohne Sichtbehinderung auf Deck neun bezogen. Für Olga war eine Innenkabine auf einem der unteren Decks gebucht. Er ließ das Mädchen in dem Glauben, zu seiner eigenen Sicherheit für eine Weile aus Deutschland verschwinden zu müssen. So war sie guter Dinge, genoss die Fahrt und hielt sich an die Absprache, sich gemeinsam mit ihm nicht in der Öffentlichkeit zu zeigen.

Anfangs hatte er Gefallen an der Reise, besuchte nach dem Abendessen eine Show oder ein Konzert und traf anschließend, scheinbar zufällig, an der Bar auf Olga, um später in seiner Kabine die Nacht mit ihr zu verbringen.

Die eingeschleusten Drogen hatte er sorgfältig eingeteilt. Jeweils auf seine Bedürfnisse abgestimmt, hatte er Olga mit den Päckchen versorgt. So konnte er sich bedienen, an ihr seine Vorlieben ausleben, an ihr und ihrem Mädchenkörper.

Es war der letzte Abend an Bord. Er hatte Olga die Karte für seine Kabine zugesteckt, während er noch eine Weile an einem Fenster Platz nahm und auf den Atlantik schaute, auf dem ein diesiger Schleier lag. Er hing seinen Gedanken nach, dachte an das Mädchen und an seinen Auftrag, der in greifbare Nähe rückte. Unbehagen befiel ihn und beim Blick auf die Wellen verspürte er nicht wie sonst die Vorfreude auf die Nacht und das Verlangen nach der jungen Frau. Ein Druckgefühl im Brustbereich breitete sich aus. Er versuchte es zu ignorieren.

Gigantisch, wie der mächtige Schiffskörper das Wasser verdrängte. Vor seine Augen trat das Bild der riesigen Blätter der Schiffsschrauben, die er sich vor zwei Tagen auf dem oberen Deck angesehen hatte. Gewaltig und beeindruckend standen sie da, die in der Sonne glänzenden Wasserpropeller.

Warum nicht hier?, war ihm die Frage durch den Kopf geschossen. *Das Ergebnis zählt, nicht das Wo und Wie!*

Die Auftrag lautete, dass Olga in New York aus dem Fenster ihres Hotelzimmers stürzen sollte, aber das hier? Das Blut in seinen Adern hatte mächtig zu pulsieren begonnen, und die Wirkung der Cocktails sorgte für Turbulenzen in seinem Kopf. WARUM NICHT HIER?

Den Gedanken hatte er kaum aushalten können. Nicht zwangsläufig würde man einen Sturz über die Reling von der Brücke oder dem Observationsdeck aus beobachten. Nein, niemand würde es mitbekommen. Es war dunkel und diesig. Die Gäste, die sich um diese Zeit an Deck aufhielten, waren Verliebte, nicht Detektive. Es wäre nicht das erste Mal, dass auf einer Kreuzfahrt eine Person über Bord ging, und die mörderische See gab selten wieder jemanden frei.

Hineingesteigert hatte er sich in die Idee, es jetzt und gleich zu tun, und halblaut vor sich hin gedacht: „Wenn es heute Abend passiert, und wenn niemand ‚Mann über Bord' schreit, wenn der unvorstellbare Sog der Schiffsschrauben ... Sie wird nichts spüren."

Er hatte das Gefühl, ihm würde der Schädel platzen, und wie besessen von der Idee, die sich in seinem Kopf gerade zusammengebraut hatte, war ihm die Ausführung seines Auftrages plötzlich wie ein Kinderspiel vorgekommen.

Die zierliche Olga würde sich über die Reling beugen und wenn er wieder hinschaute, wäre sie nicht mehr da. Nicht neben ihm und auch in den dunklen Wellen nicht. Und da sie offiziell nichts miteinander zu tun hatten, musste er sie auch nicht als vermisst melden.

Er nahm eine aufrechtere Sitzposition ein. Ein Blick auf die Uhr. Kurz vor Mitternacht. Wie war das doch noch? Tu es jetzt und tu es gleich. Jetzt würde er es tun können!

Ein übermäßiger Wille hatte ihn angetrieben, und der beschleunigte Schritt in Richtung Kabine tat ein Übriges. Keine Menschenseele auf den langen Gängen. Die dicken Teppiche schluckten jedes Geräusch. Vor seiner Kabine angekommen, hatte er in den Briefkasten gegriffen und hektisch die Kabinentürkarte aus dem Umschlag gerissen. Ein leises „Klick" öffnete die Tür, die er sofort lautlos von innen wieder schloss. Das Dämmerlicht tat seinen Augen wohl. Er trat an das Bett.

Zieh dich an, ich werde dir etwas zeigen, wollte er sagen, als Olga ihm die Arme entgegenstreckte, ihm ins Gesicht schaute und lächelnd „Schön, dass es dich gibt" in seine Richtung flüsterte. Wie ein Stich ins Herz trafen ihn ihre Worte.

„Unsere letzte Nacht an Bord", fügte sie hinzu. „Ich freu mich auf New York."

Ihr betörender Duft zog ihn in seinen Bann.

„Komm, ich werde dir etwas zeigen", hauchte er ihr ins Ohr und zog sie zu sich heran.

Es war beinahe drei Uhr gewesen, als er erschöpft die Balkontür geschlossen und das Licht gelöscht hatte.

Ich hatte die Wahl damals, denkt er bei sich und zieht die Bettdecke bis unter das Kinn.

Über Bord oder Sturz aus dem Hotelfenster. Ich denke, ich habe die richtige Entscheidung getroffen.

Verstört und nass vom Schweiß wacht Hannes mitten in der Nacht in seinem Hotelzimmer auf. Sofort schaut er auf seine Hände. Blut ist an ihnen nicht zu sehen, so viel kann er ohne Licht erkennen. Er hat Gliederschmerzen und sein Kopf dröhnt wie nach einem Saufgelage. Er sucht den Schalter der Nachttischlampe und knipst die Beleuchtung an. Die Armbanduhr zeigt kurz nach drei Uhr an.

Wieder einmal hat ihm dieser schreckliche Albtraum zugesetzt. Seit Jahren malträtiert er ihn in Abständen immer wieder. Ein furchtbarer Film, der sich auch dann fortsetzt, wenn er zwischendrin aufwacht und sich auf die andere Seite wälzt.

Um den schlechten Geschmack aus dem Mund loszuwerden, beißt er in den Apfel, das Betthupferl auf dem Nachttisch. Er lehnt seinen Rücken an das Kopfende des Bettes.

Über die vielen Gedanken an die Reise mit Olga musste er schließlich eingeschlafen sein. Er muss etwas unternehmen, damit ihn dieser mit Wahnvorstellungen übersäte Traum nicht immer wieder fertigmacht. Er hält ihn gefangen in Irrealität und Gaukelei, und das Gefühl von Angst senkt sich wie eine Dunstglocke über ihn. Die Luft zum Atmen wird dünn, die Beine bringen ihn keinen Schritt voran. Vielleicht ist er geistesgestört oder pervers? Wieso verfolgt ihn dieser Traum? Seine Mutter spielt immer eine Rolle. Unmittelbar nach dem Aufwachen hat er immer dasselbe Gefühl: Irgendwann wird er durchdrehen.

Gestalten, er weiß nicht, ob es Frauen oder nur Kreaturen mit Brüsten aus Imagination und Fantasie sind, verfolgen ihn. Sie kreisen ihn ein, zerren an seiner Kleidung und lachen, sobald er nackt ist.

Früher, als er noch ein Kind war, hatte seine Mutter ihn auch häufig ausgelacht, wenn er nackt herumlief. Die Häme der Mutter wird er nie vergessen können. Wahrscheinlich sind es die schrecklichen frühkindlichen Erinnerungen, die diesen Traum hervorrufen.

Mit den Händen versucht er seine Nacktheit zu verbergen und davonzulaufen, doch nicht einen einzigen Schritt kommt er von der Stelle.

Die Gestalten tragen Schneidewerkzeuge bei sich, kleine scharfe Klingen, die das Licht reflektieren und bei jeder Bewegung blitzen. Die nackte Angst treibt ihm den Schweiß auf die Stirn. Der Versuch zu fliehen misslingt. In seinen Ohren dröhnt ein Lachen wie von Schwachsinnigen und Geisteskranken.

Sie bugsieren ihn in einen Raum, eine Art Konferenzzimmer. Stühle sind in Reihen aufgestellt. Wortlos wird ihm ein Platz in der ersten Reihe zugewiesen. Ängstlich schaut er sich um. Hinter ihm sitzt seine Mutter. Was macht sie hier? Ihr Blick prophezeit nichts Gutes. Der Blick seiner Mutter hatte nie etwas Gutes verheißen. Sie schaut an ihm vorbei ins Leere. Selbst jetzt hat sie nicht den Mumm, ihn anzusehen, ihr Mund bleibt stumm. Im gesamten Raum eine Stille, die er hören kann. Er gerät in Panik.

Eine der merkwürdigen Gestalten kommt auf ihn zu.

„Die alte Weltenseele hat beschlossen, einige der hier Anwesenden ins Jenseits zu befördern“, sagt sie. „Diejenigen, die es betrifft, werden ein Getränk verabreicht bekommen, eine Betäubung, die den Körper schmerzunempfindlich macht. Zuvor ist jegliche Kleidung abzulegen. Dann werden Kutten verteilt, und die Reise ins Jenseits wird angetreten."

Die Gesichter würden mit der Klinge bearbeitet. Kreuz und quer verlaufende Schnitte sollten eine spätere Wiedererkennung unmöglich machen. In einem sorgfältig verschnürten und mit einem Stein beschwerten Sack würden sie mit einem Lastwagen zum Hafenbecken gebracht und dort versenkt werden.

Er ist wie gelähmt, wagt nicht, sich noch einmal nach seiner Mutter umzusehen, und ist voller Hoffnung, dass er nicht zu den Auserwählten gehören wird. Doch ist er der Erste, der den todbringenden Trunk gereicht bekommt. Ein kleiner Becher, gefüllt mit einem zähflüssigen, trüben Schleim. Nun ist es egal. Er schaut sich um. Gesichter wie tot. An seiner Mutter geht der Kelch vorbei. Sie sieht ihn immer noch nicht an, blickt geradeaus. Selbst im Angesicht des Todes sieht sie ihn nicht an. In ihren kalten Augen spiegelt sich etwas, das ihn schaudern lässt.

Es folgt das Anlegen der Kutte. Der an ein Mönchsgewand aus beigefarbenem Sackleinen erinnernde Umhang bedeckt nun seine Haut. Ihm ist kalt, kälter denn je. Dann der Todestrunk. Ab in den Mund und runter mit dem Zeug. Die Flüssigkeit verselbstständigt sich, findet den Weg aus dem Mundwinkel, fließt außen am Hals entlang und verteilt sich unter dem Cape über den Körper.

Die Tür des Raumes wird geöffnet. Etwa ein Dutzend Menschen drängen sich dem Ausgang entgegen, um die Stätte verlassen und vielleicht doch noch entkommen zu können.

Sein Körper nimmt die Gestalt einer Schlange an. Durch die Beine der anderen hindurch gelingt ihm die

Flucht nach draußen. Nun steht er da, wieder in Menschengestalt und auf dem Sprung ins Jenseits. Er muss fliehen, doch wohin? Weit wird er nicht kommen in dieser Montur.

Er rennt die menschenleere Straße entlang, biegt um die Ecke und winkt hektisch ein sich näherndes Auto heran. Die Frau am Steuer lässt die Scheibe herunter, fragt, ob sie ihn mitnehmen kann. Sie bemerkt die Panik in seinen Augen und öffnet die Beifahrertür. Er nimmt Platz und schaut sich um. In dem riesigen Wageninneren erblickt er mehrere Frauen, die heftig diskutieren und offensichtlich großen Spaß haben. Er spürt Erleichterung. Kurze Zeit später legen sie einen Stopp ein und betreten ein Speiselokal.

Das Restaurant ist von puristischem Ambiente, gediegen die Speisen auf den Tellern, die der Ober an ihnen vorbei zu den Tischen trägt. Er verspürt keinen Appetit. Doch zu verweilen und der Bedrohung entrückt, scheint ihm ein guter Kompromiss zu sein. Er bestellt eine kleine Portion Chili con Carne.

Bevor die Fahrt fortgesetzt wird, sucht er die Toilette auf. Kaum, dass sich die Tür hinter ihm schließt, wird er von einer Gruppe von Männern eingekreist. Sie fordern ihn auf, seine Kutte abzulegen. Er sieht keine Möglichkeit zu entkommen und ringt nach Luft. In seiner Kopflosigkeit wendet er sich einem der Männer zu, streicht über dessen Arm und lächelt ihn an.

Noch nie in seinem Leben hat er mit einem Mann etwas angefangen. Der absolute Horror. Der Mann, ein schmal gebauter Schwarzer mit glänzender Haut, schiebt ihn grinsend vor sich her in einen Nebenraum. Bis auf einen breiten Gürtel, in dem ein Messer steckt, ist der Mann nackt.

Die zurückgelassene Gruppe stimmt einen Gesang an. Er klingt rhythmisch wie Musik indianischer Ureinwohner. Der Schwarze bugsiert ihn in Richtung Wand. Von Panik getrieben zieht Hannes blitzschnell das Messer des Mannes aus dessen Gürtel und trifft ihn im selben Augenblick mit dem Knie und voller Kraft an der empfindlichsten Stelle. Seine rechte Hand vollstreckt mit dem fremden Messer, was dem unter Schmerzen zu Boden sinkenden Mann eine Bewusstlosigkeit und ihm selbst das Gefühl der Befreiung beschert.

Sein eigener greller Schrei und das Bild einer riesigen Blutlache haben ihn aus dem Traum gerissen.

Immer noch benommen, schleppt er sich aus dem Bett und öffnet einen Spalt weit die Vorhänge, durch die von den hell erleuchteten Werbeflächen auf der gegenüberliegenden Straßenseite ein schmaler Lichtstrahl ins Zimmer fällt. Der Himmel ist noch dunkel.

Die kalte Dusche hat ihm gutgetan und die Hirngespinste des schrecklichen Traumes vertrieben. Ins Bett zurückgekehrt, lenkt er seine Gedanken noch einmal auf die Reise mit Olga.

Das Auschecken vom Schiff war um neun Uhr morgens erledigt. Die kurze Nacht und der Spagat der Gefühle hatten ihm zugesetzt. Doch an diesem Morgen war keine Zeit, um darüber nachzudenken. Mit Olga war alles besprochen. Sie begaben sich zum Taxistand. Die Schlange der Menschen, die auf ein Fahrzeug warteten, war lang. Die meisten Leute standen paarweise oder in kleinen Gruppen mit großen Koffern an. Sie alle benötigten ein Fahrzeug mit großem, wenn nicht gar riesigem Kofferraum.

Hannes und Olga würden jeder ein eigenes Taxi zum Hotel nehmen und fanden als Alleinreisende mit nur einem Gepäckstück schnell ein passendes Fahrzeug. Kurz nachdem Olga in ein Taxi gestiegen war, nahm Hannes im Fond einer schwarzen Ford-Limousine Platz. Er nannte sein Ziel und einigte sich mit dem chinesischen Chauffeur auf einen Preis von achtzig Dollar.

Im Milford Plaza Hotel auf der 8th Avenue war auf seinen Namen ein Doppelzimmer mit Einzelbelegung reserviert. Auch für Olga, deren Pass er nach dem Auschecken an sich genommen und ausgetauscht hatte, war ein Zimmer gebucht.

Nikolett Esterhazy, geboren am 05. Mai 1997 in Cegléd, einer Stadt etwa achtzig Kilometer südöstlich von

Budapest. Täglich hatte er die Daten ihrer neuen Identität abgefragt.

Olga alias Nikolett stand bereits am Anmeldetresen des Hotels, während er sich in der langen Reihe hinten anstellte. Selbstsicher hatte sie ihren Koffer genommen und sich, ohne ihn anzuschauen, auf den Weg Richtung Aufzug gemacht. Recht beachtenswert, wie er fand. Olgas Zimmer lag im elften Stock, Hannes' im sechsten.

Gemessen an der knapp dreißig Quadratmeter großen Balkonkabine auf dem Schiff, hatte er das Gefühl, einen Kerker zu betreten. Dieses Zimmer war ein Schock, ein kleines dunkles Loch, gut fünfzig Zentimeter Platz rund um das Bett, der zum Kofferablegen nicht reichte. Vom Fenster aus blickte er in einen Innenhof, in dem eine Reihe Abfallcontainer standen und der offensichtlich nur zum Zweck der Müllentsorgung von Menschen betreten wurde. Eine Ratte flitzte zwischen Wand und Müllgefäßen über den steinernen Boden. Sie machte sich über einen Fischkadaver her, der, anstatt in einem der Container, davor gelandet war.

Der Blick nach oben gab ein Stück Himmel frei, immerhin. Sonne hatte dieses Zimmer noch nie gesehen. Doch hatte er nicht die Möglichkeit, sich zu beschweren, und ebenso konnte er keine Umbuchung vornehmen. Jegliches Aufsehen war zu vermeiden. Genau hier, in diesem Innenhof, so lautete sein Auftrag, sollte Olga tot aufgefunden werden. Hier, neben dem abgenagten Fischkadaver und der gefräßigen Ratte. Abgestürzt aus dem elften Stock.

„Freitod nach Drogenkonsum" oder „Wer stieß die junge Frau in den Tod?", sah er die Schlagzeilen der Zeitungen vor seinen Augen.

*

Die Tage auf See waren wie im Flug vergangen. Dann und wann hatten die attraktiven Unterhaltungsangebote für ein unbeschwertes Urlaubsfeeling gesorgt. Doch das Ende der Reise rückte näher und als er an die letzte Nacht auf dem Schiff dachte, stieg Groll in ihm auf. Er hatte die Umsetzung seiner Idee, Olga an jenem Abend über Bord gehen zu lassen, verpasst. Hatte sich von ihr umgarnen und verführen lassen. Zwischen dem, was war und was hätte sein können, lag sein klägliches Versagen, Olgas Verführungskünsten nicht widerstanden zu haben. Hätte er sich nur nicht für die Liebesnacht entschieden.

Er warf seinen Koffer auf das Bett und öffnete den Deckel, um einige Kleidungsstücke in den Schrank zu hängen. Zufällig fiel sein Blick auf den ESTA-Antrag. Er nahm das Blatt in die Hand. Bei allen Fragen hatte er „Nein" angekreuzt, auch im letzten Teil: „Haben Sie jemals Drogen in Umlauf gebracht, oder beabsichtigen Sie, zum Zwecke krimineller oder sittenwidriger Handlungen einzureisen?"

Mein Gott, wie grotesk und lächerlich, dachte er bei sich. Einzig und allein aus diesem Grund war er eingereist. Allerdings war es ihm unerklärlich, dass trotz strengster Kontrollen niemand auf die Drogenpäckchen gestoßen war, die er eingeführt hatte.

„Verlass dich drauf, es ist nicht das erste Mal, dass unsere Leute den Stoff ‚unsichtbar' machen, den sie den Kurieren mitgeben. Denk einfach nicht dran, niemand wird etwas finden."

Und recht hatte Igor behalten.

Hannes löste den Knoten seiner Krawatte und schnappte nach Luft. Seine Hände begannen zu zittern. Noch nie war er seinem Auftrag so nah gewesen. Und er hatte keine Vorstellung, wie er ihn ausführen würde oder konnte. Von heute an zwei Tage, und heute war schon halb vorbei! Er trank einen Schluck Wasser und schob das Fenster nach oben, um Luft hereinzulassen. Immerhin ließ es sich öffnen, das würde die Sache zumindest nicht erschweren. Die Gedanken daran, wie er seine Aufgabe erledigen würde, ließen Übelkeit in ihm aufsteigen. Er konnte an nichts anderes mehr denken. Olga würde sterben, heute nicht, aber übermorgen ...

Die Dusche hatte ihn belebt und die Gedanken an übermorgen erst einmal vertrieben. Mit einer frischen Jeans, weißem T-Shirt und hellblauem Sakko bekleidet fuhr er in die Lobby, entnahm dort einem Ständer einige Broschüren und benutzte die Drehtür nach draußen. Nach wenigen Minuten erreichte er den Times Square an der Kreuzung Broadway und 7th Avenue.

Noch niemals zuvor war er in New York gewesen und unter anderen Umständen hätten ihn das quirlige Treiben und die riesigen Leuchtreklamen beeindruckt, die Filme, Theater oder Automarken bewarben. Doch das ununterbrochene Aufflackern der Lichter und die bewegten Bilder der Reklamen machten ihn kirre. Hier musste es auch mitten in der Nacht taghell sein.

Der Straßenlärm, das Hupen ungeduldiger Autofahrer, das war zu viel für seine Nerven. Am TKTS-Ticket-Point besorgte er sich für den Abend eine Karte für das „Phantom der Oper“, das in einem Theater in der Nähe aufgeführt wurde. Irgendwie musste er diesen verfluchten Abend und die Nacht überstehen.

In das Hotel zurückgekehrt, warf er sich aufs Bett und schaltete den überdimensionierten Fernseher ein. In den Nachrichten der Bericht, dass das Rockefeller Center Tree Lightning, ein besonders beliebtes Spektakel, in wenigen Tagen bevorstünde. Der beleuchtete Weihnachtsbaum, das Wahrzeichen der beginnenden Weihnachtssaison. In seiner derzeitigen Situation klang es grauenhaft und grässlich. Weihnachtssaison, nicht jetzt.

Genervt stand er auf und schaute noch einmal in den Innenhof. Kein Fisch, keine Ratte, lediglich ein dunkler Fleck war zurückgeblieben. Dieses verdammte Zimmer stimmte ihn depressiv. Er strich seine Kleidung zurecht und beschloss, vor dem Musical eine Kleinigkeit essen zu gehen.

Mit Olga hatte er sich für den nächsten Vormittag um zehn in der Lobby verabredet. Hier herrschte zu jeder Tageszeit Hochbetrieb und niemand würde eine Verbindung zwischen ihnen herstellen, zumal man meist nicht umhinkonnte, sich zwischen irgendwelche Leute zu quetschen, wenn man einen Sitzplatz ergattern wollte. Da saß man immer neben irgendjemandem.

Übermorgen kurz vor Mittag würde er den Auftrag ausführen und spätestens nach dessen Vollendung selbst Teil des Verbrechertums geworden sein.

Sie solle sich einen schönen Tag machen, hatte er Olga am Morgen im Aufzug, in dem sie beide allein auf dem Weg nach oben waren, gesagt und ihr ein Päckchen LSD zugesteckt. Bis auf zwei Rationen waren die Drogen aufgebraucht.

Er war in der überfüllten Hotelhalle angekommen. Menschen standen in Zweierreihen vor dem Empfangstresen, um ein- oder auszuchecken. Er nahm die Treppenstufen zur Drehtür, die auf die Straße führte. Sofort wurde er Teil des Stromes vorbeieilender Menschen. Am liebsten wäre er untergetaucht, aber jetzt gab es kein Entrinnen mehr.

Die Starbucks-Werbung lud ihn ein, *sweet, spicy and all-around delicious* zu genießen. Er betrat den Laden und entschied sich spontan für einen Pumpkin Spice Latte Macchiato.

Er hatte Glück, ein Sitzplatz am Fenster wurde frei. Von hier aus sah er den rastlosen Menschen auf der Straße zu. Er schlürfte an seinem Getränk, *delicious* war es und sehr apart. Er fischte sein Handy aus der Jackettasche, loggte sich ins freie WLAN ein und begann, E-Mails und Mailbox zu checken.

„Sie haben vier neue Nachrichten, davon eine Sprachnachricht", teilte ihm die Stimme seines iPhones mit. Er überlegte kurz, entschied sich dann aber, die Nachrichten später abzuhören. Er würde sich darum kümmern, wenn alles vorbei war. Hektisch löffelte er den restlichen Schaum aus der Tasse, verließ Starbucks und ging zurück in Richtung Hotel.

An der nächsten Ampel drängten Massen von Menschen auf die Fahrbahn. Zwei Polizeiautos und ein Rettungswagen standen mitten auf der Kreuzung, nur eine Fahrspur war zum Befahren freigegeben und der Verkehr fast zum Erliegen gekommen. Ohne es zu wollen, wurde er mit den Neugierigen auf die Fahrbahn geschoben.

„What happened?", fragte er, während er mit den anderen immer weiter nach vorne gedrängt wurde. Niemand antwortete. Es wurde geschoben und die Hälse gereckt.

„She's dead", hörte er einen alten Mann sagen, der kopfschüttelnd entgegen dem Menschenstrom auf ihn zusteuerte.

„Wie bitte?"

Der Mann blieb, ohne sich vom Gedränge der Menschen beeindrucken zu lassen, stehen und berichtete, dass eine junge Frau außerhalb der Ampelanlage wie ferngesteuert die Straße diagonal überquert habe. Offensichtlich sei sie betrunken oder bekifft gewesen. Er habe auf der gegenüberliegenden Straßenseite gestanden und geschrien, sie solle zurückgehen, aber weder auf seine Zurufe noch auf das Gehupe der Autos habe sie reagiert. Ein Fahrzeug habe sie erfasst und ein Stück mitgeschleift, dann sei sie von einem nachfolgenden Wagen überrollt worden.

Sichtlich ergriffen strich sich der alte Mann über das Gesicht und ging seiner Wege. Ob er die Frau gekannt habe, rief er ihm hinterher. Der Alte schüttelte den Kopf, ohne sich noch einmal umzudrehen.

Hannes war näher an die Unfallstelle herangekommen und sah, wie der Notarzt seine Einmalhandschuhe abstreifte und die Rettungskräfte ihre Utensilien in den Wagen zurückverstauten. Er erblickte einen Frauenkörper in kurzen hellblauen Jeansshorts, schwarzen Leggings, Turnschuhen und einer kurzen Bikerjacke. Dann fiel die Decke auf den leblosen Körper.

Olga, schoss es ihm durch den Kopf. *Vielleicht ist es Olga.*

Hatte sie am Morgen Turnschuhe oder High Heels getragen? Er wusste es nicht.

Wieso dachte er, dass die Frau auf der Straße Olga sein könnte? Es gab Tausende von Frauen, die zu dieser Zeit auf dieser Straße in New York unterwegs waren.

Jeansjacken und Turnschuhe tragen fast alle, doch von weitem sieht sie aus wie Olga, dachte er bei sich. Wieso ließ ihn der Gedanke, dass es Olga sei, nicht los? Bewegungslos stand er da, hielt den Atem an und wünschte, die Tote unter der Decke sei Olga.

Plötzlich durchfuhr es ihn wie ein Blitz. Im Nachhinein glaubte er, an der rechten Fessel der Toten etwas blinken gesehen zu haben. Das war die Gewissheit: Er hatte Olgas Fußkettchen blinken sehen. Die Tote, die mit dem Kopf in einer Blutlache auf der Straße lag, musste Olga sein. Sein Adamsapfel bewegte sich von unten nach oben und wieder zurück. Und er hatte kein Beweisfoto.

Sein Hals schmerzte, war rau und die Trockenheit im Mund machte das Schlucken unmöglich. Er geriet in Panik und verlor für einen Moment das Gleichgewicht. Im Taumeln klammerte er sich an einen Mann, der neben ihm stand. Der stabile Schwarze erinnerte ihn an King Kong.

„Can I help you?", hörte er ihn mit honoriger Stimme sagen.

„No thanks, it's all right, sorry. Geht schon wieder."

„Sie sind Deutscher?", fragte der Koloss. „Machen Sie Urlaub in New York?"

Die freundliche Stimme des Mannes tat ihm wohl. Seine Beine schienen wieder stabil. „Ja, ich bin Deutscher. Schaue mir ein bisschen was von der Stadt an. Viel Zeit ist leider nicht. Dann geht's wieder zurück nach Hause. Was für ein schrecklicher Unfall! Kennen Sie die Tote?"

„No, ich kenne sie nicht. Aber morgen wird die NY Times darüber berichten, dann wird man mehr erfahren, wer sie ist und so weiter."

Genau das war seine Rettung, daran hatte er in seiner Aufregung überhaupt nicht gedacht. Die Zeitung würde durch Bericht und Foto den Beweis für Olgas Tod liefern. Aber sie hatte keinen Pass dabei, den verwahrte sie im Zimmersafe. So gesehen würde es einige Zeit brauchen, bis die Polizei den Zusammenhang zwischen dem Hotelzimmer und der Toten auf der Straße herstellen konnte, aber sie würde darauf kommen, irgendwann. Mit Sicherheit würde sie darauf kommen.

„Ja, schrecklich. Eine so junge Frau", brummelte Hannes im Fortgehen.

„Ich wünsche Ihnen eine gute Zeit in unserer schönen Stadt!", rief der Mann hinter ihm her.

Der Weg zurück zum Hotel war kurz. Einerseits war er erleichtert, andererseits kam ihm der Gedanke, dass Olga tot sein sollte, fremd und unrealistisch vor. Das Geschehen auf der Straße schien ihm wie ein unwirklicher Film.

In der Lobby, rechts von den Aufzügen, legte er einen Stopp ein und bestellte einen doppelten Brandy. Dieses Phänomen musste er erst einmal hinunterspülen. Was für eine Fügung. Der Schnaps wärmte seine Kehle und nach dem zweiten war auch die Anspannung verflogen.

Die junge Frau, die mitten in New York angefahren und dabei getötet worden war, würde niemand kennen und es gab niemanden, der sie beide jemals zusammen gesehen hatte. Ihre gefälschten Papiere brachten der Polizei keinen Hinweis, keine Spur, die eine Verbindung zu ihm hätte herstellen können. Um wen es sich tatsächlich bei der Toten handelte, registrierten in Düsseldorf nur die wenigen Leute, die ihren Tod in Auftrag gegeben hatten. Ansonsten würde ihre Identität keine weiteren Aufschlüsse geben und ihr Pass sich als Fälschung erweisen, wenn überhaupt. Seine Mission war erledigt und er würde ohne zum Mörder geworden zu sein nach Deutschland zurückkehren.

Er würde sich ein wenig aufs Bett legen. Vielleicht kam er zur Ruhe und ging später ins „Phantom".

*

Die NY Times berichtete am nächsten Tag von dem Unfall einer jungen Frau, deren Identität noch ungeklärt sei, weil sie keine Papiere bei sich getragen hatte. Durch die Beschreibung von Größe, Kleidung und Aussehen bat die Polizei die Bevölkerung um Mithilfe.

Da werden sie lange suchen können. Die Identität der Frau wird auf Anhieb nicht zu ermitteln sein. Allerdings übermorgen, wenn das Zimmer von Olga geräumt wird, stößt man auf ihre Sachen, nicht aber auf die Person. Ihren Pass werden sie finden und frühestens dann eine Verbindung zu der Toten auf der Straße herstellen.

Aber was sollte er sich Gedanken über die Arbeit der Polizei machen? Wichtig war nur, dass man bei der Ermittlungsarbeit nicht auf ihn kam. Möglicherweise recherchierten sie, wann wer im Hotel eingecheckt hatte und woher die Gäste gekommen waren. Dann würde die Sache vielleicht eng für ihn werden.

So ein Quatsch, rief er sich zur Ordnung. Seine Mission war erfüllt und mit dem Zeitungsbericht zu belegen. Das reichte. Die Organisation würde zufrieden sein. Tot war tot.

*

Auf dem Flug zurück nach Düsseldorf hatte er verschiedene Reaktionsmöglichkeiten der Organisation durchgespielt. Was, wenn sie ihm die Sache nicht abnahmen? Sie waren knallharte Männer und wenig zimperlich. Doch er hatte die Zeitung, sicherheitshalber hatte er zwei Exemplare gekauft. In ein paar Tagen würde vielleicht ein weiterer Bericht erscheinen, spätestens dann, wenn man Olgas Pass gefunden hatte. Möglicherweise würde das Foto aus dem Dokument veröffentlicht, um die Bevölkerung nochmals um Mithilfe zu bitten.

Er wollte sich nicht verrückt machen.

Tatsächlich lief die Sache besser als erwartet. Igor war sehr angetan, Alexander ebenso. Zweifel waren nicht aufgekommen. Sie hatten ihn beglückwünscht zum guten Verlauf. An diesem Abend floss der Wodka in Strömen und er bekam das Geld ohne Abzug in einem Briefumschlag überreicht. Irgendwann in den Morgenstunden war er sturzbetrunken vor seiner Wohnungstür aus dem Taxi gestiegen.

Zufällig hatte Hannes vor einigen Monaten von seinem Cousin Ralf erfahren, dass dessen Tochter Britta und ihr Mann Jonas in Husum wohnten. Eine Adresse konnte Ralf ihm nicht nennen, aber mit der Information, dass sie im Theodor-Schäfer-Werk arbeitete, konnte er etwas anfangen.

Eines Tages war aus seiner Idee, zu Britta und ihrem Mann in eine Art familiären Kontakt zu treten, ein anderer Plan entstanden. Er war zu etwas herangewachsen, was er seit Jahren im Kopf hatte und was ihn immer wieder beschäftigte: Britta würde seine Geliebte werden. Das war jedoch noch nicht das Besondere an der Sache, das wirklich Besondere lag darin, dass sie nach seinen Regeln funktionieren sollte, und falls nicht, würde sein Rachefeldzug greifen. Die Rache an der Gattung Frau, die durch ihre Verhaltensweisen dafür verantwortlich war, dass er seelischen Schaden genommen hatte, immer wieder. Dafür hatte er Britta ausgewählt. Er fand es fair, denn sie würde eine gute Chance haben, mit ihm eine harmonische Liebesbeziehung zu unterhalten, andererseits ...

Er hatte es satt, sich mit Frauen abzugeben, die bestimmten, wann sie Kopfweh hatten, und ihn, wenn es ihnen gefiel, je nach Lust und Laune abblitzen ließen. Diese Art Frauen sollte es endlich in seinem Leben nicht mehr geben. Manchmal reichten Höflichkeit und Charme nicht aus und man musste eine andere Gangart einlegen. Eigentlich konnte bei der Umsetzung seines Vorhabens nichts schiefgehen. Er freute sich.

Ihr Mann Jonas stellt dabei für ihn kein Problem dar. Schließlich kann er auch mit einer verheirateten Frau etwas anfangen, er muss nur besser sein als ihr Ehemann. Und er ist nicht schlecht.

Als er an der Information des Theodor-Schäfer-Berufsbildungswerkes nach Britta Jeute fragt, sagt man ihm, dass sie nicht im Haus sei. Ob sie krank sei oder Urlaub habe, kann der Mitarbeiter nicht sagen. Sicherlich könne die Kollegin Marion Petereit weiterhelfen.

Schon beim Betreten des Büros weist ihn die Dame hinter dem Schreibtisch darauf hin, dass sie im Begriff sei, Feierabend zu machen.

„Das trifft sich gut", antwortet er geistesgegenwärtig. „Vielleicht darf ich Sie zu einem Kaffee einladen? Der Grund meines Besuches ist sowieso mehr privater Natur."

„Wie darf ich das verstehen? Ich wüsste nicht, was ich mit Ihnen privat zu tun hätte."

„Wie auch? Ich komme zu Ihnen, um etwas über Britta Jeute zu erfahren. Bin der Cousin ihres Vaters und der sagte mir, dass Britta hier arbeiten würde. Eine Adresse konnte er mir leider nicht nennen. Und nun ist sie nicht am Arbeitsplatz. Also werden Sie mir sicherlich ihre Adresse geben können. Wissen Sie, ich wohne noch nicht so lange in Husum und ich fände es allerliebst, wenn wir beide einen Kaffee trinken gingen und ein wenig miteinander plauschten. Ganz nebenbei könnten Sie mir Adresse und Telefonnummer von Britta geben."

„Warum sollte ich das tun?"

„Weil Sie es tun werden."

„Wie kommen Sie darauf?"

„Reine Intuition."

„Ganz schön arrogant."

Marion streckt ihm ihre Hand entgegen. „Moin, ich bin Marion."

„Hannes. Hannes Baum. Wo möchtest du, dass wir Kaffee trinken?"

„Du wolltest doch Kaffee trinken, also hast du sicherlich eine Idee, wo."

Marion drückt auf den Knopf ihres Schreibtischschlosses, das mit einem „Klack" einrastet.

„Tschüss, ich bin dann mal weg und morgen hab ich Überstundenfrei!", ruft sie ins Nachbarbüro hinein. „Wir können."

Hannes fährt Richtung Innenstadt und parkt sein Auto an der Roten Pforte. „Einverstanden?"

Marion nickt.

Im Eiscafé Cortina nehmen sie einen freien Tisch im Außenbereich.

„Ich wusste gar nicht, dass Britta einen so attraktiven und gut aussehenden Großcousin, oder was immer auch für ein verwandtschaftlicher Grad euch verbindet, hat."

„Danke für die Blumen."

Hannes streicht sich eine Haarsträhne aus der Stirn, mehr aus Verlegenheit, als dass sie ihn gestört hätte.

„Apropos Britta. Wieso ist sie nicht am Arbeitsplatz? Ist sie krank?"

„Bingo! Ja, die Arme ist leider sehr krank und seit einiger Zeit in der Psychiatrie. Steht gar nicht gut um sie. Der arme Jonas und Leander Hagedorn haben sich rührend um sie gekümmert. Aber ich glaube, ehrlich gesagt, nicht, dass sie noch lange durchhält."

„Es klingt merkwürdig, wie du das so sagst, fast ein bisschen sarkastisch. Und was heißt überhaupt ‚haben gekümmert'?"

„Du bist ein feinfühliger Mensch, wie mir scheint. Gestatte mir eine Frage: Wie nah steht ihr euch eigentlich, du und Britta?"

„Herrgott, was soll die Frage? So nah wie der Himmel der Hölle. Ich will sie und ihren Mann doch erst kennenlernen. Wir sind einander einmal begegnet, das ist fast zwanzig Jahre her, aber wir sind verwandt. Da bietet es sich doch an, Kontakt aufzunehmen, wenn man in derselben Stadt wohnt, oder?"

„Ich glaube, da wird nichts draus."

„Wie, da wird nichts draus? Was meinst du damit?"

„Nee, weil sie es nicht mehr lange machen wird, sagte ich doch bereits. Ihr Mann Jonas und ich hatten Pläne, zusammen mit Leander Hagedorn. Aber nun sind die beiden tot, weißt du? Es gibt sie nicht mehr. Weißt du natürlich nicht, wie auch? Leander war der Onkel von Jonas. Er war Arzt, und ich weiß nicht, was sonst noch alles, und hat zusammen mit Jonas dafür gesorgt, dass Britta in die Psychiatrie eingewiesen wurde. Es war ein großer Plan, aber das würde jetzt zu weit führen. Hagedorn wurde in Schobüll hinter einem Knick tot aufgefunden."

„Wie tragisch. Und Jonas?"

„Ach, das ist jetzt die falsche Frage. Jonas wurde kurze Zeit später von einem Zug überrollt. Er war sturzbetrunken und hat die Schranken am Bahnübergang missachtet, übersehen oder was auch immer. Liest du keine Zeitung?"

„Nee, ich bekomme keine Zeitung. Habe ich richtig gehört, ‚Jonas und ich hatten Pläne'? Heißt das, dass der Mann von Britta und du ein Paar gewesen seid? Wusste sie davon?"

„So ist es. Guck nicht so, das Spießige passt nicht zu dir! Aber nun ist alles anders gekommen und der

Mann meines Lebens ist tot und unsere Pläne sind futsch. Und ja, Britta wusste davon."

„Entschuldige, ist nicht gerade die Nullachtfünfzehn-Nummer, die du hier auftischst, da sei ein sparsamer Blick gestattet."

Fahrig greift Marion nach der Papierserviette auf dem Tisch und schnäuzt sich geräuschvoll hinein. Hannes blickt in Augen, aus denen gerade Tränenbäche stürzen.

„Es tut mir leid. Wann ist es passiert?", fragt er und legt seine Hand auf ihren Arm.

„Exakt vor sechs Tagen, morgen ist die Beisetzung, morgen um elf in der Christuskirche auf dem Ostfriedhof."

„Oh mein Gott! Wie tragisch. Deshalb hast du morgen freigenommen. Sag, wenn ich für dich was tun kann."

„Ist schon okay. Jonas hatte unsere Beziehung vor Kurzem beendet, aber deshalb darf es doch trotzdem wehtun, oder? – Ich würde jetzt gerne gehen."

„Klar. Sehen wir uns wieder?"

„Weiß noch nicht."

„Du kannst mich anrufen, alles Gute für morgen."

Während Marion sich ihren Beutel umhängt, schiebt Hannes seine Visitenkarte in ein offenes Seitenfach.

„Danke und tschüss."

Der Termin im Sozialzentrum verlangt Hannes einiges ab. Die Sachbearbeiterin, Frau Jensen, ist freundlich und sie spricht Plattdeutsch, so steht es auf ihrem Schild an der Bürotür. Sympathisch ist sie, doch ihre Fragerei, wovon er bisher gelebt habe und warum er nach Husum gezogen sei, geht ihm auf die Nerven. Ob er eine Einverständniserklärung vom Jobcenter Düsseldorf für seinen Umzug vorlegen könne, will Frau Jensen wissen.

Nein, das kann er nicht. Schließlich hat er bislang keine Leistungen vom Amt bezogen, sondern vom Erbe seiner Mutter gelebt. Dies sei nun aufgebraucht. Er sei nach Husum gezogen, weil ihm die Nordsee gefällt. Tja, und da er nun hier wohnt, kein Geld und keinen Anspruch auf Arbeitslosengeld I hat, sitzt er halt vor ihrem Schreibtisch. Frau Jensen nervt ihn ohne Ende.

Irgendwie hat er überhaupt keinen Bock, Kontoauszüge der letzten Monate, Lohnbescheinigungen und so weiter vorzulegen. Außerdem hat er nie Kontoauszüge gezogen. Sobald sie mit der Post gekommen waren, landeten sie zerrissen im Papiermüll. Wann hat er seine letzte Lohnbescheinigung bekommen? Die letzten zehn Jahre hat er nirgendwo fest gearbeitet. Mal hier, mal da, meist ohne Steuerkarte. Das Geld für Olgas Verschwinden hat er eingestrichen, doch davon wird er nichts erzählen, und bevor es finanziell richtig eng wird, kann ein Antrag auf SGB II-Leistungen nicht schaden.

„Wieso macht eine sympathische Frau wie Sie so einen Scheißjob?“, fragt er Frau Jensen.

Kommt es ihm nur so vor, oder ist ein Hauch von Verlegenheit auf ihrem Gesicht zu sehen? Es passiert öfter, dass Frauen erröten, wenn er sie anspricht. Ihm scheint es, als rutsche sie ein bisschen verunsichert auf ihrem Stuhl hin und her.

„Besser einen Scheißjob, wie Sie es nennen, als gar keinen", erwidert sie genervt und sieht ihm direkt in die Augen. „Und da ich auf dieser Seite des Schreibtisches sitze, wäre es von Vorteil, wenn Sie sich Ihre Späße für eine andere Veranstaltung aufsparen, dann sind wir hier unter Umständen auch ganz fix fertig."

„Sorry. Ich will doch nur, dass Sie mir zügig mein Geld bewilligen, mehr nicht. Hier ist mein Mietvertrag, sogar vom Vermieter unterschrieben, und mein Anspruch steht doch im Gesetz. Ich lebe allein. Also, da können wir doch auf den ganzen Firlefanz wie Kontoauszüge und Pipapo verzichten."

„Herr Baum." *Oh mein Gott, ihr ganzer Charme ist mit einem Mal dahin.*

„‚Die Grundsicherung für Arbeitsuchende soll die Eigenverantwortung von erwerbsfähigen Leistungsberechtigten stärken. Sie soll dazu beitragen, dass sie ihren Lebensunterhalt unabhängig von der Grundsicherung aus eigenen Mitteln und Kräften bestreiten können. Sie soll erwerbsfähige Leistungsberechtigte bei der Aufnahme oder Beibehaltung einer Erwerbstätigkeit unterstützen und den Lebensunterhalt sichern, soweit sie ihn nicht auf andere Weise bestreiten können.' Soweit die wortwörtliche Erläuterung des Gesetzgebers, falls Sie auf die Idee kommen sollten, mir den Grundgedanken von Hartz IV erklären zu müssen. Aber das nur zu Ihrer Information. Wenn Sie den Antrag ausfüllen und die erforderlichen Unterlagen beibringen, sehen wir uns wieder. Hier ist der Termin notiert, an dem Sie die kompletten Unterlagen abgeben können."

Sie schiebt ihm Antragsformulare und die Karte mit seinem nächsten Termin über den Schreibtisch.

„Einen Anspruch auf Leistung, wenn er denn besteht, haben Sie mit dem Tag der Antragstellung, nicht rückwirkend. Ich wünsche Ihnen einen schönen Tag."

Genervt verlässt Hannes durch die Drehtür das Rathaus, Ausgang Zingel.

Mein Gott, diese Sesselpupser, kein bisschen flexibel. Paragraphenreiter.

Entschlossen geht er noch einmal zurück, klopft und öffnet die Tür zum Büro von Frau Jensen.

„Wenn Sie nach Büroschluss nichts vorhaben, könnte ich Sie zu einem Kaffee einladen, Frau Jensen. Fernab von Hartz IV und so."

Frau Jensen blickt von ihrer Arbeit auf und diesmal sieht Hannes, dass sie tatsächlich ein wenig errötet.

„Wenn Sie nichts vorhaben, Herr Baum, würde ich Ihnen vorschlagen, Ihren Papierkram zusammenzustellen und den Antrag auszufüllen, so ganz nah am Hartz IV und so. Auf Wiedersehen, wenn Sie bitte die Tür jetzt von außen schließen würden. Danke."

Ich wusste, dass sie eine Schrulle ist.

Hannes schaut auf sein Handy, das während des Gesprächs mit Frau Jensen per Vibration neue Nachrichten angekündigt hat.

Ah, Marion.

Wieso Marion? Was wird sie von mir wollen, so kurz vor der Trauerfeier von Jonas Jeute?

Neugierig ist er schon, doch muss er sich auf den Weg zum Friedhof machen. Bei Marion wird er sich am Nachmittag melden.

Zum Ostfriedhof gibt es mehrere Eingänge. Hannes entscheidet sich für den Haupteingang an der Schleswiger Chaussee, der nahe an der Kirche liegt. Scheint ein riesiges Gelände zu sein. Er hofft, den Erdaushub von Jonas Jeutes Grabstelle zu finden. Allerdings, wenn er sich so umschaut, ein ziemlich aussichtsloses Unterfangen. Schier unmöglich, wenn ihm nicht zufällig ein Mitarbeiter der Friedhofsverwaltung über den Weg läuft. In einer guten Stunde wird die Trauerfeier beginnen.

Hannes geht Richtung Kirche, die in etwa hundert Metern geradeaus vor ihm liegt. Die Tür steht offen, er geht hinein. Eben hat er jemanden im Eingangsbereich werkeln gesehen, doch der Mann scheint sich in Luft aufgelöst zu haben. Er entschließt sich zu einem Rundgang über den Friedhof.

Er geht Richtung Osten, vorbei an Gräbern mit riesigen Gedenksteinen.

Für wen die Leute so was machen. Tot ist tot, da bringt auch ein großer Stein nichts. Und dann diese Sprüche darauf, so nach dem Motto: Immer schön traurig bleiben und ja keine heiteren Gedanken am Grab. Gruselig.

„Entschuldigung, Sie kennen sich hier bestimmt aus."

Zwei Friedhofsgärtner mit Schubkarre und Gartengerät kreuzen seinen Weg.

„Ich bin auf der Suche nach einer letzten Ruhestätte. In welchem Teil des Friedhofes würde ich am ehesten eine Grabstelle erwerben können? Wissen Sie, meine Mutter, sie ist alt und wir haben noch nicht vorgesorgt.

So langsam muss ich mich um die Sache kümmern, zumindest schon mal schauen, wo man so bleibt."

„Kann ich so genau nicht sagen", antwortet einer der Männer. „Kommt immer darauf an, ob Urnengrab oder Bestattung im Sarg. Die neuesten Begräbnisse sind im Bereich dort hinten. Sie können mal gucken gehen, da ist gerade ein Loch frisch ausgehoben. Findet heute 'ne Beerdigung statt. Die Urnengräber sind mehr in die Richtung, wenn Sie nach links gehen", sagt der Mann und zeigt in die entgegengesetzte Richtung.

„Aber für nähere Informationen müssen Sie sich an die Friedhofsverwaltung wenden."

„Ich dank Ihnen ganz herzlich, schau mich mal um. Meine Mutter möchte nämlich nicht verbrannt werden, ich dagegen hab's lieber warm. Kann mir schwer vorstellen, von Würmern aufgefressen zu werden. Da werden wir wohl auch nach unserem Ableben weiter getrennt wohnen müssen."

„Ja, jedem das Seine. Dann suchen Sie mal das Richtige aus. Tschüss."

Das war ja 'ne ganz elegante Lösung. Ohne direkte Frage eine so präzise Antwort, hervorragend.

Hannes geht in die beschriebene Richtung. Bald schon sieht er von Weitem die frisch ausgehobene Gruft. Dieser Teil des Friedhofs scheint ein älterer zu sein. Wahrscheinlich werden alte Grabstellen, die von Angehörigen nicht weiter unterhalten werden, neu belegt.

Der hohe Baum- und der Buschbestand zwischen den Gräbern im näheren Umfeld bietet ihm ausreichend Schutz, um nicht bemerkt zu werden. Hier wird er sich aufhalten und die Sache beobachten. Bis zum Beginn der Trauerfeier dauert es noch eine Stunde, hinzugerechnet eine knappe Stunde für die Zeremonie in der Kirche und den Weg der Trauergemeinde bis hin zur Grabstelle. Also kann er sich noch ganz in Ruhe in der Stadt einen Cappuccino gönnen.

Als die Kirchenglocken zu läuten beginnen, steht Hannes etwa zwanzig Meter von der Grabstelle entfernt hinter einem Baum. Mit der Harke in der Hand kann er sich, sollte es brenzlig werden, immer noch als grabpflegender Mensch tarnen. Niemand von den Trauergästen, außer Marion, kennt ihn. Und sie würde sich auf das Herablassen des Sarges konzentrieren und mit ihrem Schmerz zu tun haben, anstatt in der Gegend umherzuschauen.

Er kann es kaum erwarten, so schrecklich gespannt ist er. Ob er Britta erkennen wird? Mein Gott, er könnte platzen vor Aufregung. Gleich wird seine Auserwählte auftauchen, gestützt von ... ja, von wem eigentlich? Wahrscheinlich werden Pflegekräfte aus der Klinik sie begleiten. Er tritt nervös von einem Fuß auf den anderen.

Gleich wird er sie zu Gesicht bekommen. Die Nachricht von Jonas' Tod hatte ihn freudig gestimmt, ihm Britta ein Stück nähergebracht. Wie schlecht es ihr auch gehen mochte, er wird ihr guttun, nun, wo sie frei, wo sie Witwe ist. Sie wird nicht mehr die kleine Tochter seines Cousins sein, mit der er einmal Würfelspiele gespielt hat, sie wird seine Gespielin werden. Gleich morgen wird er sie in der Psychiatrie besuchen. Nichts wird ihn davon abhalten.

Unruhig ruckelt er mit der Harke hin und her, als er die Sargträger entdeckt, gefolgt von einer kleinen Gruppe dunkel gekleideter Menschen. Erschrocken, obwohl niemand zu ihm herüberschaut, weicht er hinter einen Baum zurück und beobachtet das Geschehen durch eine Astgabel, die sich genau in Augenhöhe befindet. Hier ist ein gutes Versteck. Schnell durchkämmt sein Blick die kleine Gruppe von Trauergästen und bleibt schließlich an der Frau in der ersten Reihe hängen.

Das muss Britta sein! Die Frau in dem grauen Sommerkleid mit den wunderschönen, braunen, schulterlangen Locken. Leider verdeckt die Sonnenbrille ihre Augen. Ihre Figur scheint ein wenig füllig. Er findet sie faszinierend, anziehend. Irgendwie ein bisschen mütterlich, wie sie so dasteht. Wenn er sich recht besinnt, waren ihre Haare damals blond. Aber auch sonst, eine Ähnlichkeit mit der Britta von früher kann er nicht feststellen. Eher erinnert sie ihn an seine Nachbarin Lene in Düsseldorf, der er oft von seinem Balkon aus in ihrem Garten beim Sonnen zugeschaut hatte. Auch Lene hatte auf ihn eine faszinierende Wirkung gehabt. Doch leider sorgte ihre Tochter Tanja für den Abbruch der gutnachbarschaftlichen Beziehung.

Zu gerne würde er Brittas Gedanken lesen können. Seinen Mann zu Grabe zu tragen, der einen betrogen hat, und das mit der besten Freundin, dazu die übrigen Horrorgeschichten, wie die Einweisung in die Psychiatrie und so weiter. Das war schon eine krasse Nummer. Dafür zeigt sie Haltung. Das gefällt ihm. Sie gefällt ihm schon jetzt außerordentlich.

Neben ihr zwei Männer, einer noch jünger, der andere vielleicht Ende dreißig. Sie haben sie in ihre Mitte genommen, doch gestützt wird sie nicht. Aufgrund von Marions Schilderung hätte er jetzt eine todkranke, gebrechliche Frau erwartet.

Dann sieht er Marion. Völlig in Schwarz gekleidet, mit Sonnenbrille und großem, schwarzem Hut würde der Betrachter eher in ihr die trauernde Witwe vermuten als in Britta. In der einen Hand hält sie ein Mimosensträußchen, in der anderen ein weißes Taschentuch, in das sie unentwegt hineinschnäuzt.

Die Träger stellen den Sarg, der mit einem Bouquet aus bunten Sommerblumen bedeckt ist, kurz neben der Gruft ab, um ihn dann an den Seilen herabzulassen.

Er muss schlucken, fragt sich, wieso ihn das Geschehen derart tangiert. Vogelgezwitscher, das ihm in diesem Augenblick lauter als zuvor erscheint, macht den Moment erträglicher. Unter seinem Fuß knackt ein Ast, schnell duckt er sich.

Die schwarz gewandete Pastorin wendet sich den Trauernden zu. Nach ihrer kurzen Ansprache schließt sie mit den Worten: „Aus der Erde sind wir genommen, zu Erde sollen wir werden. Erde zu Erde, Asche zu Asche, Staub zu Staub."

Sie greift nach der Schaufel, wirft dreimal eine kleine Menge Erde in die Gruft und tritt zur Seite.

Wie anständig von ihr, ihrem Mann auf diesem Wege die letzte Ehre zu erweisen, denkt Hannes bei sich, als er Britta ernst und in aufrechter Haltung die Zeremonie des Erdwurfes vollziehen sieht. Ohne Beileidsbekundungen entgegenzunehmen, verlassen sie und die beiden männlichen Begleiter die Grabstätte.

Mit dem Leben bezahlt, simuliert Hannes vor sich hin. *Jonas Jeute hat seine dreisten, rücksichtslosen Pläne recht früh mit seinem Leben bezahlen müssen, wenn man Marions Ausführungen Glauben schenken darf. Ruhe in Frieden, Jonas Jeute.*

Auf dem Weg vom Friedhof nach Hause hatte Hannes einen Umweg über das Tine-Café gemacht.

Keine Beerdigung ohne Leichenschmaus, sagt er sich. *Und den gönn ich mir mit Kaffee und Butterkuchen im Tine-Café.*

Im Obergeschoss genießt er den Blick auf den Hafen. Die Eindrücke der letzten Stunden haben seinen Kopf mit Gedanken vollgestopft und seinen Magen zum Knurren gebracht. Ebenso lassen ihn Marions Informationen, die Geliebte des Mannes ihrer besten Freundin gewesen zu sein, und die kriminellen Machenschaften um Jonas Jeute und Leander Hagedorn ins Grübeln kommen. Ein harter Tobak das Ganze.

Er wählt die Nummer von Marion.

„Sie wird entlassen", sagt sie, als sie seine Nummer im Display erkennt, ohne sich mit ihrem Namen zu melden. In ihrer Stimme liegt eine Kälte, die ihn erschaudern lässt.

„Ich weiß nicht, wie sie das hinbekommen hat, aber sie wird in knapp zwei Wochen aus der Psychiatrie entlassen. Ich kann es nicht fassen. Ich habe sie heute auf dem Friedhof erlebt. Verstehe nicht, wie eine Frau so kalt, so gefühllos und ohne Anteilnahme am Grab ihres verstorbenen Mannes stehen kann. Nicht einmal eine Rose hat sie ihm nachgeworfen."

„Warum sollte sie ihm eine Rose ins Grab legen? Das wäre vielleicht dein Part gewesen, oder?" Beinahe hätte er sich zu mehr Erwiderung hinreißen lassen, sich verraten und die Mimosen erwähnt.

„Du bist wirklich geschmacklos."

„Verstehe ich nicht. Was ist geschmackloser? Die Geste oder das Handeln? Nun spiel dich mal nicht als das Unschuldslamm auf. Also ich finde es richtig, wie sich Britta verhalten hat."

„Woher willst du wissen, wie sie sich verhalten hat?"

„Du hast doch gesagt, dass sie ihm kein Blümchen ins Grab gelegt hat. Ich finde, dass das eine aufrichtige Haltung ist. Wenn ihr danach nicht ist, soll sie es auch niemandem vorgaukeln."

Scheibenkleister, das wäre nun wirklich beinahe in die Hose gegangen.

Hannes hört, wie sich Marion die Nase schnäuzt.

„Wenn du magst, können wir uns treffen. Es scheint dir nicht wirklich gut zu gehen. Was ist, um sechzehn Uhr bei mir?"

„Wo ist bei dir?"

„Süderstraße in Höhe des Blumenhauses Hansen, auf der linken Seite, wenn du stadtauswärts gehst. Da wohne ich schräg gegenüber, auf der Seite mit den geraden Hausnummern, die Nummer am Haus fehlt allerdings. Ich werde einen Beutel mit der Aufschrift ‚Brötchen' an meine Türklinke hängen. Komm einfach rein, die Klingel funktioniert nicht, und bitte keinen Schreck kriegen, das Haus sieht nur von außen so furchtbar aus. Drinnen habe ich es richtig gemütlich. Also? Bist du noch da? Du könntest dir alles von der Seele plaudern. Ich finde es übrigens prima, dass Britta entlassen wird. Wie kommst du überhaupt an diese Information?"

„Ich habe in der Klinik angerufen. Okay, gegen vier bin ich bei dir. Danke. Bis später dann."

Noch zwei Stunden. Auf dem Nachhauseweg kauft er im Bioladen an der Roten Pforte ein paar Lebensmittel ein: frisches Obst, Gemüse, Brot und Brötchen, ein paar Käsestückchen und eine Flasche Rotwein.

Käsewürfel und Weintrauben, dazu ein Gläschen Wein, das könnte ein sehr gemütlicher Abend auf dem Sofa werden. So ganz nebenbei würde er erfahren, wann genau Brittas Entlassung aus der Klinik bevorsteht.

Ein bisschen aufräumen muss er noch. Vor allen Dingen müssen die Unterlagen vom Sozialzentrum vom Tisch verschwinden. Bei dem Gedanken an den leidigen Antrag überkommt ihn ein Anflug von schlechter Laune.

Diese Jensen, Kooperation gleich null. Paragraphenreiterin.

Zu Hause angekommen, räumt er die Lebensmittel an ihren Platz, stellt Teller und Gläser bereit. Als er sich schließlich geduscht und mit geföhnten Haaren ins Wohnzimmer setzt, fühlt er sich entspannt wie lange nicht.

Er denkt an Marion. Ihre knabenhafte Figur erinnert ihn an den Körper eines Kindes. Flachbrüstig, glatte, blonde, kinnlange Haare, wasserblaue Augen und geschwungene farblose Lippen. In ihren Bewegungen liegt etwas Trotziges, etwas, das danach schreit gebändigt zu werden. Eine interessante Erscheinung.

Eine ganze Weile sitzt er schon im Wohnzimmer und malt sich aus, wie der Abend mit Marion würde verlaufen können. Anscheinend steht sie mächtig unter Strom, so viel hat er am Telefon herausgehört. Immerhin ist sie auf seine Einladung eingegangen.

Chips, Käsewürfel und Weintrauben, Wasser- und Weinflasche hat er auf dem Esszimmertisch bereitgestellt. Vielleicht sollte er alles lieber zum Couchtisch rüberholen? Dann könnten sie es sich, ohne immer wieder aufstehen zu müssen, auf dem Sofa gemütlich machen.

Er wählt einige Musiktitel aus der Wiedergabeliste aus, die mit „Did You Hear the Rain“ startet. Er wird sie ein wenig trösten, eine Schulter zum Anlehnen wird ihr guttun. Auf dem Friedhof hatte es jedenfalls so ausgesehen, als sei sie die trauernde Witwe, nicht Britta.

Freudige Erwartung breitet sich in seinem Körper aus.

„Huhu, jemand zu Hause?“, hört er Marions Stimme aus dem Flur. Er hat gar nicht mitbekommen, dass sie hereingekommen ist.

„Hi“, sagt sie, als er in den Flur tritt und sie umarmt. „Hab uns 'n Rotwein mitgebracht. Den kann ich heute so was von vertragen, mach gleich mal auf.“

Hannes bugsiert sie ins Wohnzimmer. „Setz dich, ich hol den Korkenzieher.“

Marion steuert direkt das Sofa an.

„Die Nachricht, dass Britta aus der Klinik entlassen wird, macht mich ganz verrückt“, wettert sie aufgebracht drauflos, während Hannes Rotwein einschenkt. „Ehrlich gesagt kann ich es nicht fassen. Sie hat tageweise vor sich hingedämmert. Wir haben geglaubt, dass es jeden Tag vorbei sein würde mit ihr. Und jetzt so etwas!“

Sie schlägt sich mit der Hand vor die Stirn, um ihre Fassungslosigkeit zu unterstreichen. Dann streift sie die Schuhe ab, stellt die Füße auf das Sofa und zieht die Knie unter das Kinn. Immer wieder lässt sie anklingen, wie schwer sie mit Jonas' Tod zurechtkommt, dass ihr ganzes Leben plötzlich umgekrempelt ist. Und dazu nun noch Brittas Entlassung.

„Das ist mehr, als ein Mensch verkraften kann."

„Prost", sagt Hannes. „Ich verstehe nicht, wieso es dich so aufregt. Was hat Britta Jeute dir getan? Du hast ihr den Mann weggeschnappt und nicht umgekehrt, sie könnte sauer auf dich sein. Sie wird es nicht ganz einfach haben, wenn sie wieder in ihr Haus zurückkommt."

Wie ein bockiges Mädchen sitzt Marion da. Er spürt die provozierende Anziehungskraft, die von ihr ausgeht. Sie hebt ihr Glas, trinkt es in einem Zug leer.

„Du solltest der armen Frau ein wenig unter die Arme greifen, du Frauenversteher. Am besten holst du sie aus der Klinik ab und kümmerst dich um sie, unterstützt sie, in ihrem Leben wieder zurechtzukommen! Genau in zwölf Tagen ist es so weit. Möchtest du die Anschrift der Klinik?"

„Hallo?!" Hannes schaltet die Musik ein. „Du kannst ganz schön widerborstig sein. Aber im Ernst, ich würde mich lieber um dich kümmern, dann wären du und ich nicht so allein und du müsstest nicht so kratzbürstig sein."

„Schöner Song, ich mag Georg Ezra."

„Ich auch."

Hannes rückt näher an Marion heran und legt seinen Arm um sie. Sie lehnt den Kopf an seine Schulter.

Es ist kurz nach Mitternacht, als er ihr ein Taxi bestellt. Sie haben gegessen, geredet, getanzt, schöne Stunden zusammen verbracht. Auf dem Tisch stehen zwei leere Rotweinflaschen.

„Danke für den Abend", lallt sie, „und für dein Ohr."

„Sehen wir uns wieder?"

„Möglich."

Entlassung

Ich bin Britta Jeute und werde heute aus der privaten psychiatrischen Klinik von Professor Zuber in Breklum entlassen. Psychisch bin ich ein Wrack, was jedoch nicht daran liegt, dass vor gut zwei Wochen mein Mann verstorben ist. Wie das zusammenpasst, psychisches Wrack und entlassen werden? Auf den ersten Blick vielleicht gar nicht. Normalerweise verlassen Patienten eine Klinik gesünder, als sie hineingegangen sind. Normalerweise.

Vor meiner Zwangseinweisung in diese Verrücktenanstalt ging es mir nicht wirklich schlecht, aber die Zeit in dieser Klinik war die Hölle. Ich hatte Glück, dass ich sie überlebte.

Vermutlich wird dieses Haus über kurz oder lang seine Pforten schließen. Man wird dem Chef, Professor Zuber, den Prozess machen. Aber dazu später mehr.

Das Wort Entlassung hat einen bitteren Beigeschmack. Eine Art Abschied von dem, was war, und ein Neubeginn in einer Freiheit, von der ich keine Vorstellung habe, wie ich sie leben werde. Leere und Angst hindern mich daran, positiv nach vorne zu schauen. Wer wird für mich da sein? Werde ich Freunde haben? Vielleicht melde ich mich bei Hannes Baum, meinem Großcousin, dessen Besuch ich vor einigen Tagen abgelehnt habe? Irgendwie muss ich aus der Isolation herauskommen.

Während meiner Ehe mit Jonas haben wir Freundschaften nicht gepflegt. Ich habe mich an meinen Mann geklammert, darüber hinaus Freunde nicht vermisst.

Außer Torge Bergmann habe ich niemanden. Torge, ein alter Studienfreund. Er wird mich abholen und nach Hause begleiten. Der Gedanke an ihn erheitert meine Stimmung. Ich schaue in den Spiegel und lächle. Eine strahlende Frau lächelt zurück. Immerhin schaffe ich es, nach außen blendend auszusehen. Was für eine Täuschung.

Ich schlüpfe in das anthrazitfarbene Leinenkleid, lege ein Tuch um die Schultern, dessen unterschiedliche rosa Farbtöne das triste Grau ein bisschen auffrischen. Ein nettes Blendwerk. Das Kleid habe ich in Bredstedt gekauft und auf Jonas' Beerdigung getragen. Merkwürdig, der Gedanke an Jonas und daran, dass er nicht mehr ist, rührt mich in einer Weise, die der Wut näher ist als der Trauer.

Die Vorstellung, nun bald in unser Haus in der Osterhusumer Straße zurückzukehren, macht mich wankelmütig und unsicher. Unangenehm und befremdlich fühlt es sich an. In den Wochen meiner Abwesenheit hat Jonas seine Freizeit in unserem Haus mit seiner Geliebten verbracht. Mit meiner Arbeitskollegin und ehemals besten Freundin Marion. Wie soll ich da weiterleben? In unserem Haus hat sie sich aufgehalten, gelebt mit meinem Mann, als sei es ihrer. In unserem Bett haben sie sich geliebt. Ich will es mir nicht vorstellen.

Um mich davon abzulenken, schaue ich in den parkähnlichen Garten. Auf der Bank unter der großen Eiche sitzt ein älteres Paar. Gedankenverloren starren sie vor sich hin. Ob sie schlimme Befunde erhalten haben? Glücklich sehen sie jedenfalls nicht aus. Genau auf jener Bank hatte ich auch gesessen, als Herr Lüders von der Husumer Kriminalpolizei mir die Nachricht von Jonas' Tod überbrachte.

Jonas war beim Überqueren der Gleise vom Nachtzug nach Sylt erfasst und in Stücke gerissen worden. Ob es Selbstmord oder ein Unfall war? Der Arzt hatte zwei Komma acht Promille Blutalkohol festgestellt. Die letzten Stunden vor seinem Tod soll Jonas sich im Restaurant La Mer am Husumer Außenhafen aufgehalten haben. Er habe verstört gewirkt und viel getrunken, wie jemand, dem die Liebste den Laufpass gegeben hat, hatte die Kellnerin sich erinnert. Stark angetrunken soll er das Restaurant verlassen haben.

Von einem Kummer meines Mannes war mir nichts bekannt, im Gegenteil. Recht kühn waren seine Zukunftspläne, für die er mit seinem Onkel Leander Hagedorn die Weichen für ein anderes Leben, ein Leben ohne mich, gestellt hatte. Möglicherweise hat er seine neu inszenierte Lebensideologie nicht mehr ertragen, nachdem Leander aus dem Leben geschieden war. Die Frage, ob tragischer Unfall oder Freitod, blieb unbeantwortet.

Jonas war der dritte Tote innerhalb von drei Wochen in meinem Umfeld. Sein Onkel, Doktor Leander Hagedorn, war am neunten und dessen Frau Verena am zehnten August ermordet aufgefunden worden. Leander fand man in Schobüll hinter einem Knick, Verena erschossen in ihrer Villa in Hamburg-Blankenese. Den Mörder der beiden hatte die Kriminalpolizei überführt, aber das ändert an der Sache nichts.

Die Nachricht von Jonas' Tod löste in mir weder Entsetzen noch Trauer aus. Herr Lüders war überrascht, als ich sagte: „Ich erlaube mir in diesem Augenblick keine Trauer zu empfinden."

Ich spürte Herrn Lüders' Erleichterung, dass die Nachricht mich nicht zusammenbrechen ließ, und sein

Erstaunen hinsichtlich meiner emotional niederschwelligen Reaktion. Tatsächlich hatte es sich so angefühlt, und das tut es auch jetzt noch.

Enttäuschung und Bitterkeit sind geblieben. Jonas hat mich betrogen und hintergangen, mit Marion und mit Leander, auf unterschiedlichste Weise. Gemeinsam haben sie mich mit einem gefälschten Gutachten in diese Psychiatrie gebracht, ein ausgemachtes, hinterhältiges Spiel getrieben. Mit meinem Erbe von Tante Cläre, ein Hotel an der französischen Mittelmeerküste, wollten sich die Männer in Frankreich ein schönes Leben machen. Ohne mich natürlich. Möglicherweise mit Marion. Bei dem Gedanken daran wird mir speiübel.

Ich plädiere für Freitod, Unfall wäre frei von Feigheit.

Um ein Haar wäre ich in dieser Klinik durch Medikamente umgekommen. Medikamente, die in der Erprobung waren, hatte Leander für mich ausgesucht und dafür sicherlich von der Pharmaindustrie schönes Geld kassiert. Er tat nie etwas, ohne eine Gegenleistung dafür zu bekommen. Jonas und Leander hatten meinen Tod billigend in Kauf genommen, wahrscheinlich sogar favorisiert. Mit im Boot war der Chef dieser Klinik, Professor Zuber. Zuber ist nicht dumm, aber er ist kriminell. Er hat nach dem Tod von Leander meinen Therapieplan geändert. Mit der Begründung, trotz sorgfältig ausgewählter Medikation sei die erwartete Besserung meines Zustandes ausgeblieben, hat er andere Präparate eingesetzt. Auf diese Weise sind die Machenschaften von Leander und Jonas nicht ans Tageslicht gekommen und Zuber schreibt sich den Triumph, mich als erfolgreich therapierte junge Frau aus seiner Klinik zu entlassen, auf seine Fahne.

Ich sei ein ausgezeichnetes Beispiel für sehr gute Behandlungserfolge seines Hauses, ließ er in unser

Abschlussgespräch einfließen. Für diese Äußerung hätte ich ihm an den Hals springen können.

Das wird ein Nachspiel haben, Zuber. Ich werde Torge um Rat fragen.

Ich schaue auf die Uhr.

Das Paar von der Bank steht einander gegenüber. Sie umarmen sich. Ich sehe, dass beide weinen, und wende mich ab.

Torge ist Anwalt in einer Kanzlei in Husum. Er war es, der gemeinsam mit der Polizei dafür gesorgt hat, dass in der Klinik Sven Richardsen als Privatdetektiv eingeschleust wurde. Der erfrischend fröhliche junge Mann, der mich stets aufzuheitern versucht hat, gefällt mir sehr. Letztendlich habe ich mich ihm anvertraut und es ihm zu verdanken, dass die Polizei im rechten Augenblick auftauchte und dem ganzen Horror ein Ende bereitete.

Torge kommt durch das weiße Friesentor in den Garten, geht auf die hintere Eingangstür zu. Trotz der Freude bin ich enorm angespannt und nervös. Ich weiß nicht, wie oft ich einen Blick in meine Handtasche geworfen habe, um mich zu vergewissern, ob der Haustürschlüssel griffbereit ist.

Wie es wohl sein wird, im Haus in der Osterhusumer Straße anzukommen?

Jemand klopft an die Tür. Ohne meine Antwort abzuwarten, steht Torge im Zimmer. Ich sehe ihm seine Freude an. Er umarmt mich und küsst flüchtig meine Wange.

„Du hast es geschafft, meine Liebe." Er hebt mein Kinn an, sodass wir uns in die Augen sehen. „Ich freu mich sehr für dich, Britta."

Mir ist, als hätte ich Pudding in den Knien.

Die sich nähernden Schritte auf dem Flur lassen uns ein Stück voneinander zurückweichen. Ein kurzes Klopfen und Sven Richardsen steht im Raum.

„Oh, Entschuldigung. Tut mir leid, Frau Jeute. Ich wollte nicht stören, aber ich hätte es mir nie verziehen, Ihnen nicht persönlich Auf Wiedersehen gesagt und alles Gute gewünscht zu haben. Sie waren eine außergewöhnliche Patientin. Also, alles Gute."

Sven Richardsen reicht mir die Hand.

„Sorry, Torge, ich wusste nicht, dass du Frau Jeute abholen kommst. Vielleicht sieht man sich mal, würde mich freuen. Machen Sie's gut. Tschüss, Torge."

„Ich habe Ihnen viel zu verdanken, Herr Richardsen. Wären Sie nicht gewesen ..."

„Ja, dann sollten wir so schnell wie möglich das Haus des Schreckens verlassen", ergreift Torge das Wort und schnappt sich meine Gepäckstücke.

„Sven, man sieht sich", ruft er dem jungen Mann hinterher, der sich in Richtung Schwesternzimmer davonmacht.

„Was für ein netter Mann", sage ich halblaut, während ich Sven Richardsen hinterhersehe.

Wir fahren auf der B5 Richtung Husum. Schnell kommen wir nicht voran, weil Traktoren die Überholmanöver schwierig machen. Mittlerweile genieße ich recht entspannt die Fahrt auf dem Beifahrersitz.

„Ich hatte ganz vergessen, wie Freiheit sich anfühlt", sage ich zu Torge.

Wir haben das Ortseingangsschild von Husum erreicht. Ein paarmal noch abbiegen und wir werden am Ziel sein. Bei dem Gedanken bricht meine positive Stimmung schlagartig ein. Das Haus wird zum Albtraum. Mein Magen zieht sich zusammen, Hitze steigt mir ins Gesicht. Meine Hände beginnen zu schwitzen.

„Ich habe mir den Rest des Tages freigenommen", unterbricht Torge meine Gedanken. „Ich schlage vor, wir essen im Hotel Osterkrug eine Kleinigkeit zu Mittag, dann bringe ich dich nach Hause. Du lässt mich teilhaben an deinem neu definierten Gefühl von Freiheit und sagst, wo und wie du dir meine Unterstützung vorstellen kannst."

Ich nicke erleichtert. Ein kleiner Aufschub, immerhin. „Eine sehr gute Idee, danke."

Von der Süderstraße biegen wir links ab in den Mönkeweg. Nach der nächsten Linksabzweigung sind wir im Osterende, wo sich das Restaurant befindet. Wegen seiner ausgezeichneten Küche genießt es einen sehr guten Ruf. Torge stellt das Auto auf dem Gästeparkplatz hinter dem Haus ab.

„Warte", sagt er, öffnet die hintere Wagentür und überreicht mir die Rose, die er auf dem Rücksitz abgelegt hatte. „Bevor sie ganz verwelkt ist. Ich wünsche dir einen tollen Start in dein neues Leben, alles Gute."

„Wie schön, danke."

Mehr kommt mir nicht über die Lippen. Ich habe das Gefühl, ein wenig zu erröten. Ich bin gerührt und verlegen, mein innerliches Chaos gerät noch ein bisschen mehr durcheinander. Torge legt seinen Arm um meine Schultern und dirigiert mich über den Seiteneingang ins Restaurant. Wir finden einen Tisch am Fenster mit Blick auf die belebte Straße. Die Rose lege ich in die Mitte des Tisches, die langstielige rote Rose.

„Darf ich schon etwas zu trinken bringen?", fragt die Bedienung und lächelt uns freundlich an.

„Eine große Flasche Husumer Wasser, bitte. Möchtest du Wein zum Essen?"

„Um diese Zeit Wein? Ich finde Wasser toll, danke. Wenn Sie ein kleines Gefäß mit Wasser für die Rose bringen würden?"

Wir bestellen das Tagesgericht, Hähnchenbrustfilet mit Reis an Currysauce. Verträumt streiche ich über die Blütenblätter der Rose. Wie sie duftet ... Mein Vater liebt auch Rosen, besonders Rosen, die duften, jedenfalls damals.

„Das gibt's doch nicht, Britta. Prima, dass ich dich treffe. Ich muss unbedingt einiges mit dir besprechen. Wusste gar nicht, dass du aus der Psychiatrie entlassen bist!"

Ich fahre zusammen. Es ist Marion, Jonas' Geliebte, die mich aus meinen Gedanken reißt. Das Wort Psychiatrie hatte sie lauter gesagt, als es nötig gewesen wäre, so laut, dass die Leute von den Nachbartischen es mitbekommen.

„Marion", sage ich. Meine Stimme klingt heiser. Mich übermannt ein abstoßendes, ekelerregendes Gefühl.

An Torge gewandt fährt sie fort: „Erlauben Sie, dass ich mich vorstelle? Ich bin Marion Petereit, eine, wie soll ich sagen, Ex-Freundin von Britta. Genau genommen war ich bis zu seinem Tod die Freundin ihres Mannes Jonas."

Marion streckt Torge ihre Hand entgegen.

„Ich bin Torge Bergmann, ein Freund von Britta", erwidert Torge, ohne die ausgestreckte Hand zu beachten.

Was fällt ihr ein, hier so einen Auftritt hinzulegen?, denke ich bei mir. Dann höre ich mich sagen: „Torge hat mich aus der Klinik abgeholt und wir haben wichtige Dinge zu bereden. Wenn du uns bitte allein lassen würdest. Außerdem wüsste ich nicht, was wir miteinander zu besprechen hätten."

Ich sehe Marion ins Gesicht und kriege mit, wie sie schluckt. Ihre Mimik wird spitz, verächtlich ihr Blick.

„Klar, verstehe. Hätte mir auffallen müssen. Junge Witwe trifft Rosenkavalier. Da lässt man sich nicht gerne stören. Sorry, Britta. Dann wünsch ich noch einen vergnüglichen Tag. Ruf mich doch mal an, würde gern mit dir über Jonas plaudern."

Mit eisiger Mine verlässt sie das Restaurant durch den Haupteingang.

Wie eine Ohrfeige hat sich ihr hässlicher Kommentar angefühlt. Wieso muss sie mich auch nach Jonas' Tod noch verletzen? Tränen steigen mir in die Augen. Konsterniert starre ich vor mich hin.

„Lass dir die Stimmung nicht vermiesen, sie hat es nicht verdient, dass du dich über sie ärgerst", sagt Torge und wirft mir einen aufheiternden Blick zu.

Marions unverhofftes Gastspiel hat mir zwar das Essen nicht vermiest, doch völlig unberührt lässt mich ihr Auftritt nicht. Sie ist mir unheimlich. Was würden wir nach Jonas' Tod noch zu besprechen haben?

Torges Anwesenheit sorgt dafür, dass ich im Augenblick nicht weiter darüber nachgrübeln muss.

„Ich möchte gern zahlen." Torge winkt die Kellnerin heran. „Du bist ausnahmsweise eingeladen", sagt er mit einem Augenzwinkern in meine Richtung.

Ich widerspreche nicht und bin in Gedanken schon bei dem, was jetzt unweigerlich bevorsteht.

„Nun denn, auf in die Höhle des Löwen, junge Frau", scherzt Torge, als wir vor dem Haus stehen, und öffnet die Beifahrertür. Nebeneinander gehen wir auf den Eingang zu.

Wie angewurzelt bleibe ich stehen und starre auf die Haustür. Sie steht einen Spalt weit offen. Wir sehen uns an. Vor Schreck fallen mir die Rose und mein Schlüsselbund aus der Hand.

„Da hat wohl jemand einen Schlüssel zum Haus, um nach den Blumen zu sehen, und das Abschließen vergessen?"

„Das ist ein schlechter Scherz. Niemand hat einen Schlüssel", sage ich in ärgerlichem Tonfall und stoße mit dem Fuß die Tür auf. Torge schiebt mich in den Flur. Eine Mischung aus abgestandener Luft und rätselhafter Ungewissheit schnürt mir die Kehle zu. Einbrecher während meiner Abwesenheit in meinem

Haus, das ist zu viel. Ich breche in Tränen aus, fühle mich wie durch eine Falltür in die Tiefe gestürzt.

„Wir schauen, ob jemand im Haus ist und ob etwas zerstört oder gestohlen wurde, und rufen die Polizei. Hallo ..."

Nur ein Jurist kann in so einer Situation so furztrocken reagieren.

Wie eine Furie renne ich als Erstes zur Hintertür, um sie zu öffnen und Frischluft hereinzulassen.

„Hier riecht es nach Jonas, das ist unerträglich", sage ich laut vor mich hin. Damit die Tür nicht wieder ins Schloss fällt, lege ich einen Stopper davor. Ich muss würgen.

Reiß dich zusammen, befehle ich mir, *der Gestank einer verwesten Leiche wäre schlimmer.*

Allerdings, der Mief von einem sich in der Verwesung befindlichen Liebesnest liegt in der Luft, und der kann einem auch die Kehle zusammenschnüren. Der Durchzug tut auf jeden Fall gut.

Auf unserem Rundgang im Erdgeschoss fällt mir nichts Außergewöhnliches auf. Ich gehe voran, die Treppenstufen nach oben. Mein Blick fällt als Erstes ins Schlafzimmer, dessen Tür offen steht.

„Sieh dir das an, das ist ja grauenhaft!", schreie ich. Mir ist, als hätte ich einen Schlag in die Magengrube verpasst bekommen, und ich schaue fassungslos auf das Chaos auf dem Teppichboden.

„Der gesamte Inhalt meiner Wäscheschublade, alles auf dem Boden verstreut." Stocksteif stehe ich vor Torge, der ins Zimmer geeilt kommt. „Wer macht denn so etwas? Wen hat Jonas ins Haus gelassen, der sich an meiner Wäsche vergreifen würde? Bestimmt war sie es, Marion. Sie ist eine Hexe. Sie will mir die Ankunft in meinem Haus verleiden, mir Angst einjagen. Bestimmt war sie eben gerade hier. Gewiss hat sie nicht verknusen können, dass wir sie haben abblitzen lassen. Ich bin mir sicher, dass sie es war. Sie muss von Jonas einen Schlüssel bekommen haben. Ich glaub das alles nicht, es ist einfach nur schrecklich!"

Ich öffne den Kleiderschrank und kriege den nächsten Schreianfall. Hektisch reiße ich die fremden Kleidungsstücke aus dem Schrank und werfe sie auf den Boden zu den anderen.

„Sie ist schon bei ihm eingezogen, siehst du das? Was für eine bodenlose Unverschämtheit. Sie haben nicht damit gerechnet, dass ich noch einmal nach Hause komme. Sie haben mich tot gesehen. Oh mein Gott ..."

Ich wende mich ab von dieser Katastrophe. Verständnislos und wütend trommeln meine Fäuste gegen Torges Brust, der mich vergeblich zu besänftigen versucht. Im nächsten Augenblick lässt mich ein Geräusch aus dem Erdgeschoss zusammenzucken.

„Was war das? Hast du es auch gehört? Es muss doch jemand im Haus sein!"

„Es war eine Tür", versucht Torge mich zu beruhigen. Gemeinsam schauen wir nach. Die Zugluft hatte die Haustür ins Schloss geworfen. Meine Nerven liegen blank. So etwa muss es sich anfühlen, wenn man langsam den Verstand verliert. Ein Gefühl zwischen Schwindel, Brechreiz und Machtlosigkeit. Wie ferngesteuert gehe ich ins Wohnzimmer.

Torge telefoniert mit der Polizei.

„Sie schicken einen Wagen. Ich mache uns derweil einen Kaffee, ich glaube, den können wir beide jetzt gut gebrauchen."

„Ist kein Kaffee da. Jonas war Teetrinker. Hier gibt es keine Hausfrau und ebenso keinen Kaffee, und wenn doch, dann ist er uralt und ungenießbar."

Torge bugsiert mich vom Sessel zum Sofa, legt meine Füße hoch und streicht mir übers Haar. „Abwarten, bin gleich wieder da. Ruh dich ein bisschen aus."

Ich höre, wie er nach draußen geht. Kurz darauf steht er mit einem Korb im Arm neben mir. In der Hocke sitzend nimmt er einzeln die Köstlichkeiten aus dem Korb und stellt sie auf den Wohnzimmertisch.

„Gnädige Frau, hier ein Päckchen Kaffee, Äthiopien Arabica, würzig am Gaumen, mit wenig Koffein. Dazu Gebäck, getaucht in edle Schokolade. Erheitert das Gemüt und macht geradezu süchtig."

Es folgen Kaffeesahne, brauner Zucker im Glas und ein Päckchen Friesenwaffeln in blau-weiß gestreifter Verpackung.

„Wo befindet sich in diesem Haus die Kaffeemaschine?"

Eine tolle Show. Amüsiert und verblüfft schaue ich abwechselnd zu Torge und zu den Köstlichkeiten auf dem Tisch.

„Was für eine schöne Idee, danke. Kaffeemaschine ist in der Küche."

Während Torge sich in der Küche um den Kaffee kümmert, komme ich ein bisschen zur Ruhe.

Wenig später hält in der Auffahrt ein Polizeiauto. Zwei uniformierte Beamte steigen aus. Ich lasse sie ins Haus. Nachdem ich den Herren Jensen und Friedrich die vorgefundene Situation geschildert habe, beginnen sie mit ihrer Arbeit. Spuren von Gewaltanwendung finden sie nicht. Um sicherzugehen, sollen Kollegen von der Kripo den Tatort auf Fingerabdrücke untersuchen.

„Bitte fassen Sie nichts an, bis die Kollegen mit den Untersuchungen fertig sind."

Natürlich nicht.

„Das Ankommen hatte ich mir anders vorgestellt. Du kommst in dein Haus und jemand hat in deiner Abwesenheit in deiner Unterwäsche herumgewühlt. Du weißt nicht, wer es war! Es fühlt sich so scheußlich an, so abartig und pervers. Ich werde alles wegwerfen, das kann ich nie wieder anziehen. Sobald die Kripo hier war, stopfe ich alles in den Müll. Auch die Klamotten von Marion. Ab in den Sack und weg damit."

„Gute Idee. Spätestens danach sollten wir uns den angenehmen Dingen zuwenden. Vielleicht erzählst du mir ein bisschen von der Zeit, als du bei deinem Vater gelebt hast. Und dann würde ich unbedingt einen Einkaufsbummel vorschlagen. Bin der weltbeste Begleiter und kritischste Berater, in Sachen ‚Was Frau so trägt'. Du könntest beispielsweise neue Wäsche für dich kaufen. Bei CJ Schmidt in der Wäscheabteilung wirst du super beraten, weiß ich von meiner Schwester. Sag, dass es eine gute Idee ist."

Die Beamtinnen der Spurensicherung haben ihre Arbeit beendet.

„Machen Sie sich nicht allzu große Hoffnungen, dass etwas Brauchbares dabei herauskommt, Frau Jeute. Um Täter zu überführen, müssen sie schon einmal bei uns in Erscheinung getreten sein. Wär schön, wenn wir den Übeltäter fassen könnten. Wenn ich Ihnen einen Tipp geben darf: Lassen Sie Ihre Fenster und Türen im Hinblick auf Sicherheitslücken überprüfen! Der technische Fachberater der Polizeidienststelle schaut sich vor Ort um und führt eine kostenlose Beratung durch. Die meisten herkömmlichen Fenster und Hauseingangstüren haben einen unzureichenden Einbruchschutz. Ich lasse Ihnen die Visitenkarte unseres Kollegen da. Sie können telefonisch einen Termin vereinbaren. Spätestens, wenn etwas passiert ist, sollte man über Vorkehrungen nachdenken und es den Langfingern nicht so leicht machen. Wir müssen dann mal wieder. Ihnen noch einen angenehmen Tag."

Ich begleite die Polizistinnen, Frau Neumann und Frau Harms, zur Tür und gehe dann hinauf ins Schlafzimmer, um mich um die Entsorgung der Wäsche zu kümmern. So eine perverse Gemeinheit. Vor Wut steigen mir die Tränen in die Augen. Es muss Marion gewesen sein, die das Chaos hier angerichtet hat, doch wenn nicht, wer könnte es sonst getan haben? Gruselig, der Gedanke.

Mit wenigen Handgriffen sind die Sachen in einer Mülltüte verschwunden. Angewidert verschnüre ich sie mit Kräuselband. Ich ziehe es fest zusammen, als würde ich lebensbedrohliche Keime unter Verschluss bringen. Als der Deckel der Mülltonne über dem Sack zufällt, fühle ich mich besser. Ich freue mich auf einen Kaffee mit Torge.

„Ich bin froh, dass sie weg sind. Dieses ganze Theater geht mir gehörig auf die Nerven, ein gutes Ankommen sieht anders aus. Um deine Frage nach dem Zusammenleben mit meinem Vater zu beantworten, habe ich mein Tagebuch mitgebracht. Vorgelesen hören sich die Geschichten authentischer an, schließlich war ich noch ein Kind. Ich bin selber gespannt, hab lange nicht hineingesehen. Sieht ähnlich abgegriffen und alt aus wie mein Kochbuch aus der Schulzeit, das habe ich auch immer noch. Ich bin froh, dass sich niemand dran zu schaffen gemacht hat."

Torge hat den Tisch gedeckt und der köstliche Duft nach Kaffee steigt mir direkt in die Nase. Ich finde es großartig, wie er mich mit seiner unkomplizierten Art zu erheitern versteht. Als er den köstlich duftenden Kaffee vor mir abstellt, empfinde ich ein längst vergessenes Gefühl von Geborgenheit.

„Ich bin bereit", ermuntert mich Torge und legt die Füße auf dem Hocker ab.

„Als sich meine Eltern getrennt haben und ich mit meinem Vater nach Minden gezogen bin, fing ich an mit dem Tagebuchschreiben. Vater hatte wenig Zeit für mich und so wurde dieses Buch mein bester Freund.

Seit heute steht es fest: Ich werde mit Papa nach Minden ziehen und Katrin bleibt bei Mama in Husum. Ich opfere mich, weil Papa mir leidtut.

Ich weiß, dass ich Mama und Katrin sehr vermissen werde, aber ich war so hin- und hergerissen. Tagelang habe ich mir die Augen aus dem Kopf geweint, weil einerseits die Entscheidung, bei Mama zu bleiben, Papa das Herz zerrissen hätte. Andererseits wusste ich selber nicht, was das Beste sein würde. Es gab viele Gründe in Husum zu bleiben, aber den Gedanken, meinen Papa einsam zu sehen, konnte ich nicht ertragen, und diese Vorstellung hat alles andere fortgewischt.

„Wir werden es uns schön machen und können neu anfangen. Wir haben es besser als Mama und Katrin", freute sich Papa über meine Entscheidung.

Bei mir gibt es nichts, womit ich neu anfangen will. Ich hatte kein Leben geführt, in dem es nicht auszuhalten war. Meine Eltern hatten es sich einfach gemacht. Sie waren egoistisch eine Weile ihrer Wege gegangen, hatten sich vor uns Kindern gestritten und dann kam die endgültige Trennung.

*

Acht Wochen wohnen wir nun schon in dem kleinen Haus in der oberen Altstadt, bald beginnt die Schule. Daran mag ich gar nicht denken, das wird bestimmt ganz schrecklich. Noch kenne ich hier niemanden.

Die meiste Zeit bin ich allein zu Hause. Wenn Papa von der Arbeit kommt, holt er sich ein Bier aus dem Kühlschrank und will seine Ruhe haben. Für meine Sorgen und Nöte hat er keine Zeit. Es gibt so viel, worüber ich mit ihm sprechen müsste.

Mein größter Kummer ist das Heimweh nach Mama und Katrin, nach den alten Freundinnen und nach Husum. Meist tritt es auf, wenn wir am Küchentisch beim Abendessen sitzen. Ganz plötzlich ist es da, mein Hals schwillt an und das Schlucken fällt mir schwer. Ich fühle einen Stich in der Brust und denke an zu Hause, an Mama. Meine Augen füllen sich mit Tränen. Ich versuche sie wegzuschlucken, aber es funktioniert nicht. Sie rollen über meine Wangen, mit der Zunge schlecke ich sie auf. Das Essen bleibt mir im Hals stecken.

Papa sagt, ich sei undankbar, weil mir sein Essen nicht schmeckt, er rackert sich ab für uns und nach seinen Problemen fragt niemand.

Niedergeschlagen gehe ich in mein Zimmer, lege das lachsfarbene Chiffontuch, das mir Mama zum Abschied geschenkt hat, auf den Fußboden und setze mich im Schneidersitz davor. Mama hat gesagt, wenn ich bekümmert sei, solle ich meine Sorgenpäckchen einfach auf das Tuch legen und sie würden verschwinden. Ich denke an Mama und daran, wie es wäre, wenn sie hier sein könnte, wenn wir alle vier wieder zusammen wären. Ich sehe sie schemenhaft vor mir. Sie greift nach den Ecken des Tuches, hebt es auf und nimmt es mit sich fort.

Eigentlich ist das Ganze ein Märchen für kleine Kinder und obwohl ich es weiß, fühle ich mich besser.

Ich könnte Mama anrufen, doch ich will nicht, dass sie sich Sorgen macht, und dass ich am Telefon weinen werde, weiß ich genau.

*

Etwas Seltsames ist passiert und ich weiß nicht, ob es Wirklichkeit war, ob ich träumte, oder mir wünsche, dass es so gewesen ist. Vielleicht bekommt man vom Alleinsein solche Hirngespinste.

Bevor ich ins Bett gegangen bin, habe ich auf der Treppe gesessen und mir die Leute angeschaut, die zu Papa zu Besuch kamen. Es waren zwei Männer und drei Frauen. Eine von ihnen kannte ich, sie war schon öfter bei uns. Sie ist jung, bestimmt zehn Jahre jünger als Papa.

Sie sieht aus wie eine lebende Barbiepuppe. Ihr Rock bedeckt mal gerade den Po und am Ende ihrer langen Beine stecken Füße in Schuhen, deren Absätze so hoch sind, dass bei jedem Schritt ihre Knie ein bisschen einknicken. Ihr Pulli ist schrecklich eng und der Ausschnitt riesig. Papa starrt auf ihre großen Brüste. Sie wirft ihm einen eigenartigen Blick zu. Ich mag nicht, wie sie ihn ansieht. Ihre blonden Haare hat sie unordentlich auf dem Kopf zusammengesteckt. Durch die hohe Frisur ist sie etwas größer als Papa.

Ich gehe in mein Zimmer und schließe die Tür. Papas Gäste gefallen mir nicht. Sie trinken, lachen und die Musik aus dem Wohnzimmer höre ich bis in mein Zimmer.

Ich sollte längst schlafen, denn morgen muss ich hier zum ersten Mal in die Schule und ich bin ziemlich aufgeregt. Der Gedanke an den ersten Schultag lässt mich nicht einschlafen. Ich setze mich noch einmal auf die oberste Treppenstufe. Die Wohnzimmertür ist jetzt geschlossen. Ich rufe nach Papa und komme mir vor wie eine Bettlerin, die hofft, dass jemand ihr Gejammer hört. Ich schäme mich, denn schließlich bin ich schon zwölf und rufe wie ein Kleinkind nach meinem Vater. Wenn er mich doch vor dem Einschlafen einmal in den Arm nehmen und mir sagen würde, dass alles gut wird.

„Kannst du noch einmal zu mir raufkommen, Papa?", frage ich, als er irgendwann vom Wohnzimmer in die Küche geht.

„Geh schlafen, Britta, es ist schon spät."

Niedergeschlagen kehre ich in mein Zimmer zurück, krieche unter meine Bettdecke. Meine Füße sind eiskalt, in meinem Kopf dröhnt es und meine Zähne klappern aufeinander. Dann spüre ich einen stechenden Schmerz in der Brust und mein Hals ist wie zugeschnürt. Ich fühle mich schrecklich alleine, und das tut überall weh.

Irgendwann höre ich, wie der Haustürschlüssel im Schloss herumgedreht wird und Stimmen sich vom Haus entfernen. Papa geht aus.

Ich höre ein fiependes Geräusch, glaube, dass es meine vom Weinen zugeschwollene Nase ist. Ich halte die Luft an. Das Geräusch ist noch da. Es scheint von unter dem Bett zu kommen. Ich lasse meinen Kopf über die Bettkante hängen und sehe nur Dunkelheit.

Als ich eine Weile kopfüber gehangen habe, entdecke ich unzählige winzig kleine Lichtpunkte, die sich bewegen. Ich stelle mir vor, dass es viele kleine Wichtel sind, die unter meinem Bett hin und her wuseln. Die Lichtpunkte sind ihre Laternen, die sie um den Hals tragen. Ich verhalte mich ganz still, um sie nicht zu erschrecken, und sehe ihnen lange zu.

Irgendwann höre ich, dass der Haustürschlüssel ins Schloss gesteckt wird, und dann ein leises Kichern.

Schlagartig ist es dunkel unter meinem Bett. Glücklich kuschle ich mich in meine Bettdecke und habe das Gefühl, ich bin nicht allein.

*

Papas Wecker klingelt. Unaufhörlich schlägt der kleine Hammer gegen die metallenen Glocken. Sicher ist er schon aufgestanden und hat vergessen ihn auszustellen. Ich gehe nach unten und höre aus dem Schlafzimmer ein Schnaufgeräusch. Das Gebimmel des Weckers hat aufgehört. Versehentlich stoße ich gegen einen Küchenstuhl, was einen ziemlichen Krach verursacht. Ich höre Papas Stimme und die einer Frau. Es ist die Stimme der Frau mit der großen Brust, ich erkenne sie sofort.

„Kannst du nicht aufpassen, Britta? Was machst du für einen Lärm? Geh schon mal ins Bad. Ich mache gleich Frühstück."

„Hast du Besuch, Papa?", frage ich.

„Ich habe Kopfschmerzen. Geh ins Bad und beeil dich. In einer halben Stunde müssen wir los."

Ich gehe ins Badezimmer. Plötzlich steht Papa in der Tür. Er trägt nur eine Schlafanzughose, seine Haare sind verschwitzt und auch die Haare auf der Brust sind nass. Er beugt sich zu mir herab, legt seine Hände auf meine Schultern und sagt: „Gleich geht's in die Schule, meine Große, wirst du allein hinfinden?"

Mir schießen die Tränen in die Augen und ich fühle mich wie eine Marionette, deren Fäden plötzlich losgelassen werden. Ich lege die Arme um Papas Hals und klammere mich fest an ihn. Sein schlechter Atem steigt mir direkt in die Nase und auch sonst riecht er merkwürdig.

„Ich kann da nicht alleine hingehen, du musst mitkommen, bitte, nur heute."

Verzweifelt lege ich mein Gesicht an Papas Schulter. Er macht mir Angst.

Papa schiebt mich unwirsch beiseite. „Wenn wir es hier zusammen aushalten wollen, musst du lernen, selbstständig zu sein. Ich kann dich nicht überall hinbringen und abholen. Am besten begreifst du, dass jeder von uns seinen eigenen Kram erledigt. Heute werde ich dich begleiten, aber ab morgen ist Schluss damit. Versprich mir, dass du dich zusammenreißt und mir nicht ständig am Rockzipfel hängen wirst."

Erleichtert verspreche ich Papa, dass ich ihm keinen Kummer bereiten werde. Nur heute, heute muss er mitkommen. Er bugsiert mich aus dem Badezimmer.

„Mach schon, zieh dich an. Wir frühstücken eine Kleinigkeit in der Bäckerei an der Ecke, die liegt auf dem Weg, das geht am schnellsten."

Während ich nach oben gehe, höre ich, wie Papa leise vor sich hin schimpft. Bestimmt werde ich bald eine Freundin *haben. Dann wird alles anders und ich muss Papa nicht seine Zeit stehlen.*

Kurze Zeit später verlassen wir das Haus. Mit halb angezogener Jacke laufe ich hinter ihm her.

„Nun komm schon."

*

Hallelujah

Es ist Samstag, Papa hat Geburtstag ...

Wir gehen in der Bäckerei in unserer Nachbarschaft frühstücken.

„Wie immer, einmal das Schnelle und ein Croissant mit Nutella?", fragt uns die Bedienung, die Brigitte heißt, im Vorbeigehen.

„Nein", entgegnet Papa. „Heute nehmen wir zur Feier des Tages einmal etwas Besonderes."

Wir setzen uns an einen Tisch im hinteren Bereich des Cafés.

„Na, dann such dir mal etwas Leckeres aus. Diese Stunde gehört uns. Am Nachmittag kommen Gäste und dann muss ich mich um die Leute kümmern. Also, hast du schon was gefunden, was dir gefallen würde?"

„Schade, dass Mama und Katrin nicht hier sein können", sage ich in Papas Richtung, der soeben Brigitte ein Augenzwinkern schenkt.

„Also, was ist, was gefunden?"

Ich fühle mich gedrängelt. „Wie immer, Croissant mit Nutella", sage ich enttäuscht, „und hier ist mein Geschenk für dich."

Ich halte Papa das in Rosenpapier eingewickelte Präsent hin.

„Na, zeig mal her, was du Schönes für mich gekauft hast. Ah, ein Büchlein. Sieht selbst gemacht aus", sagt er, als er

das Papier aufgerissen und zerknüllt neben sich auf die Bank gelegt hat. Ich nicke und lächle Papa an.

„Schön. ‚Was ich mir wünsche'. Toller Titel, wieso wünschst du dir etwas zu meinem Geburtstag? Na ja, du bist ja erst zwölf, da darfst du dir auch vom Leben noch etwas wünschen."

Papa lässt die Seiten einmal flüchtig durch seine Finger gleiten.

„Wer so früh mit dem Schreiben beginnt, wird sicher einmal eine berühmte Geschichtenschreiberin. Danke, meine Große. Außerdem weiß ich doch, was du dir wünschst."

Dann legt er mein Geschenk neben das zerknüllte Papier. Noch nicht einmal den ganzen Titel hat er gelesen. ‚Was ich mir wünsche und was ich in unserem Zusammenleben vermisse', habe ich auf den Buchdeckel geschrieben.

Auf den ersten Seiten sind Gutscheine, die Papa bei mir einlösen kann. Ganz alltägliche Dinge wie Abwaschen, Staubsaugen oder Einkaufen. Dann folgen Seiten, auf die ich Vorschläge geschrieben habe, wie wir unsere gemeinsame Zeit anders gestalten könnten. Dass ich Papa zum Reden brauche und dass ich mich so oft einsam fühle, habe ich hineingeschrieben. Wie soll er es wissen, wenn er mir nie zuhört? Aber ist das überhaupt ein Geschenk? Plötzlich habe ich Zweifel und ein bisschen hat es ja auch schon so geklungen, als würde es unangebracht sein. Vielleicht wird es Papa ärgern? Ich werde abwarten, denn noch hat er es ja nicht gelesen.

Papa liebt Rosen über alles. Besonders Rosen, die gut duften, liebt er. Deshalb habe ich Rosenranken auf die einzelnen Seiten gemalt. Ich bin zu Douglas gegangen und die freundliche Bedienung hat einen Duft nach gelben Teerosen hineingesprüht. Papa hat es nicht gemerkt. Ob er wohl jemals in dem Büchlein lesen wird?

„Na, was darf ich euch Schönes bringen?"

Brigitte steht dicht neben Papa und hält den Kopf ein bisschen schief.

„Britta nimmt wie immer das Croissant mit Nutella und 'ne Tasse Schokolade, ich das Genießer-Frühstück, statt Orangensaft ein Glas Sekt, bitte. Nach dem Frühstück machen wir noch einen Spaziergang durch die Stadt", sagt Papa. „Damit mein Geburtstagstisch nicht so leer aussieht, werde ich mir selber ein Geschenk kaufen."

Brigitte bringt die Bestellung und wir frühstücken.

Während Papa sich mit seinem Notizbuch beschäftigt, denke ich an Mama und an Husum. Ob Mama mich wohl wiedernehmen würde?

Als wir das Café verlassen, kommt Brigitte hinter uns hergelaufen.

„Ihr habt was vergessen", ruft sie. Papa hat sein Geschenk liegen lassen.

Am Nachmittag kommen Gäste. Wir sind insgesamt acht Leute. Auch Papas Cousin Hannes Baum ist dabei. Ich hatte ihn vorher noch nie kennengelernt. Hannes ist nett. Nach dem Kaffeetrinken spielt er mit mir Mensch-ärgere-dich-nicht. Es ist ein richtig schöner Nachmittag.

Ein Partyservice bringt Platten mit Kanapees und Salate. Alles sieht sehr lecker aus. Mir würde es Spaß machen, auch mal so schöne Brote auf einer Platte anzurichten und Freunde zum Essen einzuladen. Aber damit muss ich wohl warten, bis ich Freunde habe.

Zum Essen trinken die Erwachsenen Bier und Wein. Ich darf ausnahmsweise eine Cola haben, weil Papa vergessen hat Orangensaft zu kaufen. Ich bin froh, dass Hannes da ist, sonst wäre es für mich ziemlich langweilig.

Nach dem Abendessen wird es laut. Die Männer erzählen Witze, die ich nicht verstehe und über die sich alle ziemlich zu amüsieren scheinen. Es ist noch nicht sehr spät, ich werde noch ein bisschen nach draußen gehen und mir in der Eisdiele am Scharn ein Eis kaufen.

Durch die Hintertür verlasse ich das Haus. Papa wird mich nicht vermissen und spätestens in einer Stunde werde ich zurück sein. Ich genieße die frische Luft, als ich vor die Tür trete, und gehe in Richtung Martinitreppe, um mir beim Italiener mein Lieblingseis zu kaufen, eine Kugel Nuss mit einer Miniportion Schlagsahne.

Die Stadt ist wie ausgestorben, die Geschäfte haben geschlossen und auch die Eisdiele macht gleich Feierabend.

Mit meinem Eis gehe ich über den Scharn Richtung Glacis und überquere an der Ampel die Straße. Ich werde ein kleines Stück durch das Glacis gehen, später über die Hahler Straße den Weg nach Hause nehmen. Unterwegs überholt mich eine Gruppe von Joggern. Danach scheine ich allein auf der Welt zu sein.

Nach kurzer Zeit höre ich hinter mir ein Schnaufen. ‚Ein Jogger, der den Anschluss verloren hat', denke ich, doch weil mich niemand überholt, sehe ich mich um. Im selben Augenblick werde ich von einem Mann umgerissen und ins Gebüsch gezerrt. Als ich schreie, hält er mir den Mund zu.

„Sei still, dann passiert dir nichts", sagt er und nimmt die Hand von meinem Mund. Gelähmt vor Angst starre ich ihn an und wage keinen Laut von mir zu geben. Er drückt mich fest auf den Boden und presst seinen Mund auf meinen. Ich spüre seine Zunge und muss würgen. Er versucht, mir das T-Shirt hochzuschieben, und seine Finger berühren meine Haut. Der Mann keucht und Speichel fließt aus seinem Mund. Ich rühre mich nicht. Dann fummelt er an seiner Hose herum. Schweißtropfen fallen von seinem Gesicht auf meins.

„Hilfe!", schreie ich, als ich glaube, ein Geräusch in der Nähe gehört zu haben, und im selben Augenblick ruft jemand: „Lassen Sie das Mädchen in Ruhe!"

Der Mann springt auf und rennt durch die Büsche davon. Der freundliche junge Mann, ein Radfahrer, hilft mir auf. Angeekelt wische ich mir mit meinem T-Shirt das Gesicht ab und ziehe meine Kleidung zurecht. Ich stehe stocksteif auf dem Gehweg und starre den Mann mit dem Fahrrad an.

„Alles okay? Ich bringe dich nach Hause", sagt er. „Wo wohnst du?"

Völlig verstört schreie ich noch einmal um Hilfe.

„Alles gut, ich bringe dich nach Hause, komm. Deine Eltern sollten Anzeige erstatten. Solche Schweinebacken dürfen nicht ungeschoren davonkommen."

„Ja", sage ich, „das werden sie sicherlich tun."

„Ich werde als Zeuge zur Verfügung stehen. Hier, meine Visitenkarte. Deine Eltern können sich jederzeit an mich wenden, wenn sie eine Aussage brauchen. Am besten spreche ich kurz selbst mit deinen Eltern", sagt er, als wir die Haustür erreicht haben.

„Nein danke, das ist nicht nötig. Mein Vater hat Geburtstag und wir haben Gäste. Vielen Dank, dass Sie mich nach Hause gebracht haben."

Als der Mann außer Sichtweite ist, gehe ich ins Haus. Im Flur wird laut gelacht und getanzt.

„Hallo", sagt die Frau mit der dicken Brust.

„Du warst unterwegs?", fragt Papa. „Wie siehst du aus? Putz dir den Dreck von den Klamotten, bevor du nach oben gehst, und bleib nicht mehr so lange auf!"

Ich haste die Treppenstufen hoch und werfe meine Zimmertür ins Schloss. Den Schlüssel drehe ich zweimal herum. Mit dem Rücken an die Tür gelehnt, wird mir plötzlich übel. Am Waschbecken übergebe ich mich. Mit der Zahnbürste schrubbe ich meine Zunge, bis sie schmerzt und schließlich blutet. Dann kann ich nicht mehr aufhören zu weinen.

An diesem Abend habe ich viele Sachen übereinander an, als ich ins Bett gehe, und die Decke ziehe ich bis über meinen Kopf. Irgendwann friere ich nicht mehr. Plötzlich höre ich Musik, die nicht aus dem Wohnzimmer kommt.

Ganz still liege ich in meinem Bett und höre ein gewaltiges, von einem Chor gesungenes „Sing Halleluja". Es hallt in meinem Kopf und mein ganzes Zimmer ist voll von diesem berauschenden Halleluja-Klang, und ich schmecke das Blut auf meiner Zunge. Ich bekomme eine Gänsehaut, ziehe meine Bettdecke hoch.

Und morgen schreibe ich Mama."

*

Beinahe feierlich schließe ich den Deckel meiner Tagebuchkladde. Schweigend sehen wir einander an. Nach einer Weile sage ich: „Genau so war es. Die Erinnerung ist so präsent, dass ich immer noch eine Gänsehaut bekomme, wenn ich daran denke. Eine atemberaubende Akustik und ein stimmgewaltiger Chor schmettert sein Halleluja auf mich nieder und schlagartig dann die absolute Stille."

Torge sieht mich betroffen an. „Mir fehlen die Worte, klingt jetzt blöd, aber sie fehlen mir wirklich. Hätte ich nur ein bisschen geahnt, wie entsetzlich vieles für dich gewesen sein muss, ich hätte nicht nachgefragt, jedenfalls nicht heute."

„Es ist okay und nicht so, dass ich in Tränen ausbreche, sobald ich an meine Kindheit denke. Schließlich habe ich einen großen Teil der Ereignisse und Traumata in der Therapie aufgearbeitet. Zwei Jahre harte Arbeit haben vieles in ein anderes Licht gerückt und ihm seine Bedrohung genommen. Ich kam gut voran, bis es eines Tages zu der Einweisung in die psychiatrische Klinik kam.

Jonas und Leander haben meine Borderline-Erkrankung ausgenutzt, und als Leander eines Abends bei uns zu Gast war, haben sie mich provoziert, bewusst aus der Reserve gelockt. Ich bin ausgerastet und habe dabei beide Männer verletzt.

Leander hat sein Amt als Arzt, Psychologe und was er sonst alles noch zu sein vorgab, missbraucht und mich mit einem gefälschten Gutachten in Professor Zubers Privatklinik eingewiesen. Es ist mir ein Rätsel, wie die Männer es hinbekommen haben, wie sie die Vorschriften für eine Einweisung umgehen konnten, und Zuber war von Anfang an mit im Boot. Das alles ist mir unerklärlich.

Mein Mund ist vom vielen Reden total ausgetrocknet. Ich brauche etwas zu trinken, was möchtest du?"

„Lass mich dich einfach mal in den Arm nehmen."

Gesche Neumann und Hilke Harms sind auf dem Weg in ihr Büro, als ihnen Lüders über den Weg läuft.

„Moin, die Damen, interessanten Tag gehabt?"

„Moin, Nane, ging so. War nicht so wirklich spannend. Mehr gruselig als interessant, Einbruch in einem Einfamilienhaus in der Osterhusumer Straße. Kein Riesenschaden, aber 'ne wirklich eklige Geschichte. Die Eigentümerin kommt aus der Klinik nach Hause, die Haustür steht offen und ihre Unterwäsche liegt im Schlafzimmer verstreut auf dem Boden. Ziemlich blöd, so etwas. Ganz schön krank im Kopf, wer so was macht.

Ich weiß nicht, wonach euch so ist, aber ich brauch jetzt erst einmal 'nen Kaffee, klein, schwarz und richtig süß. Wer noch?"

Gesche Neumann schließt ihre Bürotür auf.

Nane ist ganz Ohr. Osterhusumer Straße, junge Frau aus der Klinik entlassen ...

„War das 'ne Einladung, Gesche? Also ich bin dabei. Bin auch gerade vom Einsatz zurück und ziemlich auf Entzug, was so 'nen leckeren Kaffee angeht", antwortet Nane euphorisch. „Sag mal, wart ihr bei Britta Jeute in der Osterhusumer Straße?"

„Nanu, Nane, was weißt du denn davon? Bist du Hellseher? Wie kommst du auf Frau Jeute? Oder warst du etwa der Böse, der das Chaos in ihrem Schlafzimmer angerichtet hat?"

Gesche wirft ihrem Kollegen einen schelmischen Blick zu, während ihre brandneue Espressomaschine über der ersten Tasse zu zischen beginnt.

„Nun mach mal halblang, Gesche", entrüstet sich Nane. „Ich kenn Frau Jeute aus der Psychiatrie, habe ihr kürzlich die Nachricht vom Tod ihres Mannes überbringen müssen. Ihre Entlassung stand kurz bevor, und dass sie in der Osterhusumer Straße wohnt, ist mir bekannt. War selbst schon in dem Haus. Also, ich wäre nicht bei der Kripo, wenn ich da keinen Zusammenhang herstellen würde. Mein Gott, die Arme. In ihrer Situation ist das ein ziemlich beschissener Start."

„Kannst du mal 'ne dritte Tasse besorgen, Nane? Ich bin noch nicht zum Spülen gekommen. Meine Kaffeetassen sind ständig irgendwo unterwegs. Wieso haben wir eigentlich keinen Geschirrspüler auf unserer Dienststelle?"

„Klaro, dann warte mal mit dem Aufbrühen. Frauke hat mir zum Geburtstag ein Espressotassen-Set von James Rizzi geschenkt. Die sehen echt klasse aus, eigentlich viel zu schade zum Benutzen. Ich hol sie eben. Aber nicht, dass hier der Neid aufkommt."

„Von wem bitte, Rizzi? Noch nie gehört."

Schon ist Nane auf dem Weg in sein Büro.

„James Rizzi ist ein angesagter Pop-Art-Künstler aus New York. Ziemlich schrill, was der so macht", verblüfft Hilke ihre Kollegin.

„Und wieso kennst du so was und ich nicht?"

„Ich weiß das nur zufällig, weil meine Schwester auf seine Sachen steht."

„Sag mal, ist das was Ernstes mit Nane und Frauke?", fragt Gesche, als Nane die Tür von außen zugemacht hat.

„Ich glaub schon. Hab gehört, dass er ganz schön verknallt sein soll. Würde mich freuen für Nane, ich mag ihn. Außerdem hat er sich ganz schön verändert in den letzten Monaten, rein äußerlich, meine ich. Immer chic, und der Mann trägt Duft ..."

„So, meine Damen, jetzt schaut es euch an, das Geschenk von der wunderbarsten Frau, die ich je gekannt habe. *Love and Peace, Birds Love To Fly High*: Tolle Motive von Rizzi."

Nane präsentiert den Damen stolz die kleinen Kunstwerke.

„Das ist meine Frauke, fröhlich, heiter und immer einen guten Geschmack."

Stolz wie ein Pfau trägt er das Geschirr auf einem winzigen Tablett, das er vorsichtig auf Gesches Schreibtisch abstellt. Die Frauen sind begeistert von den Tassen im Rizzi-Design.

„Deine Liebste hat einen echt coolen Geschmack. Allerdings hätte ich nicht gedacht, dass dir so etwas gefällt. Aber fürs Büro sind die wirklich viel zu schade."

„Da müsstest du Frauke mal hören. Es soll endlich Farbe in unsere verstaubten Amtsstuben kommen, hat sie gesagt. Bei meinen Klamotten hat sie angefangen und nun sind es die Tassen. Allerdings muss das Geschirr mit der Hand gespült werden, aber das ist hier ja kein Problem."

„Wie lange willst du uns deine Frauke eigentlich noch vorenthalten?", fragt Hilke und sieht Nane an.

„Ach, demnächst werdet ihr sie sicher mal kennenlernen", erwidert der Mann ein bisschen verlegen. „Aber um noch mal auf Britta Jeute zurückzukommen, habt ihr was Brauchbares gefunden? Muss fürchterlich sein, in sein Haus zu kommen und es war jemand vor dir da und hat sich an deinen Sachen zu schaffen gemacht. Die Frau kann einem wirklich leidtun."

Nane berichtet seinen Kolleginnen von den Sperenzchen und Machenschaften des verunglückten Ehemannes und dessen Onkel.

„So am Rande haben wir was von dem Fall mitbekommen. Echt nicht zu beneiden, die Frau Jeute. Wie gut, dass sie nicht alleine im Haus ist. Torge Bergmann, ein Freund aus der Studentenzeit, war bei ihr."

„Das freut mich, dass Herr Bergmann sich um sie kümmert. Ein sehr sympathischer Mann. Die beiden mögen sich. Hätte mir sonst Sorgen um sie gemacht. Sie ist eine großartige Frau, so gradlinig, tapfer und so gebeutelt vom Schicksal. Die hat echt was Besseres verdient. Man kann doch in seinem Leben nicht nur in den Sch...eimer greifen, oder?"

„Nane, du bist nicht bei Trost! Du kannst doch nicht jeden Fall so nah an dich ranlassen und dir Sorgen um deine Kundschaft machen. Polizist sein ist dein Job, du bist doch nicht automatisch der Aufpasser für die Opfer!"

„Alles gut, Hilke. Bin ich nicht, will ich auch nicht sein, aber im Fall Britta Jeute ist das ein ganz kleines bisschen anders. Das verstehst du nicht."

„Ach nee, du Frauenversteher."

Nane schnappt nach Luft und merkt, wie ihn die Sache mit Frau Jeute aufregt. „Es war unfair, wie man versucht hat, sie aufs Abstellgleis zu schieben. Was sag ich da, es war nicht unfair, es war hochgradig kriminell. Und nun der Einbruch. Die Frau ist überhaupt nicht belastbar, nach dem, was sie durchgemacht hat! Irgendwie mag ich sie", sagt er halblaut vor sich hin, rührt versonnen in seinem Kaffee und trinkt in zwei Schlucken die Tasse leer. „Ja, ich will dann mal. Echt lecker, der Espresso. War 'ne gute Investition, die Maschine. Schönen Feierabend euch beiden und danke."

„Warum hast es denn auf einmal so eilig?“, fragt Hilke, als Nane schon die Bürotür erreicht hat.

„Mir ist da noch was eingefallen. Sorry, hatte ich beinahe vergessen. Macht’s gut, ihr zwei. Schönen Feierabend.“

Auf der Terrasse vor dem Eiscafé Michelangelo an der Schiffbrücke wird ein Tisch frei. Eine Belohnung für erfolgreiches Shoppen haben wir uns verdient. Wir bestellen Cappuccino und genießen das gute Wetter, den direkten Blick auf den Hafen und das Rathaus.

„Du bist mit einer unendlichen Geduld ausgestattet. Ich bin froh, dass du meine Unentschlossenheit ausgehalten hast und mir ein so guter Berater warst, bist der geborene Shopping-Begleiter. Darf ich dich zu dem Cappuccino einladen?"

„Einladung angenommen", sagt Torge und zwinkert mir zu.

„Ich begleite gelegentlich meine Mutter und meine Schwester zum Shoppen. Sie fahren dafür gern nach Hamburg und sind begeistert und glücklich, mich als Fahrer und Stilberater dabeizuhaben. So ein Einkaufsbummel dauert dann aber auch vier bis fünf Stunden. Meist muss ich dann auch den Tütenträger spielen. Ich mache das total gerne und wir haben immer einen Riesenspaß dabei. Zwischendurch irgendwo einkehren, eine Kleinigkeit essen, etwas trinken und Spaß haben. Solltest mal mitkommen, es würde dir gefallen."

„Da höre ich ja zweihundertprozentige Begeisterung heraus, käme gerne einmal mit. Meine Ausbeute für heute ist aber nicht schlecht. Schau, fünf Tüten, durchaus angemessen, oder?"

„Absolut."

Plötzlich greife ich nach Torges Arm.

„Was ist?“

„Ich glaube, ich habe Marion gesehen. Ich bin mir sicher, dass sie es war. Dort im Eingang zu CJ Schmidt ist sie verschwunden, gleich links neben dem Eisdieleneingang.“

„Und wenn schon, die Frau muss auch mal in die Stadt. In einem kleinen Ort wie Husum läuft man sich zwangsläufig über den Weg. Das kann dir jeden Tag passieren. Nun beruhige dich, bist ja ganz weiß um die Nase. Also, nächster Einkaufsbummel mit meiner Familie in Hamburg ist gebongt?“

„Klar, gerne, wenn deine Frauen einverstanden sind? Ich wünschte, ich hätte auch so eine tolle Familie, mit der man sich treffen und Spaß haben kann.“

„Versuch's einfach mal. Vielleicht rennst du offene Türen ein.“

„So einfach ist das nicht. Meine Mutter und meine Schwester sind nach Süddeutschland gezogen. Unsere Beziehung hat sich auf null reduziert, und das nicht nur durch die Entfernung. Ich habe häufig darüber nachgedacht, wieso das so ist. Wir Schwestern haben uns auseinandergelebt, als wir Teenager waren, und meine Mutter hatte, glaube ich, lange Zeit ein schlechtes Gewissen. Sie hat miterlebt, wie schlecht es mir bei meinem Vater ging. Vielleicht hat sie befürchtet, dass ich zurückkomme, wo sie ihr Leben doch ohne mich eingerichtet hatte.

Anfangs habe ich sehr viel darüber nachgegrübelt, wie es wäre, wenn ich bei ihr leben würde, aber mit den Jahren verlor ich sie, die Gedanken und die Mutter. Ich habe ihr oft geschrieben, aber außer ein paar tröstenden Worte wie ‚Das wird schon wieder‘ kam von ihr nichts. Irgendwann gab es gar keinen Kontakt mehr. Heute vermisse ich sie nicht mehr.

Zu meinem Vater habe ich jede Verbindung abgebrochen. Wir konnten miteinander nicht auskommen. Viele Jahre mit einem Mann unter einem Dach, der ein Narzisst ist, sein Leben nur auf die eigenen Bedürfnisse zuschneidet und sein Kind sich selbst überlässt.

Nach dem Abitur bin ich nach Husum zurückgegangen. Trotz Vaters Vorwürfen, ich würde ihn im Stich lassen, fällte ich eine für mein Leben wichtige Entscheidung gegen seinen Willen. Ich glaube, die erste eigene Entscheidung überhaupt.

Auch wenn der Entschluss richtig war, plagte mich lange Zeit das schlechte Gewissen, meinen Vater alleingelassen zu haben. Ich rief ihn an, immer wieder. Die Gespräche waren kurz, knapp und voller Vorwürfe. Verbal ohrfeigte und bestrafte er mich und ich reagierte empfindlich und hielt die Vorhaltungen nicht aus. Nach solchen Gesprächen ging es mir regelmäßig schlecht. Vater hatte mich aus seinem Leben gestrichen.

Bald lernte ich Jonas kennen. Wir haben schon kurz nach dem Kennenlernen geheiratet. Jonas hat mir gegeben, was ich so entsetzlich lange vermisst hatte. Endlich gehörte ich zu jemandem. Jonas kompensierte meine Defizite. Ich konnte endlich aufhören, einer Vaterfigur hinterherzurennen und um Streicheleinheiten zu betteln. Ich lebte neben Jonas in einer von meiner Seite aus auf Harmonie ausgerichteten Beziehung. Anfangs war es eine schöne Zeit. Aber schon nach ein, zwei Jahren ..., aber das würde jetzt zu weit führen, vielleicht erzähle ich es dir irgendwann einmal.

Vor drei Tagen hat ein entfernter Verwandter von mir, Hannes Baum, in der Klinik angerufen. Er sei vor einiger Zeit nach Husum gezogen. Er würde mich gerne in der Psychiatrie besuchen und sich freuen, wenn wir einander kennenlernen könnten."

„Ist er vorbeigekommen?"

„Nein, ich habe abgelehnt. Muss erst einmal meine neue Situation begreifen, vielleicht kommen wir später einmal zusammen. Ich zahl dann mal. Möchte auf alle Fälle noch zum Einkaufen. In meinem Haushalt fehlt einfach alles."

Torge nickt.

„Nun guck nicht so bedeppert, ich habe alles überlebt, und es kann nur besser werden."

Wir schlendern durch die Krämerstraße am Markt vorbei Richtung Süderstraße. Die Uhr der Marienkirche schlägt sechs. Vor dem Café Lassen werden gerade die Aufsteller zusammengeklappt und in den Laden getragen.

„Ich versuche noch ein Brot zu bekommen, so ein richtig leckeres Vollkornbrot."

Leider ist die Ladentür verschlossen, als wir ankommen.

„Hallo, Sabine!" Ich erkenne meine ehemalige Klassenkameradin. Sie schließt die Tür noch einmal auf.

„Mensch, Britta, hab dich ewig nicht gesehen. Wie geht's dir? Kommt doch kurz rein."

Ich mache Sabine und Torge miteinander bekannt. Dann verlieren wir Frauen uns im Austausch von Neuigkeiten und vergessen die Zeit.

„Ich störe nur ungern, aber wenn du noch einkaufen willst, sollten wir aufbrechen."

Ich bekomme mein Brot und wir verlassen den Laden. „Danke, melde mich gerne mal."

„Sieht aus, als wärt ihr alte Freundinnen", meint Torge.

„Sabine und ich sind zusammen zur Grundschule gegangen und auch die ersten zwei Jahre auf der Theodor-Storm-Schule waren wir in derselben Klasse. Danach haben wir uns aus den Augen verloren. Später waren andere Dinge wichtig. Eigentlich müssten wir uns doch früher als Zehn-, Elfjährige auch auf dem Gymnasium begegnet sein, oder?"

„Nee, ich war nicht auf der TSS, bin altsprachlich groß geworden. Mein Vater hat darauf bestanden, dass sein Sohn, der nicht der Fleißigste war, zu lernen lernt. Deshalb musste ich mit Latein als erste Fremdsprache beginnen, und das gab es nur auf der Hermann-Tast-Schule. Doc Hand war mein großer Lehrmeister. Einer von der alten Sorte, streng, aber gerecht. Wir haben ihn geliebt."

Wir reden von Schulzeit und Studium, von teilweise gemeinsam besuchten Vorlesungen damals in Kiel und schwelgen in Erinnerungen. So kommen wir schließlich am Haus in der Osterhusumer Straße an.

„Es war schön, den Tag mit dir zu verbringen. Sehen wir uns wieder? Vielleicht hast du Lust, am Wochenende ins Kino zu gehen?"

Torge nimmt mich in den Arm und küsst flüchtig meine Wange.

Wär schön, wenn er noch bliebe, denke ich. *Ich könnte ihn einladen, zum Abendessen zu bleiben. Wir würden gemeinsam einkaufen und dann zusammen essen und den Abend miteinander verbringen.*

„Mach's gut, Britta", unterbricht er meine Gedanken, „und wenn etwas ist, ruf mich an, jederzeit."

„Mach ich, und danke für alles. Mag mir gar nicht vorstellen, wie der Tag ohne dich verlaufen wäre."

Ich gehe ins Haus. Zweimal muss ich den Schlüssel drehen, bevor die Tür aufspringt. Hatte ich nicht nur einmal abgeschlossen? Nein, Torge hat abgeschlossen, als wir das Haus verließen.

Meine Einkaufstüten stelle ich in der Küche ab.

„Halt!“

Ich schnappe mir den Picknickkorb.

„Stopp!“, rufe ich hinter Torge her, der gerade den Motor gestartet hat. „Du hast den Korb vergessen.“

„Ist ein Geschenk, vielleicht lädst du mich einmal wieder auf einen Kaffee zu dir ein?“, sagt er mit einem Augenzwinkern und fährt vom Grundstück.

Ich stelle mich ans Wohnzimmerfenster und sehe ihm nach.

Ich werde schleunigst Kontakt zum Sicherheitsbeauftragten der Polizei aufnehmen. Wenn Marion noch einen Schlüssel zu meinem Haus besitzt, wäre es noch nicht einmal Einbruch.

Bei dem Gedanken fühle ich mich ziemlich unwohl und bekomme Herzklopfen. Nicht, dass ich Angst vor einem Herzinfarkt hätte, aber dass mir jemand ungebeten einen Besuch abstatten könnte, macht mir Angst.

Ich werde Dachlatten zwischen Tür und Wand legen. So lassen sie sich trotz Schlüssel nicht öffnen. Bis die Schlösser ausgetauscht sind, ist das eine gute Lösung.

Wenige Minuten später sind die Hölzer auf die passende Länge geschnitten und in Positur gebracht. Ich bin zufrieden mit der Lösung und mache einen Gang durch das Haus. Im Obergeschoss stelle ich die Fenster auf Kipp. Die abgestandene Luft im Schlafzimmer und der Geruch nach Jonas sind unerträglich. Ich entschließe mich, zum Schlafen ins Gästezimmer umzusiedeln. Hier werde ich meinen Kleiderschrank einrichten und schöne Bettwäsche aufziehen. Als Erstes wird die Rose von Torge hier Einzug halten.

„Was war das?“

Ein knackendes Geräusch lässt mich aufhorchen. Vom Schlafzimmerfenster aus sehe ich in den Garten. Noch einmal höre ich ein Geräusch, als würde jemand die herabgefallenen Äste zertreten. Vielleicht schleicht jemand um das Haus herum? Ich öffne das Fenster und lehne meinen Oberkörper so weit es geht hinaus. Zu sehen ist niemand. Allerdings kann ich wegen des breiten Dachüberstandes nicht bis an die Hauswand sehen.

„Hallo, ist da wer?"

Was für eine dämliche Frage.

„Ich höre ja die Flöhe husten", sage ich zu mir selbst. Als ich die Vorhänge zuziehe, sehe ich zwei fette Kaninchen Richtung Nachbargarten hoppeln.

Die Einkaufsliste ist lang. Just als ich die Körbe aus dem Wirtschaftsraum holen will, klingelt es an der Haustür.

„Wer kann das sein?", frage ich mich. Dann klingelt es noch einmal. Ich stehe im Flur und rühre mich nicht. Mein Herz klopft bis zum Hals. Ich werde Torge anrufen. Was, wenn jemand vor dem Haus lauert und mich überwältigt, sobald ich aus der Tür trete?

Völlig konfus wühle ich in der Handtasche nach meinem Handy und suche mit zittrigen Fingern in meinen Kontakten nach Torges Nummer. Die Mailbox ist eingeschaltet.

„Warum geht er nicht ran? Ich könne ihn jederzeit anrufen, hat er gesagt, jederzeit."

Als ich den Flur entlang Richtung Küche schleiche, sehe ich aus dem Wohnzimmerfenster zufällig, wie jemand das Grundstück verlässt. Es ist Nele, meine Nachbarin von gegenüber.

„Oh Mann, Nele, hast du mir einen Schreck eingejagt."

Eine gute halbe Stunde wartet Hannes vor dem Haus in der Osterhusumer Straße. Plötzlich sieht er im Rückspiegel ein Fahrzeug die Auffahrt zum Haus hinauffahren. Als der Wagen auf dem gepflasterten Platz vor dem Haus abgestellt wird, setzt er ein Stück zurück, um das Geschehen genau beobachten zu können.

Britta steigt aus. Sie trägt ein graues Kleid, dazu ein farbiges Tuch in Rosatönen. Das Kleid kommt ihm bekannt vor. Sie hat es auf der Beerdigung getragen.

Sie geht zum Kofferraum. Er ist fasziniert von ihren bei jedem Schritt auf und ab wippenden, zauberhaften braunen Locken. Schon auf dem Friedhof hatten ihn diese wippenden Haarkringel in Erregung versetzt. Genau wie bei Lene damals, seiner ehemaligen Nachbarin aus Düsseldorf, deren spiralförmige Haarspitzen und unverschämt sinnlicher Duft ihn verrückt gemacht hatten.

Er holt sein Fernglas hervor. Ja, jetzt hat er sie im Großformat. Er will mehr, als sie nur sehen, er will sie riechen und berühren. Er wird warten, bis sie alle Einkäufe ins Haus getragen hat, sie dann anrufen. So lange wird er ihr zuschauen.

Es ist so weit.

„Diese Nummer ist nicht vergeben“, meldet sein Smartphone. Sollte Marion ihm die falsche Nummer gegeben haben? Das kann er sich nicht vorstellen. Er hatte die Nummer auswendig gelernt. Er vergleicht den Eintrag in den Kontakten mit der gewählten Nummer.

„Ich bin ein Depp. Ohne Vorwahl keine Verbindung. Neues Spiel, neues Glück.“

Nach fünf Mal Läuten springt der Anrufbeantworter an. „Hier ist der Anschluss von Britta und Jonas Jeute, bitte sprechen Sie nach dem Piep."

Er legt auf. Sicher ist sie noch mit dem Wegräumen der Einkäufe beschäftigt. Fünf Minuten später versucht er es noch einmal.

„Britta Jeute", meldet sie sich.

Wenngleich er erwartet hat, dass sie ans Telefon geht, ist er überrascht, muss kurz gegen seine Euphorie anschlucken.

„Hallo, Britta, Hannes Baum hier. Ich hätte Lust, dich zu treffen, wollen wir zusammen etwas trinken gehen?"

„Hannes! Das passt mir überhaupt nicht. Ich bin am Mittag aus der Klinik gekommen, muss erst einmal richtig zu Hause ankommen."

„Das ist sehr schade, Britta, wo ich doch schon vor deinem Haus auf dich warte. Schau mal aus dem Wohnzimmerfenster."

Auf der gegenüberliegenden Straßenseite sehe ich einen roten Sportwagen, der Mann am Steuer winkt herüber.

Er steht vor meinem Haus, und er hat meine Festnetznummer. Woher hat er die Informationen?

Mit forschen Schritten gehe ich nach draußen, direkt auf Hannes zu. Er lässt die Scheibe herunter.

„Hallo, steig ein. Wo ich so lange auf dich gewartet habe, wirst du mir doch keinen Korb geben."

„Ich sagte bereits, dass es mir heute überhaupt nicht passt. Woher hast du meine Adresse und Telefonnummer?"

„Das herauszubekommen war ein Kinderspiel. Ich sage nur Marion. Aber den Namen wirst du nicht so gerne hören. Ich finde es nett von ihr, dass sie mir deine Kontaktdaten gegeben hat. Wäre schön, wenn wir uns ein bisschen anfreunden könnten. Ich bin allein, du bist allein. Da fallen mir schon ein paar Dinge ein, die wir gemeinsam tun könnten."

„Was hast du mit Marion zu tun? Was hat sie dir über mich erzählt? Willst du mich ausspionieren? Ich habe kein Interesse, dich näher kennenzulernen. Stehst einfach vor meinem Haus und belauerst mich. Das ist eine Frechheit. So kann man sich selbst nur ins Abseits schießen!"

Irgendwann in der Therapie hatte ich gelernt, wie beeindruckend selbstbewusstes Auftreten auf das Gegenüber wirkt.

„Lass mich in Ruhe, ich habe kein Interesse!", sage ich und sehe ihm direkt in die Augen. Dann drehe ich mich um, werfe den Kopf in den Nacken und gehe über die Straße zurück ins Haus.

Das war es dann aber auch mit dem Selbstbewusstsein. Total gestresst und den Tränen nahe versuche ich, Torge zu erreichen. Leider springt wieder nur die Mailbox an.

„Das war jetzt aber nicht so nett von ihr", sagt Hannes vor sich hin. „Aber abgewiesen werden beflügelt meine Fantasie, das war immer schon so."

Mit quietschenden Reifen fährt der Sportwagen davon.

Die arme Frau Jeute, denkt Nane, als er seinen Schreibtisch aufräumt. Entsetzt hatte er zur Kenntnis genommen, was die Kolleginnen Gesche und Hilke über den Einsatz bei Britta Jeute erzählt haben. *Aus der Psychiatrie entlassen und eine so fiese Überraschung.*

Am liebsten würde er ihr einen Besuch abstatten.

Er denkt daran, wie er sich gefühlt hatte, damals, als er aus der Therapie nach Hause kam. Erna war mit den Kindern ausgezogen. Das war schlimm. Aber dieses ist etwas anderes, es ist abartig.

Er ruft sich zur Ordnung. Seine Kollegin hat recht. Er ist nicht der Vater von Frau Jeute, nicht ihr Aufpasser und auch nicht der, der für ihr Wohlbefinden verantwortlich ist.

Dieses Abdriften in Gefühlsduseleien ist nicht gut. Er ist Polizist, der soeben von einem Einbruch erfahren hat, Punkt. Das wird am Alter liegen, tröstet er sich. Schon früher hatte er großen Anteil am Leid der anderen Menschen genommen. Oft fand er es schlimmer als das eigene. Doch das betraf ausschließlich sein privates Umfeld.

Seit er Frauke kennengelernt hat, ist er noch feinfühliger geworden. Er hat das Gefühl, seine Sinne seien zu neuem Leben erweckt worden.

Schon seit Längerem hat er das Bedürfnis, sie zu fragen, ob sie mit ihm zusammenziehen würde. Er möchte sein Leben mit ihr teilen, er ist nicht mehr zwanzig. Gewiss hat seine Beziehung zu Frauke Aussicht auf eine schöne gemeinsame Zukunft. Andererseits hat er auch Angst, will nichts kaputt machen. Was, wenn sie Nein sagt?

Das Verlangen, sie zu fragen, überkommt ihn so heftig, dass er sich in sein Auto setzen und nach Nordstrand rüberfahren möchte. Einen Heiratsantrag wird er ihr machen, ganz sicher. Mit Frauke eine glückliche gemeinsame Zeit zu haben und zusammen alt zu werden, das ist sein größter Wunsch.

Die Angst, sie zu verlieren, nimmt er aus dem Dienst mit nach Hause. Täglich bekommt er mit, wie respektlos Menschen miteinander umgehen. Zwischenmenschliche Beziehungen werden missbraucht, für den eigenen Vorteil geopfert. In seinem aktuellen Fall wird ihm das besonders klar und er fühlt sich Frauke noch mehr verbunden. Er ist glücklich über ihre Freundschaft.

Manchmal kommt er sich alt vor, weil er so denkt. Andererseits weiß er, dass es den Wert eines Menschen ausmacht, den anderen zu achten, und das ist gewiss nicht schlecht, wenn auch aus der Mode gekommen.

Er verlässt sein Büro und geht runter in den Hof zum Fahrradstand. Gleich wird er zu Frauke rüberfahren und sie fragen.

Wenig später sitzt er frisch geduscht im Auto. Bei Blumen Höfer stellt er kurz den Wagen ab. Rosen sucht er aus, wunderschöne dunkelrote Rosen. Aufgefüllt mit zarten Gräsern und Schleierkraut macht der Strauß ordentlich was her.

„Mach mir da bloß keinen Farn rein!", hatte er der Floristin gesagt, die diesen parat gelegt hatte, um ihn als Halskrause um die Rosen herum zu verarbeiten. „Ich will den Strauß verschenken, nicht auf den Friedhof bringen."

Zufrieden fällt sein Blick auf den Beifahrersitz, wo er die Blumen abgelegt hat.

Schön wie ein Brautstrauß, denkt er lächelnd.

Fröhlich pfeifend erreicht er die Straße, in der Frauke wohnt. Vor ihrem Haus und so weit er sehen kann, stehen Autos.

Was ist denn hier los?, fragt er sich, dann fällt es ihm wie Schuppen von den Augen. Frauke hat Ehemaligentreffen. Die Arbeitskolleginnen von ihrem früheren Arbeitsplatz treffen sich alle drei Monate. Heute findet das Treffen bei Frauke statt. Sie hatte es ihm gesagt und er hat's vergessen. Nun ist es zu spät.

Was bin ich nur für ein Trottel!

Er kann jetzt unmöglich in die Frauenrunde hineinplatzen und Frauke einen Heiratsantrag machen. Oder kann er doch? Wieso eigentlich nicht? Die Rosen werden auch nicht besser, wenn er sie wieder mit nach Hause nimmt. Vor Erwin Koopmanns Haus findet er endlich eine Parklücke. Nane nimmt den Blumenstrauß, zupft die Folie zurecht und marschiert entschlossen auf Fraukes Haustür zu. Die Rosen hinter dem Rücken versteckt, klingelt er.

„Nane?! Ich hab dich gar nicht erwartet!"

„Ich weiß, Frauke, tut mir auch leid. Ich hab's versemmelt. Hatte vergessen, dass du heute Besuch hast."

„Komm rein, gerade erzählte ich meinen Frauen, was für ein netter Kerl du bist. Ich weiß nicht eine, die nicht neugierig wäre, dich kennenzulernen. Komm."

Frauke zieht ihn ins Wohnzimmer. Schlagartig ist es still im Raum.

„Meine Lieben, das ist er. Das ist Nane Lüders, mein lieber Freund und Weggefährte."

Nane ist geplättet, wie nett sie das gesagt hat, außer „Moin, die Damen" kommt ihm erst einmal nichts über die Lippen. ‚Freund und Weggefährte', hat sie gesagt. Schnell fängt er sich.

„Meine liebe Frauke, meine Damen. Ich hatte mir nicht notiert, dass Frauke heute Frauennachmittag hat. Das tut mir leid. Nun möchte ich die Gelegenheit nutzen, unter Zeugen dir, liebe Frauke, zu sagen, dass ich dich liebe. Es ist schön, dass du mir nach so vielen Jahren noch einmal über den Weg gelaufen bist."

Feierlich überreicht er den Rosenstrauß und nimmt sie in den Arm.

„Ach, das ist ja wie im Film! Da krieg ich ja fast Pipi in die Augen", hört er eine der Frauen sagen. Er selbst findet, dass seine Worte wie ein Heiratsantrag geklungen haben, doch den will er aufsparen für einen Abend zu zweit.

„Ich wünsche allen einen fröhlichen Nachmittag und Abend."

„Danke, ich liebe dich auch", sagt Frauke, als sie Nane zur Haustür begleitet.

Hannes hat es sich auf dem Sofa gemütlich gemacht. Ein paar geschmierte Brote, ein Bier dazu, Füße hoch, und gleich ganz entspannt ein bisschen durch die Fernsehprogramme zappen.

Sein Konzept, mit Britta Jeute in Kontakt zu treten, war im Grunde ein anderes gewesen. Der familiäre Aspekt hatte im Vordergrund gestanden. Schließlich war er nach Husum gezogen, um sein Leben in geordnete Bahnen zu lenken. Begonnen hatte er damit. Nachdem er Marion getroffen hatte, war ihm eine grandiose Idee gekommen. Interessante Dinge hatte er über sie, ihr Verhältnis zu Jonas und über Britta erfahren. Daraufhin hatte er seinen Plan geändert. Manchmal verselbstständigten sich Dinge, indem man einen Gedankenschnipsel aufgriff und ihm eine Handlung angedeihen ließ.

Er fand sie großartig, seine Idee, sie war der Versuch, etwas ganz Neues auszuprobieren. Ein Abenteuer würde beginnen, nein, es hatte bereits begonnen.

Seit dem ersten Zusammentreffen war er von Marion fasziniert. So sahen Frauen aus, die er begehrte. Mädchenhaft schlank, klein und flachbrüstig. Sie passte wunderbar in sein Schema. Für morgen hatte er sich mit ihr verabredet.

Anlässlich Jonas' Beerdigung war ihm klar geworden, wie einzigartig und ausgefallen sein Konzept war und welche Rolle Britta dabei spielen würde. Britta Jeute, die junge Witwe, war frei, frei für ihn. Niemand anders würde diese Frau für sich haben. Er hatte seine

Angel ausgeworfen und würde sie nicht ohne den Fisch wieder einholen.

Zwar hatte Britta seinen Besuch in der Psychiatrie abgelehnt mit der Begründung, sie wolle ihre Entlassung abwarten, die kurz bevorstünde. Aber er war großzügig gewesen. Ihrer Befindlichkeit hatte er es zugutegehalten, ansonsten hätte er ihr Verhalten als persönliche Abweisung werten müssen. Frauen, die ihn abwiesen, sollte es in seinem Leben künftig nicht mehr geben.

Den heutigen Tag würde er als den der Grundsteinlegung für seine Beziehung zu Britta bezeichnen. Er hatte Zeichen gesetzt, ein Fundament geschaffen für das ganz Große, an dessen kreativem Gestalten Britta maßgeblichen Einfluss haben sollte. Von ihrem Verhalten würde seine Vorgehensweise abhängen.

Während der Düsseldorfer Zeit waren etliche Versuche misslungen, eine Frau auf Dauer zu binden. Stets war er als Verlierer zurückgeblieben, bei jedem Vorstoß gescheitert, verhöhnt, beschämt oder blamiert worden. Schmerzhafte Erinnerungen, die ihn an die traumatischen frühkindlichen Erfahrungen im Elternhaus und die Blamage auf der Gartenparty bei Lene und Tanja erinnerten. Jene Ereignisse waren der Grund dafür, dass er im Bordell bei den ganz jungen Frauen gelandet war.

Der Weiblichkeit nett und zuvorkommend zu begegnen, war offensichtlich der falsche Weg. Frauen waren imstande, das letzte bisschen Selbstwertgefühl in einem Mann zu zerstören.

Er hat eine andere Richtung eingeschlagen und die Sache heute ist nicht schlecht gelaufen, ein reeller Start, wie er findet. Keine falsche Fährte, kein Umgarnen, keine Komplimente, sondern gleich das Revier markieren, zeigen, wer der Chef ist. Das war gut, er ist gespannt auf das Echo.

Ein Gefühl von Befriedigung erfüllt seinen Körper.

Das Öffnen der Haustür in der Osterhusumer Straße war ein Kinderspiel gewesen. Er hatte nicht lange überlegt und seine Kundenkarte vom Dänischen Bettenlager zwischen Zarge und Türschloss geschoben. Einige Male hatte er im Fernsehen gesehen, wie Einbrecher im Nu Türen mit einem gebogenem Draht oder einer Plastikkarte öffneten. In Düsseldorf hatte er es an der eigenen Wohnungstür versucht und war verblüfft, dass es so simpel war. Mit ein bisschen Feingefühl die Karte hin und her bewegen, schon sprang der Schnapper zurück. Es war lustig gewesen, das Sesamöffne-dich-Spiel.

Auch heute hatte es ihm Spaß gemacht. Nur ein paar Sekunden und auf sprang die Tür. Zielstrebig war er direkt ins Obergeschoss gegangen. Die Türen zu den einzelnen Zimmern standen offen, so war das Schlafzimmer nicht zu verfehlen.

Sein Blick fiel als Erstes auf die Wäschekommode neben dem Kleiderschrank. So, als sei es seine Wohnung, als hätte er hundertfach die Schublade geöffnet und das passende Wäschestück für die Liebste hervorgeholt, war er darauf zugegangen. Mit beiden Händen hatte er hineingegriffen, sie ein paar Mal wieder aufgehoben und noch einmal herabfallen lassen. Es war ein Genuss zu sehen, wie die Dessous durch die Luft flogen. Im Niederfallen hatte er ihren Duft eingesogen, den Duft nach Bergamotte, Rose, Moschus.

Zurückgelassen hatte er ein wildes Durcheinander. So sollte es sein. Er stellte sich Brittas Fassungslosigkeit vor, wenn sie das Zimmer betrat. Möglicherweise würde sie am ganzen Leib zittern, vor Entsetzen kein Wort hervorbringen. Oder würde sie schreien? Das konnte er so genau nicht einschätzen, schließlich würde er sie erst nach und nach kennenlernen. Bei der Frage, wer es gewesen sein könnte, würde sie auf ihn nicht kommen. Wie auch? Spuren hatte er nicht hinterlassen, da war er sich sicher.

Noch kannte sie ihn nicht, aber einen Vorschuss an Respekt hatte er sich eingespielt. Doch das würde er erst offenbaren, wenn es nötig sein sollte. Das richtige, persönliche Kennenlernen hatte er geplant für eine Zeit, wo sie nicht mehr Nein sagen konnte. Sie würde so eng mit ihm verbandelt sein und keine andere Entscheidung mehr treffen können. Die Sache war wohl überlegt und gut eingefädelt. Er ist zufrieden damit, wie es ist. Die Schwelle ist überschritten.

Allerdings hatte er dem persönlichen Kennenlernen vorgegriffen. Dem Drang sich ihr zu nähern, hatte er nicht widerstehen können. Sein Verlangen war heftig gewesen, dabei waren die Gefühle aus dem Ruder gelaufen.

Bedauerlicherweise war sie nicht in sein Auto eingestiegen. Wenn er es sich recht überlegte, konnte er es nachvollziehen. Sie musste erst einmal zu Hause ankommen. Für die Zukunft allerdings gilt: Wenn es mit Freundlichkeit nicht gelingt, es geht auch anders. Sie hat es in der Hand.

Die Arme hinter dem Kopf verschränkt, räkelt er sich auf dem Sofa, atmet tief ein, schließt die Augen, zieht die Stirn kraus. Indem er die Lippen etwas nach vorne schiebt, spürt er dem Duft nach, der zwischen Nase und Mund auf seiner Haut liegt. Der betörende Duft nach Bergamotte, Rose, Moschus. Ihr Duft.

Ein aufregender Beginn, ein Kribbeln der Vorfreude im Bauch, denkt er bei sich. *Ihr Nervenkostüm ist nicht das beste, und das ist gut so. Was für ein Spiel.*

Torges fröhliches Naturell verscheucht innerhalb kürzester Zeit meine trübe Stimmung, so rücken die schrecklichen Ereignisse der letzten Monate in den Hintergrund. Es kommt mir so vor, als hätte es nie eine Zeit ohne Torge gegeben. Vielleicht hat es sie tatsächlich nicht gegeben?

Vor ein paar Tagen überraschte er mich mit der Einladung zu einem Kurzurlaub nach Sylt. Ich war komplett aus dem Häuschen. Sylt, meine Lieblingsinsel, wunderbar zu dieser Jahreszeit.

Mit dem Autozug ging es von Niebüll nach Westerland. Wir wohnten in dem Romantik-Hotel in Keitum und erkundeten von dort aus die Insel, zu Fuß, mit dem Fahrrad, manchmal mit dem Bus.

Sylt ist atemberaubend, die Tage waren wunderschön. Endlose Strandspaziergänge, Herzen in den Sand malen, eng aneinandergekuschelt im Strandkorb dem Sonnenuntergang zusehen oder ein Candle-Light-Dinner für Verliebte im Hotel. Das alles war wie ein ganz, ganz wunderbarer Traum. Ich fühle mich als neuer Mensch, seit wir von der Insel zurück sind.

Tagelang, manchmal bis in die Nacht hinein, haben wir diskutiert, geträumt und uns ausgemalt, wie ein gemeinsames Leben aussehen könnte. Mit einem guten Konzept kehrten wir nach Hause zurück. Ich kann mich nicht erinnern, jemals in meinem Leben glücklicher gewesen zu sein.

Bevor Torge nach Japan geht, werden wir heiraten. Er wollte gern die Hochzeit bis nach seiner Rückkehr aufschieben, doch schließlich einigten wir uns auf die standesamtliche Trauung vor seiner Abreise. Die große Feier werden wir später nachholen.

Geschafft, Wochenende, zweieinhalb Tage frei.

Wie Kaugummi hat der Vormittag sich in die Länge gezogen.

Seit der Wiedereingliederung in den Arbeitsprozess habe ich ein distanziertes Verhältnis zu meinem Job. Ich arbeite in einem Programm, das sich „Hamburger Modell" nennt, und fühle mich unter Druck gesetzt. Je nach Genesungsfortschritt sind neue Ziele zu vereinbaren. Ich bin überfordert, eine Aussage zu treffen, wie viele Stunden täglich ich zu arbeiten in der Lage bin. Zu Beginn wurde die Arbeitszeit auf drei Stunden am Tag festgesetzt. Jetzt beläuft sie sich auf fünf.

Ich bin froh, mit dem Stempel meiner Ärztin „Noch nicht absehbar" eine Art Galgenfrist zu haben, was den Zeitpunkt meiner vollen Einsatzfähigkeit angeht.

Früher war ich gerne zur Arbeit gegangen. Seitdem Jonas mit meiner Kollegin und bis dahin besten Freundin Marion eine Liebesbeziehung angefangen hatte, ist mir die Lust auf meinen Arbeitsplatz vergangen. Wie sollten wir es hinkriegen, einander bei der Arbeit gegenüberzusitzen? Wie hätte das gehen sollen?

Ich stellte den Antrag auf Versetzung an einen anderen Platz, mein Arbeitgeber signalisierte die kurzfristige Umsetzung. Frau Doktor Siebels verlängerte die Krankschreibung bis zum Wechsel und ich musste nicht mehr an meinen alten Arbeitsplatz zurück. Seit meine Kollegin Dorothee im Mutterschutz ist, bin ich zuständig für den Einkauf von Reinigungsmitteln für das gesamte Theodor-Schäfer-Werk. Ich erledige eigenverantwortlich einen Aufgabenbereich, der weder spannend noch interessant ist. Eine Fortbildung zum Thema umweltfreundliche Reinigungsmittel und dann und wann ein Gespräch mit Vertretern von Firmen sind die spärlichen Highlights in diesem neuen Ressort.

Ich habe den Schreibtisch aufgeräumt und mache mich auf den Weg nach Hause. Zum einen habe ich keine Freude an der Arbeit, auf der anderen Seite wenig Spaß an einem Wochenende ohne meinen Mann.

Vor drei Wochen haben die Auslandssemester in Japan begonnen. Die letzten Tage vor der Abreise waren ein Spießrutenlaufen. Ich, weder Fisch noch Fleisch, fühlte mich elend und war unendlich traurig. Doch nicht noch einmal wollte ich mit Torge darüber streiten, nicht jetzt, so kurz vor der Abreise. In einer diesbezüglichen Auseinandersetzung während unseres Urlaubs auf Sylt war der Versuch, ihn umzustimmen, eindeutig gescheitert. Meine Gedanken driften ab.

Es waren unsere ersten gemeinsamen Urlaubstage, die wir auf Sylt in dem Romantik-Hotel in Keitum verbrachten. Torge hatte das Zimmer ausgesucht. Bis über beide Ohren verliebt schwebten wir auf rosa Wolken. Dem Shoppingbummel durch Westerland am Tag der Ankunft folgte der Besuch in der Kleinen Teestube in Keitum in der Nähe unseres Hotels. Das war ein wunderbarer Auftakt in den Urlaub. Nie zuvor hatte ich ein so entzückend eingerichtetes Café gesehen. Die Dekoration war eine Augenweide. Mit viel Liebe zum Detail brachte hier jemand seinen guten Geschmack zum Ausdruck.

Der Himmel strahlte in schönstem Blau an diesem Tag. Wir fanden einen Platz in einem Strandkorb, der frei geworden war. Unser Blick fiel auf das reetgedeckte Haus im

Friesenstil und wir träumten davon, einmal so eines zu besitzen. Gut gelaunt bestellten wir selbst gebackenen Kuchen mit viel Schlagsahne und Eisschokolade und atmeten den Duft ein, den die Heckenrosen vom gegenüberliegenden Friesenwall verströmten. Wir räkelten uns im Strandkorb und waren glücklich. Ich fühlte mich unbeschwert, federleicht.

Torge erzählte von der Arbeit in der Kanzlei und von den Auslandssemestern, die er, seit Langem geplant, im April nächsten Jahres antreten wolle. Ich spüre noch heute den eiskalten Stich, den es mir versetzte. Plötzlich saß ich stocksteif, wahrscheinlich auch leichenblass aufrecht neben Torge. Gefühlt hatte er mir soeben um die Ohren gehauen, dass er unsere Beziehung beenden wolle.

„Was ist?", fragte er. „Ist dir nicht gut?"

Es folgte ein Wortwechsel, der meinerseits heftig war, und einige der Tischnachbarn schauten zu uns herüber. Torge, ein Mann der leisen Töne, verstand es, mich auf den Teppich zurückzuholen.

„Wie kannst du mir sagen, dass du mich liebst, und im nächsten Atemzug erwähnen, für ein Jahr ins Ausland zu gehen? Du kennst meine Befindlichkeit, weißt, dass ich ohne dich nicht leben kann. Ich werde mir etwas antun, wenn du mich verlässt, das weiß ich heute schon!"

Torge legte besänftigend den Arm um mich, den ich heftig abwehrte. Ich setzte mich aufrecht, sah ihm direkt in die Augen. Dann kam er mir zuvor.

„Was spricht dagegen, dass du mitkommst? In der vorlesungsfreien Zeit könnten wir zusammen sein, lernen gemeinsam jede Menge über Land und Leute. Wäre das eine Idee? Von der Arbeit könntest du dich freistellen lassen."

Ich war sprachlos und brach in Tränen aus. Zum einen schämte ich mich wegen meiner exzessiven Reaktion, auf der anderen Seite rührte mich Torges Bemühung, meine Be-

sorgnis zu entkräften, sowie sein spontaner Gedanke, mich mitzunehmen. Ich versuchte ihm zu erklären, dass die Angst, verlassen zu werden, für mich etwas existenziell Bedrohliches sei.

„Beruhige dich", sagte er liebevoll und nahm mich in den Arm. „Ich verlasse dich doch nicht. Eines Tages mache ich dir einen Heiratsantrag."

‚Und ich werde Ja sagen', fügte ich in Gedanken hinzu.

Das Gewitter war vorüber. Später, als wir unser Hotelzimmer bezogen, hatten sich meine Gedanken geklärt. Ich war zurückgekehrt in meine Seifenblase, umworben von einem Mann, umgeben von schönen Dingen, weitab von Streit und Übellaunigkeit. Irgendwann würden wir heiraten, ich würde Torges Frau.

Später beim Abendessen lenkte ich das Gespräch noch einmal auf mein Ausrasten am Nachmittag und entschuldigte mich dafür.

Für mich war klar, dass Torge seinen Plan realisieren würde. Ebenso klar war, dass ich nicht mit nach Japan ging. Ich hatte ein Riesenproblem, obwohl es einen Alternativvorschlag gab. Ich musste eine andere Lösung finden, ganz sicher.

*

Für den heutigen Einkauf werde ich das Auto nehmen. Die Getränkekisten müssen getauscht, die Lebensmittelvorräte aufgefüllt werden. Danach werde ich etwas kochen und zwei Gedecke auf den Tisch stellen. Dieser mentale Prozess der Wahrnehmung suggeriert mir das Zusammensein im Augenblick. So komme ich einigermaßen mit der Trennung zurecht. Torge ist und bleibt mein Lebensmittelpunkt, auch jetzt, wo wir getrennt sind. Psychisch in der Balance zu bleiben, nicht mit der Bettdecke über dem Kopf das Wochenende im Bett zu verbringen, ist eine Herausforderung.

Morgen ist Samstag. Nach dem Frühstück werden Torge und ich telefonieren. In Tokio ist es um diese Zeit Nachmittag. Es macht mir allergrößte Schwierigkeiten, die vereinbarten Termine zum Telefonieren einzuhalten. Dass Torge darüber hinaus nicht erreichbar sein will, fällt mir schwer zu akzeptieren. Ebenso, wie ich seine Konsequenz und seinen Ehrgeiz bewundere, leide ich darunter. Ich hätte es gerne anders.

Das Gefühl der Einsamkeit und die Sehnsucht sind schwer auszuhalten, ich fühle mich wie leergepumpt. Um mir Erleichterung zu verschaffen, füge ich mir Schmerzen zu. Mit einer Rasierklinge ritze ich Oberschenkel oder Unterarme.

Nach Torges Rückkehr wird der Stress vorbei sein. Wir werden Kinder haben, eine glückliche Familie sein.

Ich leere den Postkasten. Ein Brief von Torge. Auf der Stelle verschwinden meine trüben Gedanken. Ich bin in Hochstimmung. Die Vorfreude auf seine Zeilen macht mich glücklich. Ich liebe Torges wunderbare Briefe.

Der zweite Umschlag trägt den Absender meines Vaters. Gefühlt ist es eine Ewigkeit her, dass wir miteinander Kontakt hatten. Genau genommen, seit ich von Minden zurück nach Husum gezogen war. Vermisst habe ich ihn nicht.

Ich ziehe eine Karte aus dem Umschlag. Die Aufschrift „Einladung“ kreischt mir in lila Buchstaben entgegen. Meine Augen überfliegen den Text:

BRIGITTE & RALF FRANKE

haben geheiratet. Wir freuen uns, Dich / Euch mit dieser Mitteilung zu überraschen und laden zu einer Hochzeitsnachfeier ein. Wir erwarten Dich / Euch am 07. August ab achtzehn Uhr im Hotel Bad Minden.

Zusagen bitte bis zum 20. Juli an Brigitte & Ralf Franke

... und so weiter.

Ich atme durch.

Mein Vater schickt uns eine Einladung zu seiner Hochzeitsfeier, das ist eine Unverschämtheit. Ich falte das in die Klappkarte eingelegte Blatt auseinander:

Meine liebe Britta, ich möchte Dich und Deinen Mann Torge sehr herzlich bitten, unsere Einladung anzunehmen. Wir sollten das Fest zum Anlass nehmen, unsere Missverständnisse und Meinungsverschiedenheiten aus der Welt zu schaffen. Es würde uns freuen, Euch zu sehen.
Dein Papa.

Was für eine Frechheit, was für eine bodenlose Art von Hochmut und Arroganz. Ich bin fassungslos! Ausgerechnet jetzt besinnt er sich darauf, dass er eine Tochter hat? Da mache ich nicht mit. Zu groß ist das Ausmaß der Kränkungen, das Ignorieren meiner Bedürfnisse zu einer Zeit, als ich darauf noch angewiesen war. Mit einem Lächeln auf den Lippen und einem schönen Kleid mache ich auf heile Welt? Oh, nein! ‚Dein Papa', ein Fremdwort in diesem Zusammenhang.

Der Brief macht mich so wütend. In meiner Entrüstung schreibe ich Torge eine Notfall-SMS.

Wir sind keine heile Familie, wir waren es nie! Ich habe mich verlassen und allein gefühlt! Als die Eltern sich trennten, als ich bei meinem Vater lebte und als sich Jonas aus meinem Leben verabschiedete. Immer war ich die Verlassene. Die Wut darüber ist nicht alles, das Gefühl nicht geliebt zu werden, ist unerträglich.

Jonas' Verhalten, mich zu hintergehen mit Leander, mit Marion, um dann endgültig aus meinem Leben zu verschwinden, hat mich gekränkt und enttäuscht.

Von dem Tag an, an dem Torge mit den Beamten der Kriminalpolizei und Professor Zuber in der Psychiatrie in meinem Zimmer stand, war mir klar, dass er mein Leben in Ordnung bringen würde. Er sei gekommen, damit ich bald aus der Klinik entlassen werden könne, hatte er gesagt. Daran habe ich mich geklammert und die Aussage hat verhindert, dass ich mir aus Wut und abgrundtiefer Enttäuschung etwas angetan habe. Nicht Jonas' Tod an sich hatte mich aus der Bahn geworfen, sondern dass er mich verraten und im Stich gelassen hatte.

Am Abend jenes Tages ritzte ich mir zum ersten Mal mit der Scherbe einer Untertasse in den Unterarm, was mir enorme Erleichterung verschaffte.

Der Exkurs meiner Gedanken hat mich aufgewühlt. Es wird Zeit für den Wochenendeinkauf, bevor meine Stimmung völlig einbricht. Torges Brief zu lesen und dabei Schokolade zu essen, hebe ich mir bis nach dem Einkaufen auf.

Schnell schreibe ich *SCHOKOLADE* in Großbuchstaben auf meine Einkaufsliste. Die hilft immer.

Der große Supermarktparkplatz im Industriegebiet ist dicht besetzt. Schneller als gedacht finde ich direkt neben der Abgabestelle für das Leergut einen Parkplatz. Nach eineinhalb Stunden ist der ganze Einkaufsspuk vorbei. Torges Brief wird die emotionale Schieflage wieder ins Lot bringen. Ich freue mich darauf.

Ich nehme den Weg über die Flensburger Chaussee Richtung Stadtmitte, um in der Bäckerei Brix für die Wochenendtage Brötchen einzukaufen. In Höhe des Schwimmbades setzt ein roter Sportwagen zum Überholen an. Erbost schaue ich zur Seite. Ein Überholmanöver mit Tempo siebzig! Der Fahrer scheint nicht klar im Kopf. Ich sehe ein zweites Mal hin. Der Wagen, der mich von der Fahrbahn drängt, ist Hannes Baums Auto, mit dem er vor meinem Haus gestanden hat. Hannes. Ein Ausweichen auf den Parkplatz des Schwimmbads verhindert eine Kollision. Vor Aufregung würge ich den Motor ab.

Das rote Cabrio hält neben meinem Auto. Hannes steigt aus. Ich versuche, die Türverriegelung zu betätigen. Er ist schneller, reißt die Fahrertür auf. Ich bin im Begriff, die Eins-Eins-Null zu wählen. Mir fällt das Handy aus der Hand auf den Asphalt.

„Hi, Süße, warum die Eile?"

Der provozierende Blick des Mannes und das Mehrdeutige in seiner Stimme lassen mich erstarren. Hannes bückt sich nach dem Handy und tippt eine Nummer ein. Daraufhin höre ich einen Klingelton.

„Gib mir sofort mein Handy zurück, lass mich in Ruhe!", schreie ich ihn an.

„Nicht aufregen, Schätzelein. Ich will deine Nummer, damit wir zwei Hübschen in Kontakt bleiben. Es ist besser, ich habe neben deiner Festnetz- auch deine Mobilnummer. Ich rufe dich an, gebe dir Bescheid, wann und wo wir uns treffen."

Mit seiner rechten Hand berührt er meine Wange, mit der linken legt er das Handy auf meinen Schoß.

„Siehst du, das war's schon. Hat nicht wehgetan, oder? Wir werden viel Spaß zusammen haben, das verspreche ich. Ein schönes Wochenende, meine Liebe."

„Lass mich zufrieden, sonst gehe ich zur Polizei!", schreie ich. Warum ist keine Menschenseele auf diesem gottverdammten Parkplatz?

„Du gehst zur Polizei? Verrückten glaubt man nicht, weißt du? Deshalb spar dir den Auftritt. In der Psychiatrie versaut und rückfällig geworden. Gewalt gegen einen Mann, ist doch bei dir schon einmal vorgekommen, oder? Daraufhin bist du in der Klapse gelandet. Nun bleib mal locker, Baby, damit das nicht wieder passiert."

Außer mir steige ich aus dem Auto, gehe auf Hannes zu, greife nach dem Revers seiner Jacke und trete gegen sein Schienbein. Mit kräftigem Griff umfasst er meine Handgelenke, schiebt mich in Richtung meines Autos zurück. Unbeeindruckt wendet er sich zum Gehen, zwinkert mir zu und steigt in sein Auto ein.

„Bis bald!", höre ich ihn sagen. „Ich melde mich."

Der rote Sportwagen fährt mit quietschenden Reifen davon. Ich sitze zitternd hinter dem Lenkrad. Niemand ist auf dem Parkplatz zu sehen, der den Zwischenfall hätte beobachten können. Vor lauter Aufregung vergesse ich, die Kupplung zu treten, und der Wagen macht einen Satz nach vorne. Verzweiflung und Wut treiben mir die Tränen in die Augen. Hannes macht mir Angst.

Total erschöpft schleppe ich die Einkäufe ins Haus. Ich bin schrecklich durcheinander, überlege, ob es eine gute Idee wäre, mich an die Polizei zu wenden. Vielleicht sollte ich mit Herrn Lüders Kontakt aufnehmen. Ich verwerfe den Gedanken. Wahrscheinlich hat Hannes recht, und ich blamiere mich. Was habe ich in der Hand? Er hat mich belästigt, aber mir nichts getan. Es gibt keinen blauen Fleck, keinen Kratzer. Geschehen ist nichts, was sichtbar wäre. Er würde alles abstreiten. Ich bleibe zurück mit meiner Angst. Womit wird er mich als Nächstes schikanieren?

Kurz nach halb zwei. Das Taxi hält vor dem Hotel Bad Minden. Temperaturen von über zwanzig Grad, wolkenloser Himmel. Das vermittelt Sommerfeeling und gute Laune. Nach der langen Fahrt habe ich das dringende Bedürfnis nach einer Dusche. Vielleicht mache ich anschließend einen kleinen Bummel durch die Stadt.

Mental bin ich gut drauf, ein bisschen freue ich mich, meinen Vater nach so langer Zeit zu wiederzusehen. Das gute Zureden von Torge hat geholfen, meine aggressive Stimmung abzumildern. Jetzt kommt sogar ein wenig gute Laune auf.

Der Empfangstresen des Hotels ist verwaist. „Bitte läuten" steht auf dem Schild neben der Klingel. Ich sehe mich ein bisschen um. Im Nebenraum an der Bar ist auch niemand.

Im Eingangsbereich setze ich mich in die Sofaecke. Fragen, ob ich lieber an der Weser einen Spaziergang mache oder im Kaufhaus Hagemeyer bummele, gehen mir durch den Kopf.

Plötzlich - ich habe das Gefühl, ich falle in Ohnmacht - höre ich eine männliche Stimme, die Stimme von Hannes Baum.

„Ich habe gehofft, dich zu treffen, aber gewusst hab ich's nicht."

Er kommt schnurstracks auf mich zu, will mich in den Arm nehmen.

„Was hast du hier zu suchen?", fauche ich ihn an, schnappe nach meinem Koffer und gehe in Richtung Hotelausgang. Nicht im Entferntesten hatte ich damit gerechnet, auf Hannes Baum zu treffen. Hektisch krame ich in meiner Tasche nach meinem Handy. Ich werde mir ein Taxi rufen. Hier kann ich nicht bleiben.

In diesem Moment kommt mein Vater die Treppenstufen herunter.

„Zwei Streithähne?“, fragt er, und kommt mit offenen Armen auf mich zu.

„Nicht der Rede wert, manchmal müssen Frauen einfach laut werden“, sagt Hannes grinsend in Vaters Richtung.

Angesichts des Wiedersehens nach so vielen Jahren gelingt es mir nicht, an meinem Plan, sofort wieder nach Hause zu fahren, festzuhalten.

„Dann werde ich euch mal alleine lassen“, höre ich Hannes sagen. Er geht die Treppe hoch.

Vater legt seinen Arm um mich. „Ich freue mich, dass du gekommen bist, Britta. Komm, setzen wir uns. Ich werde uns Kaffee bestellen, oder möchtest du zuerst auf dein Zimmer?“

„Sehr gern, Kaffee ist mir recht.“

„Ich dachte, es wäre eine gute Idee, Hannes einzuladen, wo dein Mann dich nicht begleiten kann. Allein auf der Feier, wo getanzt und geschwoft wird, ist blöd. Ich hoffe, ihr werdet euch vertragen und den Abend genießen. Ich hätte Torge gern kennengelernt. Aber nun sag, wie geht es dir?“

Ich könnte Vater an den Hals springen. Aber soll ich ihn an diesem Tag mit Dingen konfrontieren, die weder ihm noch mir die Laune besser machen? Nicht heute.

„Mir geht es gut, ich komme hervorragend alleine zurecht und ich brauche niemanden, der mich bespaßt. Hier nicht, zu Hause nicht. Und schon gar nicht Hannes Baum“, füge ich halblaut hinzu. Die Freude auf den Abend ist mir gründlich verdorben. Ich bin voller Wut. Aus Anstand und um des lieben Friedens Willen mache ich gute Miene zum bösen Spiel.

Das war also das erste Gespräch zwischen Vater und mir. Oberflächlich, belanglos, kaum mehr als ein Smalltalk über das Wetter. Was habe ich erwartet? Mein Vater ist mein Vater und nicht plötzlich jemand anders.

„Ich würde gern eine Dusche nehmen und mich zunächst noch ein bisschen ausruhen, bevor die Feier beginnt“, sage ich, als wir den Kaffee ausgetrunken haben.

„Klar, komm erst einmal in Ruhe an. Wir haben heute Abend Zeit füreinander, dann werde ich dir Brigitte, meine Frau, vorstellen. Sie ist beim Frisör.“

Der Portier schiebt den Anmeldezettel zu mir herüber und ich erhalte den Zimmerschlüssel.

Der Stadtbummel sowie ein Abstecher an die Weser haben mich zerstreut, der Groll auf Hannes Baum hat sich verflüchtigt. Mein Vater hatte ihn in bester Absicht eingeladen. Einerseits ist Hannes sein Cousin und somit Teil der Familie, andererseits wollte er den Abend für mich unterhaltsam gestalten. Dass diese Konstellation nicht funktionieren würde, konnte er nicht wissen.

Im Feinkosthaus Müller habe ich für Torge als Mitbringsel einen Präsentkarton zusammenstellen lassen. Westfälische Stippgrütze, ein Apfel-Grieben-Schmalz, verschiedene Grillsoßen sowie Essig und Öl in unterschiedlichen Variationen. Wir lieben Delikatessen und exklusive Zutaten für die mediterrane Küche. Allerdings sind Stippgrütze und Griebenschmalz alles andere als mediterrane Köstlichkeiten, doch dann und wann ein Must-have.

Halbwegs geerdet komme ich im Hotel an. Das pinkfarbene Etuikleid hatte ich auf einem Bügel am Türrahmen zum Badezimmer aufgehängt. Es leuchtet mir entgegen. Auffällig die Farbe, schlicht der Schnitt. Kein tiefes Dekolleté, kein kurzer Saum, unbedingt angemessen.

Kurz vor achtzehn Uhr gehe ich nach unten. Ich geselle mich zu den Gästen, die darauf warten, die Gastgeber zu begrüßen und mit ihnen anzustoßen. Ganz kurz bin ich irritiert. Neben Vater sehe ich Brigitte, die Bedienung des Cafés, in dem wir oft gefrühstückt haben. Sie ist also seine Frau und nicht die mit den großen Brüsten, die häufig über Nacht bei uns zu Hause war. Ich ging fest davon aus, dass Vater diese vollbusige Frau geheiratet hat.

Der Kellner balanciert ein Tablett mit Gläsern durch die Reihen.

„Für dich ein Glas Sekt?"

Ich nicke.

„Herzlich Willkommen, Britta. Ich freue mich, dass du gekommen bist. Ein tolles Kleid hast du an. Ich erinnere mich genau, als du mit deinem Vater ins Café zum Frühstücken kamst. Doch die Zeiten von Croissant mit Nutella sind vorbei, oder?"

„Nicht wirklich, Croissant mit Nutella liebe ich nach wie vor. Das leidige Thema Hüftgold lässt mich aber schon das eine oder andere Mal darauf verzichten. Vielen Dank für die Einladung, ich freue mich, dich besser kennenzulernen."

Wir umarmen uns, prosten einander zu.

„Für eine Unterhaltung ist später sicherlich Zeit. Viel Spaß, genieße den Abend."

Brigitte wendet sich den nächsten Gästen zu.

Ich schaue mir die Festtafel an. Der große Tisch ist feierlich eingedeckt. Weiße Tischdecke, weiße, zu Bischofsmützen gefaltete Servietten, silberne Leuchter mit weißen Kerzen. Geschmackvolle Gestecke und Speisekarten mit einem Foto des Brautpaares in hellem Schwarz-Weiß runden das Bild ab.

Ich suche die Tischkarte mit meinem Namen. Ich habe es geahnt: Hannes ist mein Tischnachbar. Nach Vaters Idee kann es anders kaum sein. Mein Sektglas habe ich hastig geleert. Den ganzen Tag über hatte ich wenig gegessen, so tritt rasch die Wirkung des Alkohols ein. Ich nehme ein weiteres Glas und es macht mir nichts mehr aus, neben Hannes zu sitzen.

Die Begrüßungszeremonie ist beendet. Vater hält eine kurze Rede, stellt die einzelnen Gäste vor, wünscht einen kurzweiligen, fröhlichen Abend. Ein Teil der Gäste sind Kolleginnen und Kollegen von Vater und seiner Frau.

Die Suppe wird am Tisch serviert. Danach beginnt der Run auf das Buffet. Ich liebe Essen vom Buffet. Besonders heute finde ich es beruhigend zu wissen, mich für den Fall, dass meine Emotionen außer Kontrolle geraten, jederzeit mit meinem Teller auf den Weg machen zu können. So gesehen bin ich guter Dinge. Da kann nicht viel schiefgehen.

Das aufmerksame Servicepersonal sorgt dafür, dass die Gläser stets gefüllt sind. Die Frau von gegenüber prostet mir zu, wendet sich dann ihrem Tischnachbarn zu.

„Prost, meine Schöne", höre ich Hannes flöten. Er hält mir sein Glas beinahe unter die Nase. Seine Nähe scheint unausweichlich.

Anstoßen ist in Ordnung, denke ich bei mir, unsere Gläser klingen gegeneinander. Dann setzt er nach.

„Dein Kleid ist bezaubernd, du siehst sehr sexy darin aus. Aber das weißt du sicherlich. Schade, dass dein Mann dich darin nicht sehen kann. Ich denke, ich werde ihn würdig vertreten. Prost, meine Liebe, lass uns den schönen Abend zusammen genießen."

Perplex über seine Dreistigkeit trinke ich in großen Schlucken mein Weinglas leer, schaue in ein Gesicht, das mich provokant und überheblich angrinst. Am liebsten hätte ihm den Wein ins Gesicht geschüttet. Ich stehe auf, spüre, wie mir der Alkohol in meinem Kopf zu schaffen macht.

Ich will hier raus, gehe aber noch kurz ans Buffet. Mit meinem Teller stelle ich mich an einen der Stehtische. Das schlechte Benehmen von Hannes nimmt und nimmt kein Ende. Er folgt mir auf Schritt und Tritt. Ich bin aggressiv und feindselig. Um nicht zu riskieren, dass ich ihm etwas an den Kopf werfe, muss ich hier weg. Vater sage ich, dass ich starke Kopfschmerzen habe und mich eine Weile auf mein Zimmer zurückziehe.

Ich nehme den Weg über die Terrasse und biege links um die Hausecke, um Richtung Hoteleingang zu gehen. Plötzlich versperrt Hannes mir den Weg.

„Was soll das denn? Wir wollen doch nicht etwa schon die Feier verlassen?"

Er legt den Arm um meine Schultern, als zwei Paare uns entgegenkommen, die auf den Hintereingang zusteuern.

„Komm, die Luft ist lau und sommerlich. Ein Abend, wie geschaffen für Verliebte. Lass uns in den Garten gehen", fährt er scheinheilig fort.

Die Leute sind ins Haus gegangen. Ich reiße mich los und schreie ihn an: „Du gehst nirgendwo mit mir hin! Lass mich in Ruhe, du Bastard! Ich werde dich anzeigen, wenn du ..."

Er hält mir den Mund zu, packt unsanft meinen Arm. Indessen dirigiert er mich in den hinteren Teil des Gartens, wo einige höhere Tannen stehen. Es scheint, als wären wir hier allein. In mir kriecht die Angst empor. Hannes lockert seinen Griff, ebenso nimmt er die Hand von meinem Mund.

„Komm nur nicht auf die Idee, zu schreien. Ich sagte doch, wir wollen zusammen ein bisschen Spaß haben. Und damit fangen wir jetzt an. Noch nie waren wir einander so nah, siehst du?"

Er zieht mich dicht zu sich heran und während er mich küsst, presst er seinen Unterleib gegen meinen. Bei dem Gedanken an das, was als Nächstes passieren wird, steigt Panik in mir auf. Ich bohre ihm meine Fingernägel in den Nacken. Anstatt zu schreien, fange ich an zu schluchzen. Ich flehe ihn an, mich in Ruhe zu lassen.

„Dafür ist es zu spät, meine süße *Lady in Red*. Den ganzen Abend verdrehst du mir mit dem atemberaubenden Kleid den Kopf. Es steht dir übrigens ausgezeichnet. Ein Zurück gibt es jetzt nicht mehr. Entspann dich", sagt er und fährt mit seinen Händen von meinem Hals über die Brüste bis hinunter zum Kleidersaum. „Zieh das Kleid hoch!"

Ein Fluchtversuch endet damit, dass ich über Äste stolpere und vor Hannes am Boden liege.

„Wie dumm von dir", sagt er kopfschüttelnd. „Und jetzt hoch mit dem Kleid!"

Mir wird schwarz vor Augen und grelle Blitze, die sich wie Pfeile in meinen Kopf bohren, flirren durch das Schwarz. Was folgt, fühlt sich an, als würde ein glühendes Schwert von innen meinen Leib aufreißen. Dann ist es vorbei.

„Hör auf zu jammern und schau mich an! Demütigungen und Zurückweisungen ertrage ich nicht, das solltest du wissen", sagt er, während er seine Hose schließt und sich das Haar aus der Stirn streicht. Äste knacken unter seinen Schuhsohlen. Wenig später verschwinden Hannes' Umrisse im schummrigen Licht der Lampions am Haus.

„Wunder gibt es immer wieder", dringt die Stimme der Sängerin an mein Ohr, als er die Terrassentür öffnet und wieder schließt.

Wie ein verletztes Tier krieche ich zum nächsten Baum, stütze mich an seinem Stamm ab, um auf die Füße zu kommen. Nachdem ich meine Kleidung abgeklopft habe, gelingt es mir, ungesehen über den Hoteleingang in mein Zimmer zu gelangen. Ich reiße mir das Kleid vom Leib und gehe unter die Dusche. Gefühlt dusche ich eine ganze Stunde. Das heiße Wasser färbt meine Haut krebsrot, verwandelt das Bad in eine Dampfdusche.

Mein Kopf fühlt sich an wie ein heliumgefüllter Ballon, mein Körper wie eine leere, ausgebrannte Hülle. Ich öffne die Minibar und stelle einige alkoholische Getränke auf den Tisch. Erschöpft falle ich in den Sessel, trinke als Erstes den Obstler, dann den Brandy, danach den Rotwein.

Das miese Gefühl will nicht weichen. Gleichgewichtsgestört schwanke ich zur Minibar. Das Bier wird mir guttun. Ich trinke es aus der Flasche. Zwei Züge, dann ist sie leer. Mein Kopf ist schwer und leicht zugleich. Ich ziehe meine Füße an meinen Körper heran und lege den Kopf auf den Knien ab, schließe die Augen.

Dann renne ich in die Hotelküche, schnappe aus dem Topfregal die gusseiserne Bratpfanne. Amüsiert ist Hannes mir gefolgt. Er unterschätzt mich, wie mir scheint, nimmt mich nicht ernst. Wir stehen einander gegenüber. Das Küchenpersonal umringt mich, feuert mich an.

„Los, erschlag ihn!", höre ich Stimmen. Sie stoßen entsetzte Schreie aus, als die Pfanne wie von selbst durch die Luft saust. Mit voller Wucht und einem ‚Dong' trifft sie Hannes' Kopf. Lautes Getöse und Bravorufe um mich herum. Hannes sinkt zu Boden.

In weiter Ferne höre ich es läuten. Zusammengekauert hocke ich im Sessel. Die leeren Flaschen auf dem Tisch sprechen für sich und erklären meinen Zustand. Ich ignoriere das Telefon, schleppe mich ins Bett. Katastrophaler hätte ein Tag sich nicht gestalten können.

Morgen ist Zeit für Erklärungen, wenn überhaupt.

Glücklich wollte ich sein, alle Fäden, die dazu nötig sind, selbst in der Hand haben. Der stärkste Faden ist mir entglitten, als mein Mann nach Japan ging. Die Tatsache, dass ich daran nichts ändern kann, bereitet mir allergrößte Schwierigkeiten. Doch die Zeit, wo der Mensch noch an Wunder glaubt, ist vorüber. Zweifel, ob und wie ich das Jahr der Trennung überstehe, nagen und fressen sich in das marode Selbstbewusstsein. Die Telefonate mit meinem Mann haben ihre Heiterkeit verloren. Die Gedanken kreisen um ein Glück, das sich jeden Tag ein Stück weiter zu entfernen scheint. Die Erinnerungen an die schöne Zeit auf Sylt und den Tag unserer Eheschließung auf dem Standesamt sind verhangen von dunklen Wolken.

Die Freude in mir ist gestorben. Es kommt mir so vor, als hätte jemand Eintragungen auf meiner Gehirnfestplatte geändert oder einen Chip ausgetauscht. Meine Tage sind grau und trist, und ich esse mehr Schokolade denn je. Die depressive Stimmung nimmt zu wie mein Gewicht.

Die Vergewaltigung hat mich verändert. Ein Teil meines Körpers gehört scheinbar nicht mehr zu mir. Der Geruch nach Schmutz will sich nicht vertreiben lassen. Da helfen auch heiße Duschen und die Anwendung von Sagrotan-Spray nicht. Meine Haut ist rot, wund und sie schmerzt.

Frau Doktor Siebels hat mich krankgeschrieben. Während eines Gesprächs mit der Arzthelferin hatte ich einen Weinkrampf erlitten und war in der Praxis zusammengebrochen.

Die Ärztin ist erschrocken über meinen psychischen Zustand. Sie möchte mich in eine Therapie stecken. Statt stationärer Einweisung schlägt sie eine Maßnahme in der Tagesklinik in der Nähe meines Arbeitsplatzes vor. Die Abende und Wochenenden würde ich zu Hause verbringen.

Ich gehe in keine Therapie! Vor niemandem werde ich mein Innerstes nach außen kehren. Was geschehen ist, bleibt bei mir. Wenn es erst ein Einziger weiß, werden es bald viele wissen, irgendwann die halbe Stadt. Die Leute werden sich das Maul zerreißen und mit dem Finger auf mich zeigen. Was für ein Spießrutenlaufen.

Davon, dass Hannes mich nach wie vor traktiert, erwähne ich kein Wort. An manchen Tagen steht er mit dem Auto vor meinem Haus. Manchmal, wenn ich die Wohnung verlasse, taucht er plötzlich wie aus dem Nichts auf und verfolgt mich. Er läuft mir einfach nur nach. Das ist verdammt unheimlich.

Vor einigen Tagen fand ich hinter dem Scheibenwischerblatt an meinem Auto einen rosa Zettel. „Hallo, Liebste“, unter dem Text ein Herz, in dem ein Messer steckt, darunter Blutstropfen, die eine kleine Pfütze bilden. Hannes Baum macht mir Angst.

Die zahlreichen SMS-Nachrichten, in denen er mir droht oder Liebeserklärungen schickt, lösche ich direkt nach dem Eingang. Aber nur dadurch, dass ich sie lösche, sind sie nicht weg. Sie existieren in meinem Kopf weiter. Ich kann an fast nichts anderes denken. Zwanghaft geworden ist der Griff nach dem Handy, um zu sehen, ob eine Nachricht eingegangen ist. Es ist zum Verrücktwerden.

Sobald ich aus dem Haus gehe, habe ich das Gefühl, ein Schatten legt sich über mich. Er nimmt mir die Luft zum Atmen, dirigiert mich wie ferngesteuert durch die Straßen. Manchmal bleibe ich völlig außer Atem stehen, obwohl ich nicht schnell gegangen bin. Insofern bin ich froh über die Krankschreibung, nur ändert sie an der Tatsache an sich nichts.

Sobald mein Mann zurück ist, wird es mir besser gehen.

Torge habe ich auf die Frage nach der Hochzeitsfeier nur das Nötigste, nicht aber das Entscheidende erzählt. Von dem Streit zwischen Hannes und mir, und dass ich mich nach dem Essen auf mein Zimmer zurückgezogen hatte, habe ich ihm berichtet. Ich fühlte mich außerstande, ihm die ganze schreckliche Wahrheit zu schildern. Kurz darüber nachgedacht hatte ich allerdings. Möglicherweise hätte ihn der Vorfall dazu veranlasst, vorzeitig nach Hause zurückzukehren? Das Ereignis würde dadurch aber nicht ungeschehen, also verwarf ich den Gedanken. Aber auch Scham und das Gefühl des Versagens hinderten mich daran, Torge davon zu erzählen. Vielleicht würde er denken, ich hätte den Übergriff verhindern können, wenn ich nur laut genug geschrien, mich mit Schlägen, Tritten oder Bissen gewehrt hätte. Ich hatte Angst, dass mein Mann sich von mir abwenden würde. Im Grunde bin ich das Opfer, aber ich fühle mich auch schuldig. Das würde sich auch dann nicht ändern, wenn Torge vorzeitig zurückkäme.

„Dann ist aus der Familienzusammenführung wohl nichts geworden", kommentierte er meine Ausführungen. „Du solltest Hannes anrufen und zur Rede stellen. Wir können gemeinsam Kontakt aufnehmen, wenn ich zurück bin, was denkst du? Schließlich ist er ein Verwandter."

Niemals werde ich das tun. Ich sparte mir den Einwand, wollte mich nicht zu Äußerungen hinreißen lassen, die mich verraten würden. Ich konnte nicht riskieren, dass mein Mann nachhakte. Hannes Baum ist für mich gestorben.

Am Morgen nach der Feier hatte ich kein Verlangen, meinem Vater, seiner Frau oder gar Hannes, zu begegnen. Ich checkte aus und fuhr mit dem Taxi zum Bahnhof.

Am Abend war es nicht zu einem persönlichen Gespräch mit Vater gekommen, an diesem Morgen von meiner Seite aus nicht gewollt und nicht gekonnt. Ich fühlte mich hundeelend. Nur weg aus dieser Stadt, die für mich offensichtlich eine Stätte der schrecklichen Ereignisse bleiben sollte.

Ich hätte meinen Vater anrufen können, aber warum sollte ich das tun? In den vielen Jahren hatte er mir nicht gefehlt und die Begegnung nicht dazu beigetragen, ein Gefühl aufkommen zu lassen, dass es miteinander auch ganz schön sein könnte.

Ich hatte schlecht geschlafen in der Nacht. Jetzt, kurz nach dem Mittagessen, fallen mir beinahe die Augen zu. Die Sonne scheint. Im Grunde genommen müsste ich Fenster putzen, doch das Sofa hat eine Anziehungskraft, der ich gerade nicht widerstehen kann. Während ich an Torge denke, werde ich sentimental und schwermütig.

Seit dem Tag der Vergewaltigung spüre ich nicht nur Ekel und Hass auf Hannes Baum. Ebenso habe ich das Gefühl, dass in meinem Körper etwas geschieht, das mir fremd, ungewöhnlich vorkommt. Die Krankschreibung wurde verlängert. Frau Doktor Siebels hat mir dringend ans Herz gelegt, noch einmal über eine Psychotherapie nachzudenken. Mir scheint es ausgeschlossen, vor anderen auszubreiten, worüber Gras zu wachsen beginnt. Das wäre ein Schritt in die falsche Richtung.

Torge ist ein einfühlsamer Mann. Sobald er an meiner Seite ist, wird mein seelisches Gleichgewicht zurückkehren, da bin ich mir sicher. Das sage ich Frau Doktor Siebels. Der Februar ist schon halb vorbei, in drei Monaten haben wir die Zeit der Trennung hinter uns.

Die Abende verbringe ich vor dem Fernseher, stopfe Trostschokolade oder Chips in mich hinein, manchmal beides. Sie sind absolute Stimmungsaufheller, wenn auch nur vorübergehend. Von der übermäßigen Kalorienzufuhr ist mein Körper aufgebläht, die Brüste geschwollen. Um die Gewichtszunahme zu retuschieren, leisten Bodyformer ausgezeichnete Dienste.

Ein intaktes Körpergefühl ist mir verloren gegangen. Aus Ekel vor dem Geschehen an jenen Abend im August ist die Regel ausgeblieben. Das schlechte Gewissen, Torge davon nichts erzählt zu haben, macht mir Schuldgefühle. Nach wie vor sind es Gewissensbisse, Moralvorstellungen und das Verständnis von Treue, die es mir verbieten, mich ihm anzuvertrauen.

Im Augenblick bringen mir die Gedanken keine Entspannung. Ich verspüre das dringende Bedürfnis, mich mit Putzeimer und Abzieher den Fenstern zuzuwenden. Bis zum Einbruch der Dunkelheit werde ich den größten Teil geschafft haben, dann Schokolade kaufen gehen. Ich schalte meinen Lieblingsradiosender ein, drehe die Musik auf volle Lautstärke.

Mitten in meiner Arbeit spüre ich einen starken Schmerz im Rücken. Im Oberbauch ziehen sich die Muskeln zu einem Krampf zusammen. Wahrscheinlich habe ich mich nicht rückengerecht bewegt, beim Leitertragen verdreht, was sich in einem Krampf rächt. Nach einer kurzen Verschnaufpause ist der Schmerz vorbei. Ich werde zügig mit meiner Arbeit fertig.

Das Telefon klingelt. Auf dem Display, wie immer, wenn er es ist: „Nummer unbekannt“. Ich weise das Gespräch ab. Dreimal. Ich halte diese Anrufe nicht mehr aus! Selbst wenn ich den Ton abstellen würde, weiß ich, dass er wieder und wieder anruft. Es wird läuten, auch ohne Ton wird es in meinem Kopf läuten, läuten, läuten. Bis ich abhebe. Ich leide unter der Vorstellung, er könnte mir noch einmal etwas antun. Die gefühlte Machtlosigkeit ist unerträglich. Ohne mich zu melden, nehme ich das Gespräch an.

„Du entkommst mir nicht, Baby! Ich sehe dich, wo du auch bist. Weiß immer, was du gerade tust.“

Ich drücke die rote Taste. Die Vorstellung, dass es stimmen könnte, was er sagt, dass er mich bei allem beobachtet, macht mich wahnsinnig. So muss es sich kurz vor dem Durchdrehen anfühlen.

Es klingelt noch einmal. Ich gehe sofort ran.

„Du kannst mich nicht einfach aus der Leitung werfen. Ich bestimme, wann das Gespräch beendet ist. Wir werden uns treffen. Sagen wir, in einer Stunde im Schlosscafé. Ich warte auf dich."

„Lass mich zufrieden, Hannes Baum, verschwinde aus meinem Leben. Wir werden uns nicht treffen!"

Vom Wohnzimmerfenster aus sehe ich, dass er mit dem Wagen vor dem Nachbarhaus steht.

„Ich rufe die Polizei, wenn du nicht verschwindest."

„Du hast einen wunderschönen Pullover an. Trägst du darunter den hellblauen Büstenhalter mit der zarten Spitzenbordüre und den passenden String dazu?"

Im selben Moment setzt sich das Auto in Bewegung. Im Vorbeifahren winkt er herüber. Ich weiche vom Fenster zurück. Der Schock fährt mir in die Glieder, mir wird ein bisschen schwindelig. Ich gehe Richtung Sofa, will schreien, bringe aber keinen Ton heraus. Ich glaube zu ersticken an dem, was ich gerade gehört habe.

So ein Schwein.

Hannes Baum hat in meiner Wäsche gewühlt und ist in mein Haus eingebrochen. Ich muss würgen. Auf dem Weg in die Wirtschaftsküche ergreift mich die Panik. Eine warme Flüssigkeit läuft aus mir heraus an den Beinen herunter. Blut ist es nicht. Verwirrt und kopflos zerre ich ein Duschhandtuch aus dem Trockner, werfe es auf den Boden und hocke mich darüber. Das Krampfen der Bauchmuskulatur setzt erneut ein.

Der Oberbauch ist hart. Ich reiße mir meinen Bodyformer vom Leib und spüre Erleichterung.

Hysterisch laufe ich hin und her. Der Schmerz lässt langsam nach. Mit dem Handtuch wische ich den Boden, stopfe es in die Waschmaschine und starte ein Waschprogramm. Gleich drehe ich durch. Ich gehe in den Keller und sortiere leere Marmeladen- und Weckgläser aus dem Umzugskarton in den Schrank. Kopflos laufe ich die Treppenstufen hinauf und wieder runter. Langsam entspannt sich die Bauchmuskulatur, ebenso legt sich die innere Unruhe.

Nach einer Weile fühle ich mich besser, mache mich auf den Weg zum Einkaufen. Bevor ich das Haus verlasse, halte ich Ausschau nach dem roten Wagen. Die Luft ist rein. Ich fahre Richtung Industriegebiet. In Höhe der Kaserne an der Matthias-Claudius-Straße verhärtet sich erneut die Bauchmuskulatur, gleichzeitig spüre ich ein Ziehen im Rücken.

Ich sollte jetzt auf keinen Fall einkaufen, geht es mir durch den Kopf. Ich wende, gebe Gas.

Lieber Gott, lass die Streifenwagen überall, nur nicht auf dieser Straße sein!

Mein Tacho zeigt siebzig. Das Auto, das ich überhole, meint, mich mit einem lang anhaltendem Hupton ermahnen zu müssen. Ich fahre, als müsste ich mein Leben retten, beiße mir auf die Unterlippe, um den Schmerz umzuleiten. In dem Bewusstsein, dass mich niemand aufhalten kann, brause ich über die Ampelanlage, die soeben auf Rot umgesprungen ist.

Kopflos erreiche ich den Parkplatz neben unserem Haus, schließe nervös und hektisch die Wohnungstür auf und haste ins Bad. Dieser verdammte Schmerz lässt sich nicht wegmassieren. Intuitiv hebe ich die Arme, atme ein, senke sie im Ausatmen. Ein wahnsinniger Krampf im Unterleib zwingt mich in den Vierfüßlerstand. Kurze, heftige Atmung. Ein, aus, ein, aus. Langsam verebbt der Schmerz. Ich steige in die Wanne, lasse etwas Wasser ein und verharre auf allen vieren, warte und atme. Mit dem nächsten Schmerzschub drücke ich, halte inne, atme wieder. Drücken, atmen, sich konzentrieren auf das, was zwischen meinen Beinen vor sich geht. Es gibt kein Zurück, kein Festhalten, keinen Stillstand, nur ein Herausdrücken.

Der nächste Kontraktionsschub bringt Erleichterung. Der kleine Körper wird herausgepresst und gleitet in das lauwarme Wannenwasser. An dem Haken über der Wanne hängt die Haarschneideschere. Ich durchtrenne die Nabelschnur, entbinde mich von dem leblosen Körper, der zwischen meinen Beinen liegt.

Schweiß tropft mir von der Stirn, eine eisige Kälte um mich herum lässt meine Gefühle gefrieren.

Das Kind ist tot. Wir sind miteinander nicht in Kontakt, wir waren es nie. Ich trage keine Verantwortung.

Unter der Dusche reinige ich gründlich meinen Körper, stopfe ein Handtuch zwischen meine Beine und ziehe einen festen Schlüpfer darüber. Den Leichnam wickle ich in Alufolie und lege ihn in einen Jutebeutel. Ich reinige die Wanne und wische sie trocken. Ohne zu wissen, wohin mit dem toten Baby, fahre ich mit dem Wagen Richtung Schobüll. Ich ignoriere die Siebzigerzone auf der Nordseestraße, gebe Gas, als würde ich meinem Henker davonfahren.

Der Anblick des aufgeschichteten Biikehaufens in der Nähe vom Schobüller Badesteg bringt mich zur Ruhe. Ich nehme den Fuß vom Gaspedal. Der Himmel über dem Meer zeigt schmale, leuchtend rote

Lichtstreifen, Überbleibsel eines schönen Sonnenunterganges. Ich folge dem Anziehungspunkt und stelle das Auto auf dem Parkplatz vor dem Schwimmbad ab. Auf dem Fußweg Richtung Wasser begegne ich keiner Menschenseele. Auch als ich unten ankomme, sehe ich niemanden.

Ich gehe einige Male um den Biikehaufen herum. An einer mir geeignet erscheinenden Stelle schiebe ich das Bündel unter den Reisighaufen. Um es vollständig zu verdecken, schichte ich ein paar Zweige darüber.

Dem Brauch nach zündeten Frauen das Biikefeuer an, um ihre Männer zum Walfang zu verabschieden.

In wenigen Tagen wird die Biike brennen. Das Feuer wird lodern, weit über das Land sichtbar sein. Als Touristenattraktion zieht es viele Gäste an, Gastwirte in der Region laden zum traditionellen Grünkohlessen ein.

Menschen mit Glühwein und Bratwurst stehen am Feuer und sehen zu, wie der riesige Biikehaufen langsam niederbrennt. Die gierigen Flammen des Feuers werden den Jutesack und seinen Inhalt auffressen. Ein winziger Teil der Asche des mächtigen Feuers wird meine Gene tragen. Ich lasse ihn hier, der Wind wird sie ins Meer wehen, vielleicht, oder weit über das Land verstreuen.

Auf dem Rückweg zu meinem Auto zieht sich noch einmal die Muskulatur in meinem Bauch zusammen und verhärtet sich. Kurz darauf verlässt beinahe schmerzfrei eine größere, warme, zusammenhängende Masse meinen Körper. Am Auto angekommen, entferne ich, zwischen geöffneter Vorder- und Hintertür versteckt, das Handtuch mit dem blutigen Klumpen. Ich stopfe alles in eine Plastiktüte.

Auf dem Rückweg werfe ich den Plastiksack in einen an der Straße stehenden Müllcontainer einer Baustofffirma.

Total erschöpft komme ich zu Hause an. Ich drehe das Radio auf volle Lautstärke. „I'm Singing in the Rain".

Ich brauche unbedingt eine Dusche.

Meine Gedanken wandern zu Torge. Nach dem Duschen werde ich für uns etwas Leckeres kochen. Eine kräftigende Hühnerbrühe wäre das Richtige. Als Hauptgang Kartoffelpüree aus der Packung, dazu ein Steak, als Dessert Schokoladenmousse.

Ich habe mich ihm lange nicht so nah gefühlt.

Weiße Kerzen schmücken den Tisch. Zur Feier des Tages gibt es Rotwein, einen guten trockenen Tropfen. Ich werde die ganze Flasche trinken. Jetzt gibt es nur noch Torge und mich.

Was für ein Gefühl!

Das Wetter ist herrlich. Heute Morgen hatte es nicht nach Sonne ausgesehen, aber jetzt, kurz vor dem Anzünden des Biikefeuers hat sie sich durchgesetzt.

Unter meinen Skianzug ziehe ich den selbst gestrickten Rollkragenpullover an und steige in meine warmen Winterstiefel. Von innen wärmt der Glühwein. Frieren werde ich nicht.

Der Bürgermeister wird in seiner Eröffnungsrede von dem schönen alten Brauch des Biikebrennens erzählen. Mit den Jahren ist es zu einer großen Touristenattraktion geworden, erfreut sich immer größerer Beliebtheit. Die Kinder der Bornschool werden etwas singen, vielleicht etwas Plattdeutsches. Das Feuer wird knistern und fliegende Funken aufsteigen lassen, die im Herabfallen in der Luft verglühen. Ganz nah am Feuer werde ich mich mit Glühwein langsam betrinken und später ein Taxi nach Hause nehmen.

Am Ortseingang von Schobüll parken Autos und Busse dicht hintereinander. Ich versuche mein Glück in der Kirchenallee seitlich vom Kirchlein am Meer, aber auch hier: keine Chance. Später erwische ich eine Parklücke an einer Straße im nächsten Ortsteil.

Es ist noch ein bisschen hell. Die untergehende Sonne verstrahlt herrliches Licht, dem die Menschen entgegenströmen. Hunderte sind unterwegs, meist Paare oder kleine Gruppen. Gleich, um achtzehn Uhr, wird das Feuer entfacht. Als Erstes steuere ich den Grillstand an. Eine feiste Bratwurst, darauf habe ich mächtig Appetit. Danach gehe ich mit einem Plastikbecher mit Glühwein um den Reisighaufen herum. Die Zeremonie beginnt. Bürgermeisterrede, Kinderchor, Anzünden der Biike. Das Feuer wird an mehreren Stellen von Menschen mit Fackeln in Gang gebracht. Sie stecken die brennende Lunte in die trockenen Zweige. Es knistert und knackt und die Funken fliegen. Ich sehe ihnen zu, trinke mit großen Schlucken den Becher leer.

In ein paar Jahren werden Torge und ich ebenso mit unseren Kindern hier an der Biike stehen.

Inzwischen lodert das Feuer mächtig, eine große Hitze schlägt mir entgegen. Ich weiche einige Schritte zurück.

„Hallo, Bella, du bist gestern nicht gekommen. Das war nicht nett von dir. Aber du warst hier. Was hast du gemacht?"

Hannes' Stimme lässt mich zusammenfahren. Er hält mir einen Becher Glühwein unter die Nase. Verbiestert sehe ich ihn an.

„Lass mich", sage ich und wende mich ab.

Er weiß, dass ich hier war! Was hat er gesehen? Ich habe niemanden bemerkt.

„Lass uns zusammen das Feuer anschauen, uns an ihm wärmen und uns etwas wünschen. Komm, begraben wir das Kriegsbeil, ich will nicht nachtragend sein. Hier, nimm schon."

Ich schlage ihm den Becher mit dem heißen Inhalt aus der Hand.

„Lass mich in Ruhe, du Bastard", beiße ich um mich.

Er springt zur Seite, um dem heißen Inhalt auszuweichen. Dabei rempelt er eine Frau an, deren Glühwein sich auf ihrem hellen Mantel verteilt.

„Können's net uffpasse, Sie Flegel? Trinke un randaliere, unerhört!", entrüstet sich die Dame.

„Es tut mir leid", höre ich Hannes sagen. Ich nutze die Gelegenheit, um in der Menge unterzutauchen, gehe in Richtung Glühweinstand. Dieses Mal bestelle ich einen mit Schuss. Die Frau hinter dem Tresen meint es gut, halb Rum, halb Glühwein. Das Ganze schön heiß und süß. Echt lecker und süffig. Aus der Entfernung beobachte ich, wie Hannes noch immer mit der Dame im Gespräch ist. Er öffnet sein Portemonnaie und steckt ihr einen Schein zu. Sie nickt. Hannes kommt auf den Glühweinstand zu. Ich ducke mich ein bisschen weg. Noch einmal will ich nicht mit ihm zusammentreffen. Gleich werde ich mir ein Taxi rufen.

Mit einem Becher in jeder Hand sehe ich Hannes zu der Frau zurückgehen. Sie prosten einander zu.

Mein Taxi wird in einer guten halben Stunde oben an der Straße auf mich warten. Genug Zeit für einen weiteren Glühwein.

Um Hannes im Auge zu behalten, bleibe ich im offenen Zelt an dem Tisch stehen und sehe zur Biike hinüber. Inzwischen ist daraus ein riesiges loderndes Feuer geworden. Sieht aus, als würden glühende Regentropfen aus ihm herabfallen. Ein fantastisches Bild. Manchmal glaube ich, Figuren in der Glut zu erkennen.

Mittlerweile halte ich den vierten Becher Glühwein mit Schuss in meiner Hand. Es tut gut. Hannes habe ich aus den Augen verloren. Damit mir niemand das Taxi vor der Nase wegschnappt, mache ich mich auf den Weg zur Straße. Es ist das perfekte Timing, just als ich oben ankomme, hält in Höhe des Schaukastens der Touristeninformation ein Wagen von Taxi Thomsen.

„Sie haben uns bestellt?“, fragt die Fahrerin, als ich die Beifahrertür öffne. Ich nicke und lasse mich in den Sitz fallen.

„Wohin darf ich Sie bringen?“

Plötzlich reißt jemand die hintere Beifahrertür auf. Ich zucke zusammen, als ich Hannes' Stimme vernehme. „Fahren Sie uns bitte in die Brinckmannstraße, welche Hausnummer ist das noch gleich, Brittamaus?"

Die Fahrerin sieht abwechselnd zu mir und zu Hannes.

„Werfen Sie den Mann aus dem Auto. Er verfolgt mich, sonst rufen Sie bitte die Polizei."

Ich merke plötzlich, wie der Alkohol mir zu schaffen macht, ich habe Angst.

Entschlossen steigt die Fahrerin aus und geht um den Wagen herum.

„Sie machen jetzt mal ganz schnell die Fliege, junger Mann. Hören Sie auf, meine Kundin zu belästigen. Ich kann Ihnen einen Wagen bestellen, wenn Sie es wünschen, ansonsten aber raus hier! Was ist, soll ich Ihnen ein Taxi rufen?"

Hannes steigt, einige unflätige Worte vor sich hin schimpfend, aus dem Wagen.

„Diese Kerle", sagt die Fahrerin und verriegelt von innen die Türen. Ich nenne meine Adresse, steige wenig später vor unserem Haus aus dem Taxi.

Schnell lasse ich an den Fenstern zur Straße die Außenrollos herunter. Ich stelle mein Handy aus und setze mich an den Küchentisch.

„Ich bin froh, dass es vorbei ist", sage ich halblaut vor mich hin. In der Küche trinke ich noch ein Glas Rotwein, wanke danach betrunken ins Badezimmer. Waschen, Zähneputzen, alles im Schnelldurchgang. Ich falle ins Bett und schlafe sofort ein.

Die Helligkeit an den Seiten der Außenrollos deutet darauf hin, dass es Tag ist. Mein Kopf schmerzt, fühlt sich an, als würde ein Zementsack darauf abgestellt sein. Ich wälze mich aus dem Bett und öffne einen Spaltbreit die Rollos. Meine Augen reagieren allergisch auf den Lichteinfall. Der fade Geschmack in meinem Mund und der Versuch, mich zu erinnern, wie ich nach Hause gekommen bin, sprechen Bände. Als Erstes schalte ich die Kaffeemaschine ein, gehe dann ins Bad.

Die Wechseldusche hat mir gutgetan. Der Kaffee wird die Lebensgeister wecken und ein Spaziergang an der frischen Luft die restlichen Nachwehen fortfegen. Irgendwie ist mir nach Rollmops.

So schön wie gestern war das Biikefeuer seit Jahren nicht, sinniert Fritz Petersen. *Es war einfach nur herrlich.*

Er kann sich nicht erinnern, wann zum letzten Mal sich alles für dieses Ereignis so passig aneinandergefügt hatte. Der einundzwanzigste Februar, und ein Wetterchen wie gemalt. Am Vormittag war etwas Regen gefallen, mittags hatte sich die Sonne ab und zu gezeigt und am Abend ihr Bestes gegeben.

In Strömen waren die Menschen zum Strand hinuntergelaufen. Seit Jahren war das Biikebrennen eine Touristenattraktion, und jedes Jahr kamen mehr Menschen. Acht Busse hatte Petersen gezählt. Und wo die überall herkamen. Kennzeichen von Düsseldorf, sogar eines von Mainz hatte er gesehen. Die Gastronomen in der Region waren ausgebucht an diesem Abend. Nach dem Feuer luden sie zum zünftigen Grünkohlessen ein. Grünkohl mit Kassler, Schweinebacke und Kohlwurst, und mit süßen Kartoffeln, ein Gedicht. Ohne Reservierung hatte man keine Chance, einen Platz zu bekommen.

Fritz Petersen ist Gemeindearbeiter und auf dem Weg zum Strand, wo gestern das große Feuer loderte. Er will nach dem Rechten sehen, denn heute weht ein frischer Wind. Sollte sich noch vereinzelt Glut in den Biikeresten befinden, könnten Funken fliegen und umliegende Häuser gefährden. Besser, er harkt alles ein bisschen auseinander.

Im Dorf ist Fritz als äußerst zuverlässiger Mitarbeiter der Gemeinde bekannt. Jeder Einzelne würde ohne zu zögern sein Kind in seine Obhut geben.

„Wer hat denn da seine Folienkartoffeln nicht aus dem Feuer geholt?“, sagt er zu sich selbst. Er fischt ein Päckchen verkohlte Alufolie aus der Asche. Mit dem Stock dreht er sie ein paarmal herum, um eine geeignete Stelle zum Öffnen zu finden.

„Kartoffeln sind da wohl nicht drin“, murmelt er nach einer Weile und klappt die schmalen Kanten auf. Stückchenweise öffnet er vorsichtig die Längsseite. Nur einen winzigen Teil der Folie hat er angehoben und macht sie im selben Augenblick rasch wieder zu. Ein bisschen vom Inhalt kann er sehen, das reicht.

Das sieht gar nicht gut aus. Das ist was für die Polizei.

Entsetzt schiebt er das Päckchen ein Stück von sich weg. Ihm ist nicht wohl, denn das, was sein kurzer Blick erfasst hat, muss eine kleine Hand gewesen sein. Ziemlich verkohlt zwar, aber deutlich zu erkennen. Er nimmt sein Handy aus der Jackentasche und wählt die Notfallnummer.

Bis die Polizei eintrifft, soll er alles so lassen, wie es ist, sagt die Beamtin. Er ist kein Weichei, aber ihm ist ganz schwummerig in der Magengegend.

Er weiß nicht, wie lange er so dagesessen und gewartet hat. Wie eine kleine Ewigkeit kommt es ihm vor. Endlich sieht er den Streifenwagen den Weg zum Strand herunterfahren. Das Polizeiauto kommt zum Stehen, wo gestern der Einsatzwagen der Feuerwehr seinen Platz hatte.

„Moin Fritz, nicht immer hat Morgenstunde auch Gold im Munde, was?“

Petersen ist erleichtert, nicht mehr allein mit dem grauenhaften Fund am Strand zu sein. „Mir ist nicht nach Scherzen zumute, Willi. Moin, ihr beiden.“

Fritz kennt die Beamten, die gerade ihr Dienstfahrzeug verlassen haben, viele Jahren.

„Zeig mal, wo genau du das Teil gefunden hast. Und dann warte bitte da drüben, bis die Kollegen von der Kripo da sind. Die haben sicher noch Fragen an dich."

Die Polizisten sperren im großen Abstand um die Feuerstelle das Areal ab.

Als Fritz am Mittag nach Hause kommt, muss er Else in allen Einzelheiten schildern, was genau er gefunden hat und was die Beamten ihn gefragt haben.

„Woher weißt du das denn schon wieder?", entrüstet sich Fritz. „Hier auf dem Dorf kannst du nicht mal unbeobachtet einen Pups lassen, ohne dass es jemand mitbekommt. Aber im Ernst, Else, das alles war mehr gruselig als spannend. Das brauch ich nicht noch mal.

Stell dir vor: Du kriegst ein Kind und verbuddelst es unter dem Biikehaufen, wo es dann ganz allmählich verbrennt. Was sind das für Menschen, die so etwas tun? Verstehst du das?

Ich musste den Beamten von der Kripo allerhand Fragen beantworten. Fingerabdrücke und eine Speichelprobe wollten sie von mir. Das war natürlich freiwillig. Schließlich bin ich Zeuge, beziehungsweise habe die kleine Leiche gefunden. Weil ich durch das Anfassen Spuren hinterlassen habe, kann ich als Tatverdächtiger gleich ausgeschlossen werden. Sie hoffen, dass sie noch brauchbare DNA finden."

„Da hast du aber richtig was mitgemacht, Fritz. Tauschen möchte ich mit dir nicht. Aber nun stell dir mal vor, wenn diese Frau gar kein Monster ist, sondern aus irgendeinem Grund dieses Kind nicht haben konnte, durfte, einfach verloren hat oder sonst was? Vielleicht hat es auch gar nicht gelebt?"

„Hat Nane Lüders von der Kripo auch gesagt, Else. Aber sie prüfen das alles noch. Und vielleicht finden sie ja auch die Frau, die ihr Kind dahin gebracht hat. Muss ja nicht mal die Mutter selbst gewesen sein. Ach Gott, was da alles noch bei herauskommen kann, will ich gar nicht wissen. Mir reicht das, was ich gesehen habe. Da werde ich auf jeden Fall noch eine Weile dran zu knabbern haben. Ich sehe immer noch diese kleine Hand vor meinen Augen."

Während ich an meinem heißen Kaffee schlürfe, schaue ich in den Kalender. In exakt fünf Wochen soll Torge in Hamburg ankommen. Bis dahin werde ich ein paar Kilo abnehmen und mit speziellem Training meine Bauchmuskulatur festigen. Ich bin kein Herdentier, deshalb fitnessstudioresistent. Aus dem Internet suche ich mir Übungen heraus und versuche, konsequent – allein das Wort macht mir schon Stress – dem Fett zu Leibe zu rücken. Fünf Wochen sind schnell vorbei.

Torge hat mir die Ankunftszeit des Fliegers mitgeteilt. Am letzten Abend vor der Abreise veranstalten die Studenten eine Abschlussparty. Sie wollen es richtig krachen lassen, wie Torge sich ausdrückte. Ich mag daran gar nicht denken, sofort quält mich die Eifersucht. Vielleicht kommt er gar nicht zu mir zurück? Das würde ich nicht überleben. Die Umsetzung des Gedankens meines Nicht-Überlebens wird ihn allerdings zurückkehren lassen müssen. Schließlich ist er mein Mann. Gott sei Dank ist er mein Mann.

Ich öffne eine Flasche Rotwein, und während er atmet, ritze ich die Innenseite meiner Oberschenkel, jeweils drei gerade Linien. Die Drei ist meine Glückszahl, Blut färbt die Linien rot, und wenn mein Mann zurück ist, hört all dies hier auf.

Planmäßige Landung der Maschine der *Emirates Airline* aus Dubai ist um neunzehn Uhr fünf. Nach knapp dreiundzwanzigstündiger Reisedauer werde ich meinen Mann um halb acht in den Armen halten. Im Parkhaus des *Radisson Blu Airport* habe ich unser Auto abgestellt und laufe seit etwa zwei Stunden gefühlte zehn Mal den Terminal 1 auf und ab, hin und zurück und immer wieder von vorne.

Endlich, auf der Anzeigetafel wird die Landung der Maschine angekündigt. Mein Handy meldet den Eingang einer Nachricht. Torge schickt ein Selfie aus dem Flieger. Ich sende eins zurück, platze fast vor Aufregung und Freude. Die ersten Reisenden kommen nach etwa fünfzehn Minuten. Sie stellen sich an das Kofferband, das bereits mit einigen Gepäckstücken seine Runden dreht. Plötzlich sehe ich Torge. Er winkt und im Laufschritt kommt er ganz nah an die Glasscheibe heran. Er wirft mir Handküsse zu, strahlt mich an. Ich bin überwältigt von meinen Gefühlen, habe diesen Augenblick des Wiedersehens unterschätzt. Mir laufen die Tränen an den Wangen herunter, es tut so gut und ist einfach nur schön.

Wenig später liegen wir uns überglücklich in den Armen.

„Ich habe eine Überraschung für dich", flüstert Torge an meinem Ohr.

„Ich habe auch eine Überraschung für dich", flüstere ich zurück.

„Du zuerst", sagt er.

„Nein, du."

„Wir übernachten ..."

„Wir übernachten ..."

„... *im Radisson Blu Airport*", sagen wir wie aus einem Mund.

Wie kleine Kinder freuen wir uns. Jeder hat ein Zimmer im Flughafenhotel *Radisson Blu* gebucht.

„Gehen wir zu dir oder zu mir?", fragt Torge und zwinkert mir zu. Wie ich dieses Augenzwinkern vermisst habe.

Ich freue mich auf die Nacht mit meinem Mann im *Radisson Blu Airport Hotel.*

Igor erhebt sich von seinem Stuhl und fuchtelt wild mit den Armen in der Luft herum. „Wie konnten wir ihm nur so auf den Leim gehen? Haben denn alle hier gepennt? Wer war für die Übersetzung des Zeitungsartikels verantwortlich? Kann man sich auf niemanden mehr verlassen?!"

Die Männer in dem kleinen verrauchten Büro ziehen die Köpfe ein. Der Tonfall von Igor verheißt nichts Gutes. Plötzlich steht Natascha im Raum.

„Ganz schnell raus hier! Ich habe gesagt, dass wir nicht gestört werden wollen, das gilt ganz besonders für eine lebende Bild-Zeitung wie dich!", brüllt er die Frau an.

Natascha, die Ansprechpartnerin für die Mädels im Puff, zuckt zusammen und verlässt im Rückwärtsgang den Raum. So aufgebracht hat sie ihren Chef noch nicht erlebt.

„Oleg, lies den Artikel noch einmal vor, ganz langsam."

Igor setzt sich, schmettert die Faust auf den Tisch und schlägt die Hände vor das Gesicht.

„Das bringt doch jetzt auch nichts mehr. Wenn Olga nicht tot ist, ist sie nicht tot. Willst du sie suchen gehen, oder was? Wir müssen ein Konzept entwickeln und uns nicht gegenseitig an die Gurgel springen. Hier, trink einen Schluck, wenn dein Gehirn dann besser funktioniert."

Alexander schiebt die Wodkaflasche über den Tisch, woraufhin Igor den Schraubverschluss öffnet und einen tiefen Zug aus der Flasche nimmt.

„Was für eine Blamage, Männer. Hannes Baum lacht sich kaputt über so viel Dilettantismus, der hat uns echt vorgeführt. Hat das Geld eingestrichen und sich nach Husum abgesetzt. Ein Konzept, hast recht, Alexander, wir brauchen ein Konzept."

Konfus rauft sich der Bandenchef die Haare.

„Ich bin fassungslos! Wir lassen uns von einem stümperhaften Kinderficker ausbooten, bezahlen ihm eine schöne Kreuzfahrt, inklusive aller Annehmlichkeiten, und der Typ linkt uns? Wer denkt, was ich denke?"

„Sag erst einmal, was du denkst."

„Mensch, Greg, wer hat dir denn dein kleines bisschen Hirn weggeblasen? Es kann nur eine Lösung geben, oder? Und nun sag bloß nicht das Falsche, du dämlichster aller Analphabeten. Also?"

Gregor zieht den Kopf ein, als wenn er im nächsten Augenblick einen Fausthieb erwarten würde. „Ja, äh, ich würde sagen, ex, hopp und weg mit dem Kerl."

„Sehr gut, Kleiner, sehr guter Gedanke. Und was meinst du, wer das tun sollte?"

Greg holt tief Luft und im nächsten Augenblick beginnt er zu würgen und rennt mit der Hand vor dem Mund in Richtung Waschbecken, welches er allerdings zu spät erreicht.

„Ich, ich kann das nicht", stammelt er und wischt sich mit dem Hemdsärmel das Erbrochene vom Kinn.

„Schafft mir dieses Weichei vom Hals. Natascha! Natascha!", brüllt Igor, woraufhin die irritierte Frau das Büro betritt.

„Mach die Schweinerei hier weg, aber fix. Lies endlich den Artikel vor, Oleg. Lasst ihn euch Wort für Wort auf der Zunge zergehen, und wenn ihr begriffen habt, was wir übersehen haben, sollte es schmerzen."

Oleg liest den Original-Bericht aus der *New York Times* und danach die Übersetzung vor.

„Was für ein Haufen Blindfische sind wir hier eigentlich? Nichts, aber auch gar nichts lässt nach dem Zeitungsbericht darauf schließen, dass es sich bei der Toten um Olga handelt. Wunschdenken ist das alles. Zufällig hat das Datum gepasst und zufällig ist das Unglück in der Nähe des Hotels, in dem Hannes und Olga ihre Zimmer hatten, passiert. Ein Blinder mit 'nem Krückstock hätte die ganze Geschichte hinterfragt, aber wir lassen uns hier was vom Pferd erzählen und ausbeuten. Zwanzigtausend Euro plus, das ist mehr als mal eben ein Griff in die Portokasse.

Wir haben nicht nur das Problem Hannes Baum, der ist das geringere Übel. Unser wirkliches Problem heißt Olga. Und die sitzt jetzt irgendwo jenseits des Großen Teiches mit gefälschtem Pass und verpfeift uns an die Hotline für Frauen in Not. Ist doch bloß 'ne Frage der Zeit, wann die Tussis hier an unsere Tür klopfen. So weit darf es nicht kommen. Was für eine gottverdammte Scheiße ist das?

Ist in euren Köpfen angekommen, was es bedeutet? Olga ist nicht tot und quatscht aus, dass Theresa, ihre Schwester, bei uns in Düsseldorf im Geschäft ist. Und nicht nur das, sie weiß eine Menge mehr. Die von der Hotline müssen noch nicht einmal alles wissen, die brauchen nur einen ganz kleinen Aufhänger. In Zusammenarbeit mit der Polizei fangen sie an, unseren Laden auseinanderzunehmen. ‚Gemeinsam finden wir Antworten', oder wie heißt das bei denen so schön? Jetzt fragt mich nicht, woher ich das weiß. Ich weiß es eben und das rettet uns den Arsch."

Mit hochrotem Kopf fuchtelt Igor mit dem Kugelschreiber durch die Luft.

„Und weil ich nicht darauf warten kann, bis euch Schwachköpfen dazu etwas einfällt, werden wir folgendermaßen vorgehen: Das Bordell wird bis auf Weiteres stillgelegt. Die Mädels werden von den Kollegen in Duisburg übernommen. Morgen werden sie abgeholt.

Was Hannes Baum betrifft, lasse ich die Sache wachsen. Fest steht, dass wir uns das Geld zurückholen. Alles Weitere wird sich ergeben. Ich nehme die Sache selbst in die Hand, erst wenn es erforderlich ist, muss einer von euch dazukommen.

Ich habe eine Ferienwohnung in Husum angemietet und werde mich von dort aus an seine Fersen heften, mir einen Überblick über seinen Alltag verschaffen.

Möchte jemand etwas Konstruktives beitragen?"

Niemand sagt etwas.

„Also nee, war mir klar. Gut, dann seid ihr ab sofort Männer ohne Job. Ich gebe euch Bescheid, wenn wir den Laden wieder aufmachen."

Am späten Nachmittag kommt Igor in der Schillerstraße in Husum an. Sechs Stunden hatte die Fahrt von Düsseldorf hierher gedauert. Ein kleiner Stau, eine Kaffeepause, dann noch die Strecke von Heide Richtung Husum. Traktoren, Lkws, die man wegen des dichten Gegenverkehrs nicht überholen konnte, das war nichts für einen nervösen Fuß auf dem Gaspedal.

Die Vermieterin, Frau Hansen, führt ihn durch die Wohnung. Wohnzimmer, Schlafraum, Küche mit allem Drum und Dran, ein sehr luxuriöses Bad mit Sauna und Gartennutzung. Was will er mehr? Er wird sich wohlfühlen und die Arbeit möglicherweise zum Vergnügen werden.

„Gefällt mir sehr, Ihre Ferienwohnung, vielen Dank, Frau Hansen."

„Sollte etwas nicht zu Ihrer Zufriedenheit sein oder etwas fehlen, geben Sie mir bitte Bescheid. Ich wohne nebenan und bin jederzeit für Sie da."

Igor versichert, rundum glücklich zu sein, ein so exzellentes Domizil vorzufinden. Da Frau Hansen einen exklusiven Geschmack zu haben scheint, kann sie ihm sicher ein gepflegtes Restaurant für den Abend empfehlen.

„Tja, wo man so richtig gut essen kann, das ist in der Rosenburg. Mein Mann und ich gehen sehr gerne dort hin. Echte kulinarische Highlights können Sie dort erleben. Aber natürlich ist es Geschmackssache. Um sich einmal vorzutasten, schlage ich vor, sich mit den köstlichen Kleinigkeiten an die Speisekarte heranzuarbeiten. Ich könnte mir vorstellen, dass Sie davon begeistert sein werden."

„Vielen Dank für den Tipp, Frau Hansen. Ich werde mich erst einmal einrichten, wenn etwas sein sollte, melde ich mich."

Igor reserviert für zwanzig Uhr in der Rosenburg einen Platz. Er nimmt ein ausgiebiges Duschbad, räumt anschließend seine Kleidung und Schuhe in die Schränke. Bis zum Essen bleibt ihm eine halbe Stunde. Zeit genug, einen Abstecher in die Süderstraße zum Haus von Hannes Baum zu machen. Er wirft seinen Trenchcoat über die Schultern und legt, um das Haus aus der Nähe ansehen zu können ohne erkannt zu werden, seinen Hut auf die Rückbank.

Die Süderstraße ist Einbahnstraße. Das Parken auf der linken Fahrbahnseite scheint uneingeschränkt möglich. Hier und da gibt es sogar freie Parklücken. Vor dem Handwerkerhaus stellt er sein Fahrzeug ab und geht mit hochgeschlagenem Kragen und Hut auf dem Kopf ein Stück zu Fuß die Straße entlang.

„Ach du meine Güte", entfährt es ihm, als er von der gegenüberliegenden Straßenseite auf das Haus schaut. „Das muss es sein. Das Haus ohne Nummer. Was für eine Bruchbude. Holzfenster, die schon lange keinen Pinsel mehr gesehen haben, und Risse im Mauerwerk. Fugen, aus denen der Putz herausbröckelt. Passt eigentlich nicht zu Hannes Baum."

Er zieht das Smartphone ein Stück aus der Innentasche des Mantels, macht ein paar Fotos vom Haus und kehrt dann ohne Eile zu seinem Auto zurück. Bis zum Restaurant braucht er laut Navi etwa fünf Minuten.

*

Das Haus in der Schillerstraße liegt ein wenig abseits von der Straße und die Verglasung der Fenster lässt kaum ein Geräusch von draußen in die Wohnung dringen. So eine Ruhe ist er nicht gewohnt. Beinahe hätte er verschlafen, wenn Frau Hansen nicht um halb neun an der Haustür geschellt hätte. Sie wolle fragen, ob er morgens Brötchen wünsche und sie ihm diese mitbringen soll, wo sie ohnehin jeden Morgen zum Bäcker gehe.

„Nein danke, in der Woche werde ich außer Haus frühstücken, aber vielleicht am Wochenende. Ja, für das Wochenende würde ich Brötchen bestellen wollen. Zwei Weltmeisterbrötchen bitte, samstags und sonntags je zwei. Vielen Dank. Sonntags hätte ich gerne auch die *Bild am Sonntag*."

„Gerne. Ich schreibe Ihnen das Ganze am Ende auf die Rechnung, wenn Sie einverstanden sind."

Frau Hansen ist unaufdringlich. Sie wendet sich ab, geht zu ihrem Haus zurück.

Igor zieht die Vorhänge auf und begibt sich unter die Dusche. Um zehn ist er mit Knud Krüger in dem Café im Schlossgang verabredet. Krüger arbeitet als Privatdetektiv. Er ist etwa Mitte sechzig und ehemaliger Polizist. Aufgrund seiner Berufserfahrung würde man keinen besseren Mann für die Observation von Hannes Baum finden, hatte man ihm gesagt. Er hofft, dass sich diese Empfehlung bestätigt.

Pünktlich um zehn betritt er das Café. Krüger, ein gut aussehender Mann, ist schon da. Ein bisschen erinnert er Igor an dessen Namensvetter mit Vornamen Hardy. Knud Krüger ist braun gebrannt. Seine Lachfalten um die Augen lassen ihn auf Anhieb sympathisch erscheinen. Die Männer nehmen Platz an dem kleinen Zweiertisch in der hinteren linken Ecke des Cafés.

Zwei Wochen lang hat Krüger Hannes Baum observiert.

„Ich habe ungeheuer viele Informationen für Sie. Wenn Sie genügend Zeit mitgebracht haben, schlage ich vor, dass wir zuerst frühstücken. Mit leerem Magen arbeitet es sich nicht so optimal. Mir geht es jedenfalls so."

Krüger legt den dicken DIN-A4-Umschlag in die Fensterbank.

„Sehr gerne. Ich habe alle Zeit der Welt. Ich bin sehr gespannt auf das, was Sie herausgefunden haben."

Krüger ist interessant und gut gelaunt. Vor allem ist er angenehm in der Unterhaltung.

Die Bedienung hat die Reste des Frühstücks abgeräumt und bringt eine große Flasche Wasser. Krüger greift nach dem Umschlag in der Fensterbank. Er zieht die Mappe hervor, schiebt sie Igor über den Tisch.

„Ich habe mir erlaubt, Ihnen tageweise meine Beobachtungen aufzuschreiben und auszudrucken. Sie finden Uhrzeiten, Namen, Anschriften und Sonstiges, jeweils den Personen zugeordnet, auf den einzelnen Blättern. Hier im Umschlag die Fotos. Auf der Rückseite die Namen der betreffenden Personen. Wir sollten die Unterlagen gemeinsam einmal durchsehen."

„Das ist eine großartige Vorgehensweise, Herr Krüger. Wirklich perfekt."

Nach eineinhalb Stunden haben die Männer die Unterlagen gesichtet und besprochen.

„Ich kann mich nur wiederholen, Krüger. Erstklassige Arbeit. Ich danke Ihnen. Wie vereinbart, zahle ich direkt und in bar den ausgemachten Betrag."

Igor schiebt den Umschlag mit dem Geld über den Tisch.

„Das Frühstück übernehme ich. Sollten Fragen auftauchen oder Ihr Einsatz noch einmal erforderlich sein, melde ich mich."

Krüger lässt den Umschlag lässig in seine Jackentasche gleiten. Er verlässt das Café, während Igor Kaffee nachbestellt und sich in die Unterlagen vertieft.

„Wirklich exzellent. Hervorragend, würde ich sagen. In der Wohnung werde ich alles noch einmal durchgehen. Am großen Esstisch lässt sich die weitere Vorgehensweise ausgezeichnet planen. Wie es aussieht, habe ich mich erst einmal nur um Marion Petereit zu kümmern, wenn ich das so auf die Schnelle beurteilen kann. Und jetzt schaue ich mir das Fitnessstudio an, in dem Frau Petereit zweimal die Woche trainiert."

Igor hat sein Auto in der Asmussenstraße geparkt. Schon von Weitem sieht er, dass hinter dem Wischerblatt ein Zettel steckt. Sollte er die Parkuhr übersehen haben? Tatsächlich. Ein Knöllchen, fein in Folie, vor Regen geschützt. Mist, er hatte vergessen, die Parkscheibe auf das Armaturenbrett zu legen. Was soll's. Er sieht nicht nach, wie teuer ihn der Spaß kommt, steckt einfach den Wisch in seine Manteltasche. Auf dem Weg zum Fitnessstudio kreuzt er die Schillerstraße. Kurzentschlossen ändert er seinen Plan und macht einen Abstecher in seine Wohnung.

Heute ist Mittwoch, denkt er bei sich, *und mittwochs geht Marion trainieren. Nachmittags, zwischen sechzehn und sechzehnuhrdreißig. Es wäre nicht unklug, meine Besichtigung auf den Nachmittag zu verlegen, so lerne ich gleich am ersten Tag das Studio und die wichtigste Kontaktperson von Hannes Baum kennen.*

Er breitet sämtliche Unterlagen auf dem Esszimmertisch aus. Marion Petereit und Britta Bergmann sind die meist kontaktierten Personen in Hannes

Baums Alltag, wobei Marion Hannes auch in seinem Haus besucht. Für beide Frauen legt er eine Karte an, schreibt ihre Namen darauf, und legt sie in die Mitte des Tisches nebeneinander. So fährt er fort. Die nächste Karte heißt Hannes Baum. Es folgen die Aktivitäten jeder Person.

Hannes Baum war einige Male im Rathaus, im Sozialzentrum. Seine Einkäufe erledigt er gelegentlich im Bioladen an der Roten Pforte und in der Schlachterei am Markt. Für Großeinkäufe fährt er mit dem Auto ins Industriegebiet. Dann und wann trinkt er im Tine-Café am Hafen einen Cappuccino.

Das ist doch schon eine ganze Menge Input, klasse Fotos, absolut zu gebrauchen, das alles. Der Mann ist wirklich gut. Dass Hannes sich Marion ausgeguckt hat, wundert mich nicht. Passt absolut in sein Beuteschema. In dieser Hinsicht scheint er der Alte zu sein.

Das Fitnesszentrum Husum liegt im Industriegebiet in der Robert-Koch-Straße. Der Trainer mit Namen Timm informiert Igor über Schnupperkurse, Trainingsmöglichkeiten und Vertragsgestaltung. Igor ist angetan von der Vielfalt des Angebots. Modernste Geräte stehen zur Verfügung. Timm bietet eine Besichtigung der einzelnen Sportebenen an.

„Bei der Gelegenheit kann ich dir erklären, welche Geräte für das Festigen, Kräftigen oder Stärken einzelner Muskelpartien zuständig sind. Danach vereinbaren wir einen Termin für ein Probetraining, ich zeige dir, wie man die Einstellungen vornimmt, und so weiter."

„Ich bin begeistert. Schade, dass ich keine Sportsachen dabeihabe."

Der Besuch im Fitnesszentrum war ein Schuss ins Schwarze. Auf der Gerätefläche hatte Timm die einzelnen Sportmaschinen erklärt. An der Kraftstation waren sie auf Marion gestoßen.

„Schau, sie macht es genau richtig. Das absolute Paradebeispiel, was die Ausführung der Übungen angeht."

„Hi, absolut cooles Gerät. Vom Bizeps- bis zum Beintraining kannste alles an einer Maschine erledigen", hatte Marion ein flüchtiges Statement abgegeben und zu ihm herübergenickt, ohne ihr Training zu unterbrechen.

„Sieht alles easy aus, wie sie das macht", hatte Igor gesagt, „und wenn man das Ergebnis betrachtet, hätte ich am liebsten gestern mit dem Training begonnen."

„Hast recht, Marion ist wirklich eine Vorzeigefrau, drahtig, fit und ziemlich nett. Wie sieht's aus, haste Blut geleckt? Wir haben derzeit ein attraktives Angebot, sieben Tage Gratistraining. Allerdings gilt es nur noch bis Ende des Monats. Für dich würde das gut passen. Wollen wir's eintüten?"

Er hatte sein Gratistraining in der Tasche, konnte die Trainingstage frei wählen und der erste Kontakt zu Marion war hergestellt. Mehr ging nicht.

Igor ist mit dem Ergebnis seiner bisherigen Observation zufrieden. Wenn die Sache weiter so gut läuft, kann er die letzte Woche als Urlaubswoche betrachten und vielleicht die eine oder andere nahe gelegene Insel besuchen. Nach Sylt wollte er zum Beispiel immer schon einmal.

Einen Tag, nachdem er Marion im Fitnessstudio begegnet war, hatte er sie zufällig in der Stadt auf dem Wochenmarkt getroffen. Es war am Donnerstag, Marion hatte Mittagspause. An dem Stand mit den griechischen Spezialitäten stand sie plötzlich neben ihm. Natürlich hatte er sie sofort erkannt, sie ihn leider nicht. Er musste ein wenig nachhelfen, und das war ihm vorzüglich gelungen. So gut, dass sie anschließend gemeinsam in der Großstraße eine Bratwurst gegessen hatten. Die beste Bratwurst aller Zeiten, wie er fand, doch das hatte nichts mit Marion zu tun.

„Vielleicht trifft man sich im Fitnessstudio mal wieder", hatte Marion gesagt, als sie sich verabschiedete.

„Und ob", hatte er geantwortet, „aber zufällig sicherlich nicht", etwas leiser hinzugefügt.

Schon am nächsten Tag gab es ein Wiedersehen im Fitnesstempel. Nach dem Training saß er mit Marion am Tresen. Sie tranken Cappuccino, sie plauderte fröhlich, beinahe ohne Unterbrechung. Er erfuhr, wo sie arbeitet und dass sie seit Kurzem einen Freund hatte, der ihr sehr empfindsam über den plötzlichen Tod ihres kürzlich verstorbenen Freundes hinweghalf. Anscheinend schien ihr Redebedarf enorm, so erfuhr er, ohne nachfragen zu müssen, mehr als er sich erträumt hatte.

Am Ende bedankte sie sich bei ihm für das geduldige Zuhören. Es habe ihr richtig gutgetan, sich einmal so viel von der Seele plaudern zu können.

„Keine Ursache, ich lebe sozusagen von Informationen und bin das Zuhören gewohnt."

„Wie soll ich das verstehen?", hatte sie nachgehakt. „Bist du Therapeut von Beruf?"

Er sei Agent, hatte er geantwortet und im Augenblick an einem spannenden Objekt dran. Deshalb sei er für einige Zeit in Husum. Allerdings dürfe er über Einzelheiten seiner Arbeit nicht sprechen.

Nach insgesamt vier Treffen hatte Igor über Hannes, Marion und Britta so viele Informationen, dass die kleinen bunten Karten auf dem Esszimmertisch einen bevorstehenden Erfolg vorhersagten. Nun galt es, Marion davon zu überzeugen, dass es gescheit sei, mit ihm zusammenzuarbeiten. Sie durfte nicht die Wahl haben, sein Angebot abzulehnen. Dafür musste er einige Trümpfe im Ärmel behalten. Das war nicht besonders schwierig, aber die Schüsse mussten gezielt gesetzt werden. Vertrauen hatte er bei ihr reichlich aufgebaut. So, wie er sie einschätzte, war sie eine Frau, die eine Rivalin neben sich nicht duldete. Der Freundin den Mann ausspannen, war eine Sache, doch davon zu wissen, dass der neue Freund mit der ehemals besten Freundin anbändelt, das würde sie nicht ertragen.

Täglich hatte Igor das Haus von Hannes observiert und hinterher einen Abstecher in die Osterhusumer Straße gemacht, um bei Britta vorbeizuschauen. Einmal war er ihm direkt nachgefahren, hatte beobachtet, wie er vor dem Haus von Britta Bergmann hielt, telefonierte und kurz darauf mit dem Auto davonfuhr.

Wenig später war Frau Bergmann aus dem Haus geeilt und mit dem Wagen Richtung Zentrum gefahren. Bis zum Parkhaus in der Innenstadt war er ihr gefolgt und zu Fuß bis ins Café im Hause CJ Schmidt. Sie hatte Hannes getroffen. Hinter einer Zeitung versteckt konnte Igor aufschnappen, dass sich beide heftig stritten. Ohne etwas zu bestellen, verließ Britta kurz darauf das Café.

„Zier dich nicht so", hatte er ihr nachgerufen, dann sein Telefon aus der Gürteltasche gezogen und etwas hineingesprochen. Wie „Ich krieg dich" oder so ähnlich hatte es sich angehört. Jedenfalls schienen sich interessante Dinge zwischen ihnen abzuspielen. Er würde sehen.

„Welche Laus ist dir denn über die Leber gelaufen?", versucht Igor Marion aufzuheitern, die offensichtlich mit ziemlich mieser Laune die Kraftmaschine quält.

„Du hast wohl nie schlechte Laune!", ist der knappe Zuruf.

„Zumindest heute nicht. Heute war ich ziemlich erfolgreich, was meine Arbeit angeht."

Dieser richtungsweisende Hinweis scheint ihm als Aufhänger für einen späteren Drink mit Marion sehr gelungen.

„Sehen wir uns?"

„Kann sein", sagt sie leise und übellaunig.

Igors Training fällt heute weniger üppig aus. Er will sich mental auf das Zusammentreffen mit Marion vorbereiten. Als sie schließlich erscheint, hat er bereits einen zweiten Cappuccino vor sich stehen.

„Na, geht's besser?"

„Falsche Frage."

„Okay, wir können an einem anderen Tag zusammensitzen. Schlechte Laune trifft gute Laune, ich weiß nicht, gefällt mir nicht so. Auf jeden Fall würde ich mir an deiner Stelle von meinem Arbeitgeber das Wochenende nicht vermiesen lassen", steuert er das Gespräch in die hoffentlich richtige Richtung.

„Arbeitgeber? Spinnst du? Mein Arbeitgeber tangiert mich wenig bis gar nicht. Mein Freund hat eine andere, das ist etwas, was eine frische Beziehung nicht unbedingt braucht. Wie gewonnen, so zerronnen, könnte man sagen. Na ja, that's life. Aber schlechte Laune darf ich deshalb wohl haben."

„Oh, tut mir leid, dass er Schluss gemacht hat", setzt Igor nach.

„Schluss gemacht? Dass ich nicht lache. Er hat's mir noch nicht einmal gesagt. Zufällig bin ich dahintergekommen. In einer Kladde habe ich Aufzeichnungen gefunden, zufällig. Keinen Namen, aber eindeutig genug, um zu vermuten, dass er etwas am Laufen hat. Ich weiß nicht genau was, aber das kriege ich schon noch raus. Er tut so, als sei nichts. Macht einfach weiter wie bisher. Das fühlt sich vielleicht schäbig an. Irgendwann werde ich ihn zur Rede stellen, aber dazu muss ich erst mehr wissen."

„Es tut mir trotzdem leid. Wenn du auf andere Gedanken kommen möchtest, lade ich dich heute Abend zum Essen ein. Ich war gestern bei Nino am Hafen. Da hat es mir sehr gut gefallen, prima Essen, super Wein. Sogar einen ausgezeichneten Wodka habe ich dort bekommen. Was sagst du?"

„Ehrlich gesagt ist das 'ne richtig coole Idee. Einladung angenommen." Marions Gesichtszüge hellen sich auf.

Igor ist begeistert, so einfach hat er es sich nicht vorgestellt. Ihm scheint, als habe sie sogar ein bisschen gelächelt.

„Ich reserviere einen Tisch für, sagen wir, neunzehn Uhr. Ist das okay?"

„Ausgezeichnet ist das, bis dann."

Er hat den letzten freien Zweiertisch bekommen. Perfekt für ein Gespräch unter vier Augen.

Der Abend fängt gut an. Übereinstimmung bei der Auswahl des Weines und ebenso bei der Vorspeise. Er bestellt eine Flasche Primitivo, dazu ein San Pellegrino, groß, als ersten Gang Lachscarpaccio mit Parmesan.

„Nastrovje, auf einen schönen Abend." Igor hebt sein Glas in Richtung Marion. „Nastrovje bedeutet ‚Auf die Gesundheit'. Darauf stoßen wir jetzt mal besonders an. Auf deine Gesundheit."

Die Gläser klingen aneinander.

„Ärger schadet der Schönheit und macht auf Dauer krank. Wir sollten nicht über das schlechte Benehmen deines Freundes reden. Wenden wir uns angenehmeren Themen zu."

Igors Gesprächsführung erweist sich als geschickt, und als die Bedienung das Hauptgericht serviert, gibt er die zweite Flasche Rotwein in Auftrag.

„Ich bin ganz schön beschwipst, aber dieser primitive Rotwein schmeckt so vorzüglich, dass ich gerne mehr davon hätte. Prost."

Igor ist beeindruckt, wie hervorragend sich alles aneinanderreiht. Nur scheint ihm das Restaurant nicht der richtige Ort für seine Enthüllungen zu sein. Doch er ist sich sicher, er wird im richtigen Augenblick das Richtige sagen.

„Darf ich den Herrschaften die Dessertkarte bringen?"

„Für mich nicht, danke. Möchtest du?"

„Nee. Ich bin weinselig und satt bis oben hin. Ein Espresso wäre toll."

„Gut, zwei Espresso dann bitte, und einen Wodka."

„Zwei Wodka, bitte", lallt Marion in Richtung Bedienung.

Igor zahlt und fragt, während sie das Lokal verlassen, ob er ein Taxi bestellen darf. Marion schüttelt den Kopf.

„Ich geh zu Fuß."

„Gehst du zu Hannes?"

„Nein, gehe ich nicht! Was soll die Frage und wieso kennst du seinen Namen? Ich habe ihn dir gegenüber nicht erwähnt!“

„Oh, sorry. Ist mir so rausgerutscht. Darüber kann ich leider nicht reden. Wenn du einverstanden bist, begleite ich dich ein Stück nach Hause.“

„Hallo?! Was hast du mit Hannes zu tun? Wirfst seinen Namen einfach mal so in den Raum und sagst, dass du darüber nicht reden kannst. Indirekt betrifft das auch mich. Bist du ein Spion? Was gibt es auszukundschaften über ihn?“

In Marions Stimme lässt sich ein Keifen nicht überhören. Erbost fährt sie fort.

„Ist etwa unser Zusammentreffen gar nicht zufällig gewesen? Vielleicht benutzt du mich, um an ihn heranzukommen? Darüber wirst du mir etwas sagen müssen! Mann, was bin ich naiv und zutiefst enttäuscht. Schleimst dich bei mir ein, um etwas über Hannes zu erfahren.“

„Marion, hör mir bitte kurz zu. Du kannst nicht behaupten, dass ich dich nach Hannes ausgefragt hätte. Und auch jetzt frage ich nicht, was er tut und was nicht. Ich weiß eine ganze Menge über ihn, auch, dass er nicht der richtige Mann für dich ist.“

„Ich lach mich tot. Wieso solltest du das beurteilen können?“

Marion zieht ihr Portemonnaie aus der Handtasche und stopft Igor zwei Geldscheine in die Jackettasche.

„Hier. Von einem wie dir lasse ich mich nicht einladen. Und jetzt möchte ich bitte allein weitergehen. Lass mich in Ruhe.“

Igor greift nach Marions Arm, als sie schwankt. Sie bleibt stehen.

„Um dich zu schützen, werde ich dir etwas über mein Interesse an Hannes Baum erzählen. Ich bin mir sicher, wenn du mehr erfahren hast, wirst du anders darüber denken. Wenn nicht, ändert es auch nichts daran, dass ich zukünftig zu verhindern weiß, dass Hannes Baum sich mit Britta Bergmann trifft."

Marion stockt der Atem. Das hat gesessen.

„Was hast du gesagt? Wiederhol das bitte noch einmal, oder sag, dass du dich versprochen hast!"

„Beruhige dich, lass mich dir in Ruhe ein paar Dinge erzählen."

Sie sind in der Gurlittstraße vor Marions Wohnung angekommen.

„Komm rein", sagt sie und schiebt ihn vom Flur ins Wohnzimmer. Sie schließt die Vorhänge zur Straße, stellt eine Wasserflasche und Gläser auf den Tisch.

„Bediene dich, ich bin ganz Ohr", sagt sie unüberhörbar schnippisch.

„Sorry, so war das nicht geplant. Aber vielleicht ist es gar nicht so schlecht, dass ich mich verquatscht habe. Irgendwie hast du etwas Besseres verdient als einen wie ihn. Wohnst du gelegentlich bei ihm?"

„Was soll die Frage? Aber ja, manchmal wohne ich bei ihm, manchmal hier. So wie heute."

„Bevor Hannes Baum nach Husum zog, hat er in Düsseldorf gelebt. Dort verkehrte er regelmäßig in einem Bordell, das von Männern aus Osteuropa betrieben wird. Die Mädels, die dort beschäftigt sind, arbeiten illegal. Sie sind jung, also minderjährig. Genau das ist es, was Hannes Baum liebt. Mädchenfrauen. Aus dieser Zeit kennen wir einander. Im Laufe der Jahre haben wir uns angefreundet. Einmal hat Hannes für viel Geld für unsere Organisation einen Auftrag ausgeführt."

„Was heißt ‚für uns'? Bist du etwa einer von diesen Puffbesitzern?"

„Warte, lass mich weitererzählen. Danach kannst du mich beschimpfen und hinauswerfen. – Der Auftrag wurde im Ausland erledigt. Hannes kam zurück und kassierte das Geld. Leider mussten wir vor ein paar Wochen erfahren, dass das Mädchen nicht tot ist."

„Er sollte ein Mädchen töten? Das ist nicht wahr. Das würde er niemals tun!"

„Sag ich doch. Das Mädchen lebt. Aber er hat das Geld eingestrichen. Eines Tages kommt eben dieses Mädchen auf die Idee, sich telefonisch in Düsseldorf bei der Hotline für Frauen in Not zu melden und ihre Geschichte zu erzählen. Das konnte sie aus sicherer Entfernung, nämlich von New York aus, tun. Dort sitzt sie nun und lebt bei den Junkies mit gefälschtem Pass.

Damit aber nicht genug. Sie hat so viel ausgeplaudert, dass die guten Damen von der Hotline Informationen darüber haben, dass auch die Schwester von, nennen wir sie mal Anna, in unserem Bordell arbeitet. Was für Folgen das für uns hat, brauche ich nicht zu erklären. Wir haben bis auf Weiteres unser Unternehmen stilllegen müssen. Das ist nicht nur ein enormer finanzieller Verlust, das hat möglicherweise sehr viel weiter reichende Konsequenzen. Aber ich möchte dich nicht langweilen.

Kehren wir zu Hannes zurück. Er hat dem Milieu den Rücken gekehrt und ist nach Husum gezogen. Ich habe ihn eine Weile observieren lassen und eine Menge Informationen erhalten. Und nun komme ich auf die Sache zu sprechen, die deine Äußerung bestätigt, dass er eine andere hat. Und das ist niemand anders als Britta Bergmann."

„Am liebsten würde ich dich aus meiner Wohnung werfen! Ich würde mir wünschen, das alles nicht gehört zu haben. Doch wo wir schon einmal dabei sind. Britta Bergmann ist meine ehemals beste Freundin. Ich hatte ihr den Mann ausgespannt ..."

In aller Ausführlichkeit berichtet Marion von der Geschichte mit Jonas und welche Pläne sie miteinander hatten, und wie es dazu kam, dass sie und Hannes aufeinandertrafen.

„Was bin ich nur für ein Rindvieh", entfährt es Marion. „Da unterstütze ich Hannes in der Umsetzung der Idee, Britta und ihren Mann Torge zu sich nach Hause einzuladen. Ich ging davon aus, dass es rein familiäre Gründe hat. Britta ist übrigens die Tochter von Hannes' Cousin. Aber das muss ich ja jetzt wohl mit anderen Augen sehen. Ich fasse es nicht. Was für ein Schwein. Ich könnte den Kerl umbringen."

„Nun mach mal halblang. Man bringt doch nicht mal so eben seinen Freund um. Obwohl, verstehen könnte ich's, wenn man so hinters Licht geführt wird. Verdau das Ganze erst einmal. Und hier, dein Geld. Ich hoffe, es bleibt dabei, dass du mein Gast warst."

„Klar, tut mir leid."

„Gibt es schon einen Termin, wann das Treffen mit Britta und Torge stattfinden soll?"

„Ich glaube ja."

„Vielleicht, ich meine, wenn du ihm sein schäbiges Verhalten heimzahlen willst, vielleicht könnten wir da ein bisschen zusammenarbeiten. Möglicherweise verrätst du mir den genauen Termin, wann er seine Gäste erwartet. Und wenn du in ein paar Tagen immer noch so wütend auf deinen Hannes bist, könnten wir noch ein wenig enger zusammenarbeiten. Aber das entscheidest du selbst, je nach Befindlichkeit."

„Ich denke, der Termin ist heute in einer Woche. Aber ich müsste genau nachsehen. Ich sollte auf jeden Fall nicht in seinem Haus sein an diesem Abend. Weil ich nicht erpicht darauf bin, auf Britta zu treffen, kam mir Hannes' Vorschlag, nicht im Haus zu sein, gerade recht. Aber unter diesem Gesichtspunkt tut sich eine ganz andere Variante auf. Aber er wird sich doch nicht im Beisein ihres Mannes an sie heranmachen? Auf jeden Fall hat er Großes vor. Wahnsinnsessen, italienische Küche und so. Welchem Kerl bin ich da eigentlich auf den Leim gegangen?"

„Das muss nicht so bleiben. Wie gesagt, denk mal über die Sache nach. Ich geh dann mal. See you! Und ruf mich an, wenn du Unterstützung brauchst."

Als Igor die Ferienwohnung in der Schillerstraße betritt, ist es beinahe zwei Uhr. Nicht zu spät, um die Karten seines strategischen Spiels neu zu positionieren. Heute hat er einen großen Sprung Richtung Ziel gemacht. Nach anfänglichen Unstimmigkeiten ist es ihm gelungen, Marion zu neutralisieren, sie geschickt in die von ihm beabsichtigte Richtung zu lenken. Eigentlich war es nicht sehr schwierig. Druck war nicht nötig gewesen, so mag er es. In wenigen Tagen, genauer gesagt kommenden Freitag, wenn der Termin stimmte, den Marion glaubte, in Erinnerung zu haben, würde Hannes ein toter Mann sein.

Er will sich nicht selbst die Finger schmutzig machen, wenn es nicht nötig ist. Er ist derjenige, der die Fäden in der Hand hält und mal hier, mal dort straffzieht, wenn die Marionetten das Terrain verlassen. Das bleibt spannend, auch für ihn. Bei dem Wort Marionette fällt ihm auf, dass nach dem Zufallsprinzip schon der Name der Täterin feststeht.

Er ruft Alexander an. Nach einem kurzen Plausch unterrichtet Igor seinen Freund über den Sachstand und die weiter geplante Vorgehensweise. Alexander soll für die Nacht von Donnerstag auf Freitag nächster Woche ein Zimmer im Thomas Hotel reservieren und sich melden, sobald er in Husum ist.

„Gemeinsam werden wir die letzten Schritte unseres Schlachtplanes festlegen. Bis dahin, alter Junge."

Anfang der Woche will er zu Marion Kontakt aufnehmen und sich nach ihrer Befindlichkeit erkundigen. Sie darf auf keinen Fall umkippen, sie darf sich aber auch nicht bedrängt fühlen. Ein Nachbesserungsprogramm, um ihr den Rücken zu stärken, hat er im Hinterkopf. Er kann sich nicht vorstellen, dass sie ablehnen wird.

Die Anzahl der Karten auf dem Tisch ist geschrumpft, Zug um Zug werden sie weniger. In der Mitte die Finalkarte, das große Fragezeichen. Die Eintrittskarte in die Hölle für Hannes Baum. Wer wird ihn auf das Gleis zur Fahrt ins Fegefeuer setzen?

Igor ist gespannt auf das Zusammentreffen mit Marion. Hoffentlich bleibt sie bei der Stange, hat sich nicht von Hannes einlullen lassen. Die Welt geht zwar nicht unter, wenn sie nicht mitmacht, aber schön wäre es schon. Angebissen hat sie immerhin. Er hat nicht schlecht darauf hingearbeitet, sogar ins Fitnessstudio ist er deswegen gegangen. Aber nun, auch mit Niederlagen muss man fertigwerden. Umso mehr wird er sich auf die Schulter klopfen, wenn's funktioniert.

Ganz einfach ist die Sache nicht, erfordert absolutes Vertrauen von beiden Seiten. Um sie sicher zum Erfolg zu bringen, muss er noch ein wenig den Finger in die Wunde legen. Das Wichtigste überhaupt ist, dass er Marion gegenüber locker bleibt. Nichts aufzwingen, kein Überreden. Wenn sie nicht will, dann eben nicht. Diese Haltung wird ihn selbstsicher, nicht einschüchternd ihr gegenüberstehen lassen. Druck würde sie spüren, deshalb wird er keinen ausüben.

Knud Krüger hat sich in den letzten beiden Tagen noch einmal an ihre und Hannes' Fersen geheftet und Igor über die neuesten Abläufe in Kenntnis gesetzt. Demzufolge scheint Marion nicht umgefallen zu sein. Es bleibt spannend. Nach dem Training wird er sich mit ihr in ihrer Wohnung treffen.

*

„Am Termin ändert sich nichts. Hatte ich richtig im Kopf, Freitag gegen achtzehn Uhr. Ich helfe Hannes bei den Vorbereitungen, gehe dann in meine Wohnung. So haben wir es besprochen. Du hast einen Detektiv erwähnt. Ich habe nicht mitbekommen, dass mich jemand beobachtet hätte."

„Das macht einen guten Detektiv aus, oder? Er hat sehr gute Arbeit geleistet. In den vergangenen zwei Tagen hat er noch einmal ermittelt. Dabei wurde Hannes' Auto vor dem Haus von Britta gesehen. Er telefonierte, brauste dann davon. Wenig später fuhr sie mit ihrem Wagen vom Grundstück. Beide Autos standen kurz darauf auf dem Parkplatz vom Hotel Rosenburg. Im Restaurant waren sie nicht. Ich will ja nichts in die Welt setzen, aber ein Schäferstündchen in Brittas Haus wäre eine genauso wenig gute Idee wie ein Schäferstündchen in seinem", blufft Igor.

Marion krallt die Fingernägel in die Ärmel ihres Pullovers und schluckt.

„Ob du nun mit uns zusammenarbeitest oder nicht. Ich finde es wichtig, dass du weißt, was du von ihm zu halten hast. Ich kann mich nur wiederholen. Du hast etwas Besseres verdient."

Igor legt eine Pause ein.

„Okay, wie soll die Zusammenarbeit deiner Meinung nach aussehen?"

„Am Freitag erwarte ich meinen Freund Alexander. Wir arbeiten gemeinsam an der Sache. Am Donnerstag werde ich Hannes kontaktieren, ihm von der Katastrophe und deren Folgen für unser Unternehmen berichten. Ich werde ihn zur Rechenschaft ziehen. Bis Freitagnachmittag wird er Zeit haben, das Geld aufzutreiben, das er der Organisation schuldet. Im Grunde liegt der Schaden um ein Vielfaches höher. Immerhin fehlen Einnahmen in ... na ja, das hat an dieser Stelle nichts zu suchen.

Sollte Hannes wider Erwarten das Geld auftreiben, ist der Fall erledigt, andernfalls hat er die Konsequenzen zu tragen. Er weiß, dass wir nicht zimperlich sind.

Rein zufällig werden wir alten Freunde am Freitagnachmittag bei Hannes vor der Tür stehen. Er weiß, dass wir das Geld holen wollen. Du hast offiziell von alledem keine Ahnung, überredest uns, zum Essen zu bleiben. Das wird Hannes nicht gefallen. Weil wir das wissen, nehmen wir die Einladung an. Alexander wird aus dem Auto eine Flasche Wodka holen und sie Hannes als Gastgeschenk überreichen. Also er hat nicht die Möglichkeit, Nein zu sagen.

Wir werden ein wenig plaudern, zu gegebener Zeit wirst du dich verabschieden. Entgegen eurer Vereinbarung verlässt du das Haus aber nicht."

Marion hat gespannt zugehört. „Wieso sollte ich im Haus bleiben?"

„Weil nun dein Part der Zusammenarbeit folgt. Alexander und ich werden dafür sorgen, dass alle Gäste das Wohnzimmer verlassen. Du nutzt die Gelegenheit der Abwesenheit und tröpfelst ein wenig Schlafsaft in sein Glas und füllst es mit Wodka auf. Wir sorgen dafür, dass die Leute draußen beschäftigt sind. Dann rufst du nach ihm. Der Schock, deine Stimme zu hören, wird ihn umgehend ins Zimmer kommen lassen.

‚Ich möchte mit Dir anstoßen', wirst du sagen und ihm dein Glas entgegenhalten. ‚Bin sofort wieder verschwunden', beruhigst du ihn.

Er wird sofort nach dem Schnaps greifen. Noch bevor er etwas sagen kann, wird es Nacht um ihn herum werden. Dann verlässt du das Haus."

„Ich tue was? Ich soll mit ihm anstoßen und dann das Haus verlassen? Was habt ihr vor? Ich erkenne keine Logik."

„Du bist quasi unsere Verbündete. Du machst die Vorbereitungen, wir erledigen den Rest. Er hat uns hinters Licht geführt, viel Geld eingesackt und es nicht zurückgezahlt. Dein Part ist schnell erledigt, aber wenn du nicht willst ..."

„Spinnst du? Dann ist es also wahr, was man euch nachsagt. Rigoros und wenig zimperlich, die Leute aus dem Milieu. Ich glaube, es ist besser, du gehst jetzt. Mit mir könnt ihr nicht rechnen."

„Ich verstehe deine Aufregung nicht. Du sollst ihn nicht töten, sondern uns den Weg bereiten. Von den Tropfen stirbt er nicht. Das, was ihr, du und Jonas Jeute, mit Britta geplant hattet, war das etwas anderes? Erklär mir den Unterschied. Euer Plan ist misslungen, das ist der Unterschied, den ich sehe. Unser Plan ist perfekt. Außerdem stirbt Hannes einen schnellen Tod. Britta wurde lange gequält, jetzt geht es ihr blendend und dein Freund ist ihr Liebhaber.

Aber ich akzeptiere deine Entscheidung. Niemand will dich zwingen, aber allen wäre mit seinem Tod gedient. Denk einmal nur an deinen eigenen Vorteil. Außerdem ist uns deine Mitarbeit fünftausend Euro wert. Solltest du dich dagegen entscheiden, ziehen Alexander und ich unverrichteter Dinge davon und werden eine andere Lösung finden.

Ich werde hier einen Cut machen. Ruf mich an, wenn du eine Entscheidung getroffen hast."

Marion sitzt stocksteif auf dem Stuhl und sagt kein Wort. Dann hört sie Igor die Haustür hinter sich zuziehen.

„So ein gottverdammter Mistkerl. Verdient hätte er es, aber ich kann dabei nicht mitmachen."

Torge ist besorgt über Brittas labile psychische Verfassung. Es gibt Tage, an denen hängt der Himmel voller Geigen, und die Sorge, dass es anders sein könnte, scheint überflüssig. Doch voller Wucht schlägt das Stimmungsbarometer um und klatscht ihm eine Ohrfeige mitten ins Gesicht.

Er hält nichts von Schnulzen, doch jetzt, in diesem Moment der Ernüchterung, scheint ihm der Songtext von Andrea Berg wie ersonnen für die Beschreibung einer Borderline-Beziehung:

Du hast mich tausendmal belogen
Du hast mich tausendmal verletzt
Ich bin mit dir so hoch geflogen
Doch der Himmel war besetzt!

Du warst der Wind in meinen Flügeln
Hab so oft mit dir gelacht
Ich würd es wieder tun mit dir
Heute Nacht.

Und dann schlägt volle Breitseite die Sentimentalität zu bei ihm, bei ihm, dem Volljuristen. Dieser Text spiegelt die Auswirkung der Krankheit wider, was seine Beziehung zu Britta betrifft, insbesondere die letzten zwei Zeilen. Nur hat er Zweifel. Würde er es tatsächlich wieder tun, wieder hereinfallen, sich wieder die schallende Ohrfeige einfangen, oder würde er es wieder tun, weil er hofft, mit dem Lachen und dem

Wind in den Flügeln der Krankheit zu entfliehen, zu siegen?

Gestern war ein Tag, der war richtig gut. Was wird heute sein?

Es ist nun halb eins. Er sitzt in Hartmann's Landküche, seinem absoluten Lieblingslokal, auf der Neustadt. Um dreizehn Uhr ist er mit Britta zum Essen verabredet.

Seit einigen Jahren gibt es diese außergewöhnliche Location. Eine echte Bereicherung für die Stadt, wie er findet. Heute, am Donnerstag, ist Suppentag. Eine feine Suppe aus dem großen Topf, darauf freut er sich.

Während er seine Aufmerksamkeit der neuesten Ausgabe einer juristischen Fachzeitschrift zuwendet, vibriert sein Handy. Britta.

„Es tut mir leid, ich kann unsere Verabredung nicht einhalten. Frau Doktor Siebels hat unvorhergesehen einen Termin freibekommen und ihn mir angeboten. Ich möchte ihn ungerne absagen."

„Schade, aber kein Problem. Wir sehen uns heute Abend. Ich freu mich."

„Danke. Ich freu mich auch."

Torge legt das Handy auf dem Tisch ab und wendet sich wieder dem Artikel über Miet- und Wohnungsrecht zu. Sekunden später stutzt er. Britta hat die Auflegetaste nicht gedrückt. Zunächst hört er nur Schritte, dann eine Stimme.

„Ich wusste, dass du kommst, dass du mich nicht enttäuschst. So mag ich es. Hast du es ihm schon gesagt?"

Dann wieder Schritte. Torge traut seinen Ohren nicht.

„Was habe ich ihm gesagt? Was fällt dir ein, dich einzumischen in mein Leben?! Scher dich zum Teufel! Ich bin glücklich mit meinem Mann. Lass uns in Ruhe. Ich werde die Polizei einschalten. Du bist pervers und krank!“

„Ich mag, wenn du dich aufregst, dann bist du besonders sexy ...“

Torge schaltet das Handy aus.

Was war das? Meine Frau, ein Stalking-Opfer? Ich glaube, mir wird einiges klar ...

Er muss schlucken.

„Klaus, ich möchte zahlen, hab einen wichtigen Termin reingedrückt bekommen.“

Er schnappt nach Luft, als er auf die Straße tritt. Das muss er erst einmal verstoffwechseln. Er will sich nicht vorstellen, was das möglicherweise zu bedeuten hat. Ihm wird schlecht, er weiß nicht, wie er seiner Frau mit dieser Erkenntnis gegenübertreten soll.

Wie vor den Kopf geschlagen fühlt er sich, unfähig, Fakten vor Gefühle zu stellen. Wo ist Britta jetzt und was könnte diesem Monstrum einfallen, das er ihr antun könnte? Um endlich seine Gedanken klar zu bekommen, geht er in den Schlosspark.

Er wird ihr schon nichts antun!, beruhigt er sich immer wieder, es klingt wie ein Versprechen an sich selbst. Aber das zu glauben ist keine Gewissheit, das kann doch nur eine Hoffnung, ein Wunschdenken sein.

Wir werden die Einladung annehmen, Hannes Baum, und abgerechnet wird zum Schluss.

Torge beschleunigt seinen Schritt, geht durch den Heckenweg direkt in die Kanzlei in der Brinckmannstraße.

Ich bin mit dir so hoch geflogen
Doch der Himmel war besetzt.

Und wer da was besetzt, das werde ich unter die Lupe nehmen.

Der Streit zwischen Torge und mir ist vergessen, die Wirkung des Sherrys hat meine Aggressivität lahmgelegt. Es ist nicht meine Art, vor einer Veranstaltung oder Einladung alkoholische Getränke zu mir zu nehmen. Doch bringe ich es nicht fertig, mich aufzuraffen, um pünktlich bei Hannes zum Essen zu erscheinen. Meine Angst sitzt tief. Was, wenn Torge etwas merkt?

Nun sind wir auf dem Weg.

Torge hatte mich überredet, die Einladung anzunehmen, ich sah keine Möglichkeit, hieran etwas zu ändern. Was sollte ich einzuwenden haben, wenn der nette Cousin meines Vaters uns zu sich einlädt? War ich doch diejenige, die sich darüber beklagte, keine familiären Kontakte zu haben. Ich sollte froh sein, dass jemand in Sachen Familienpflege einen Versuch unternahm und Torge und mich zum Essen einlud.

„Wir sollten die Gelegenheit nutzen, einander kennenzulernen und den Abend genießen", hatte Torge mich ermuntert. Er ging von einer wohlwollenden Einladung in bester Absicht aus.

Er konnte nicht ahnen, dass Hannes mich ins Schloss-Café zu einem Treffen bestellt und sie angekündigt hatte. Sein grässliches Verhalten geht mir nicht aus dem Sinn. Der Abend kann nur zum Albtraum werden.

„Schön dich zu sehen, Schätzchen", begrüßte mich Hannes und bestellte, ohne mich zu fragen, was ich trinken möchte, zwei Cappuccino.

„Setz dich doch, oder willst du deinen Cappu im Stehen trinken?“

„Ich will mich nicht setzen, genauso wenig will ich dich sehen, geschweige denn, einen Cappuccino mit dir trinken.“

„Das sehe ich anders. Schließlich bist du gekommen, also willst du mich sehen. Solltest langsam zugeben, dass ich der Mann bin, zu dem du dich hingezogen fühlst. Mir scheint, du hast ein bisschen zugenommen. Steht dir gut, ein wenig mehr Körperfülle. Sieht irgendwie mütterlich aus. Bist du etwa schwanger? Nun setz dich doch endlich.“

Meine Hände hatte ich, zu Fäusten geballt, in den Hosentaschen vergraben. Schwanger. Ich war nicht schwanger! Ich war immer noch nicht schwanger!

Ich ließ mich auf einen Stuhl fallen und im selben Augenblick fegte ich mit der Hand den Zuckerstreuer vom Tisch, der auf dem Kopfsteinpflaster in mehrere Stücke zerbrach.

„Lass mich in Ruhe, du verdammter Ignorant!“

Die Kellnerin brachte die Bestellung. Hannes entschuldigte sich für das Missgeschick mit dem Zuckerstreuer, die Leute von den Nachbartischen hörten auf, zu uns herüberzustarren.

„Ich möchte zum Thema zurückkehren. Deinen Mann habe ich immer noch nicht kennengelernt. Es wird höchste Zeit, dass sich das ändert. Interessiert mich wirklich sehr, wie dein Torge so tickt.“

Mir drehte sich der Magen um. Dieser überhebliche Tonfall, das Grinsen auf seinem Gesicht, ich hielt es kaum aus.

„Er weiß sicher nicht, wie böse du auf der Hochzeitsfeier deines Vaters zu mir warst, oder? Vielleicht werde ich den Abend zum Anlass nehmen und ihm sagen, dass du ihn verlassen wirst, um mit mir zusammen zu sein, dass ich deine wirkliche große Liebe bin. Ich könnte ihm davon erzählen, wie viel Spaß wir schon zusammen hatten. Glaubst du, das würde ihm gefallen?"

Hannes machte mich rasend. Unter dem Tisch trat ich gegen sein Schienbein. Der Entgleisung meiner Gefühle setzte er schnell ein Ende, griff nach meinen Unterarmen und drückte sie so heftig auf den Tisch, dass es schmerzte. Die Brutalität, mit der er meine Arme quetschte, und das gleichzeitige schmierige Grinsen auf seinem Gesicht trieben mir die Tränen in die Augen. Ich biss meine Zähne zusammen.

Die Bedienung brachte einen neuen Zuckerstreuer zum Tisch und kehrte die Scherben zusammen. Hannes hatte meine Arme losgelassen, lehnte sich auf seinem Stuhl zurück und rührte mit genussvollem Gesichtsausdruck Zucker in seinen Cappuccino.

„Sieht aus, als würdest du gleich einen tätlichen Angriff starten wollen. Soll ich einen Arzt rufen? Du kannst dir vorstellen, was dann mit dir geschieht, oder?"

Ich war aufgesprungen und über den Schlossplatz Richtung Park gelaufen.

In der Nähe des Schlossteiches setzte ich mich auf eine Bank. Von hier aus würde ich mitbekommen, wenn Hannes mir gefolgt wäre. Was würde er als Nächstes tun? Dieser Mann war schizophren und gefährlich, er machte mir Angst.

Ich musste nach einer Möglichkeit suchen, wie wir seiner Einladung entgehen konnten. Auf keinen Fall durfte es dazu kommen, dass Hannes Torge anrief. Doch er hatte mich in der Hand.

Ein Schrei, wie von einem Kleinkind, riss mich aus meinen Gedanken. Er kam aus Richtung des Schlossteiches. Ich eilte zum Ufer. Im ersten Moment konnte ich nichts entdecken. Kurze Zeit später sah ich auf der anderen Seite des Teiches eine Elster auf etwas am Boden Liegendes herumhacken. Aus den Schreien wurde ein gequältes Winseln. Vor dem Vogel zappelte ein junges Kaninchen. Immer wieder pickte der Vogel mit seinem Schnabel zu, bei jeder Attacke wimmerte das Opfer herzzerreißend. Ich wollte losschreien und die Elster vertreiben, doch was hätte es gebracht? Das halbtote Tier würde liegen gelassen und noch qualvoller verenden.

Es war ungerecht, wie die Natur es eingerichtet hatte. Ausrotten sollte man alles Brutale dieser Welt. Dazu zählte auch Hannes Baum. Erschrocken über meine Gedanken war ich zu der Bank zurückgegangen. Die Elster war mitsamt ihrer Beute verschwunden, das Geschrei verstummt.

„Du bist so schweigsam, träumst du?", holt mich Torge aus den grässlichen Erinnerungen. „Übrigens: Du siehst blendend aus. Ich werde auf dich aufpassen müssen. Hat Hannes eigentlich eine Freundin?"

„Danke für das Kompliment. Ich weiß über Hannes' Privatleben nichts", sage ich knapp. „Es interessiert mich, ehrlich gesagt, auch nicht. Ich hasse diesen überheblichen, narzisstischen Knaben."

„Rede dich bitte nicht wieder auf hundertachtzig. Komm, es wird sicher ein ganz lustiger Abend. Wer überreicht das Geschenk?"

„Ich nicht, eher würde ich ihm den Hals umdrehen."

„Du bist auf Krawall gebürstet, Britta."

Torge sucht vergeblich nach dem Klingelknopf, pocht mit den Fingerkuppen gegen das Holz der Tür.

„Würdest du bitte an die Tür gehen, Alexander, ich kann gerade nicht", höre ich Hannes' Stimme durch das kleine, auf Kipp gestellte Fenster, das zur Straße liegt.

Wer ist Alexander? Ich wusste nicht, dass Hannes weitere Gäste eingeladen hat. Nicht schlecht, denke ich bei mir, *dann wird der Abend nicht ganz so verkrampft.*

Ein Mann Mitte vierzig öffnet die Tür. Er trägt eine dunkle Jeans, blaues Jackett, darunter einen schwarzen Rolli und schwarze Schuhe. Seine buschigen Brauen über den blauen Augen geben dem Gesicht einen autoritären Ausdruck.

„Bitte kommen Sie herein, der Hausherr wird gleich da sein. Ich bin Alexander. Hier geht es entlang", sagt der Mann mit dem russischen Akzent und führt uns vom Flur durch die linker Hand liegende Tür in das kleine Wohnzimmer. Ein geschlossener Vorhang vor dem Durchgang zum Nebenzimmer verwehrt den Blick in den benachbarten Raum.

Im nächsten Moment betritt Hannes, strahlend und braun gebrannt, mit einem weiteren Mann das Zimmer. Mit ausgebreiteten Armen kommt er auf mich zu. Ich glaube, ins Koma zu fallen, als er mich umarmt mit den Worten: „Herzlich willkommen, meine Liebe. Wie habe ich mich auf diesen Abend gefreut. Endlich lerne ich deinen Mann kennen, wo ich schon so viel über ihn erfahren habe. Herzlich willkommen, Torge", wendet er sich ihm zu. „Du hast eine wunderbare Frau."

„Das ist wohl wahr. Vielen Dank für die Einladung."

Die Männer strahlen. Sie tauschen Höflichkeiten aus und sind sich dem Anschein nach auf Anhieb sympathisch.

„Darf ich euch mit meinen Freunden Alexander und Igor bekannt machen? Sie sind Kumpel aus meiner Düsseldorfer Zeit und auf dem Weg nach Sylt, um ein paar Tage auf der Insel auszuspannen. Sie nehmen den Autozug kurz nach dreiundzwanzig Uhr ab Niebüll. Ich hätte es ihnen nie verziehen, wenn sie nicht auf einen Sprung bei ihrem alten Freund vorbeigeschaut hätten. Ich bin mir sicher, wir werden einen netten Abend miteinander verbringen. Ich habe einen Begrüßungsschluck vorbereitet. Bin gleich wieder bei euch."

Hannes bringt das Tablett.

„Trinken wir auf einen harmonischen Abend. Mit dem ersten Glas Champagner sollten wir anstoßen." Er geht herum, um mit jedem Einzelnen das Glas zum Klingen zu bringen. Er lächelt mich an.

Wäre er nicht so ein abartiger Fiesling, würde ich ihn sympathisch finden.

„Auf einen schönen Abend, meine Liebe. Ich freue mich."

Da ist es schon wieder, dieses gewisse Etwas, das stets in seiner Stimme mitschwingt, seinen Worten eine Widerwärtigkeit gibt.

Alexander, Igor und Torge sind miteinander im Gespräch vertieft. Ich lasse mich zu der Bemerkung „Was soll das Theater? Lass mich in Ruhe!" hinreißen.

Hannes zwinkert mir zu.

Ich könnte mich übergeben.

„Sei nicht so abweisend, sonst zwingst du mich, deinem Mann von uns zu erzählen. Das willst du doch auf jeden Fall vermeiden, oder?", zischt Hannes in meine Richtung.

Ich wende mich ab. *Dieser gemeine Erpresser.*

„Ich habe mir erlaubt, ein wenig italienische Küche vorzubereiten, in der Hoffnung, geschmacklich die Zustimmung der Herrschaften zu treffen. Wir sollten nicht zögern, uns schnellstmöglich diesen Köstlichkeiten zuzuwenden. Sie werden vom Herumstehen nicht besser. Mir läuft, ehrlich gesagt, schon bei dem Gedanken daran das Wasser im Munde zusammen."

An der Kordel zieht Hannes den Vorhang zum Nebenzimmer auf, woraufhin sich augenblicklich der Duft nach frischem Brot, Olivenöl und Kräutern im Wohnzimmer ausbreitet. Beim Anblick des Buffets bleibt mir die Sprache weg.

„Donnerwetter!", höre ich Torge sagen. „Hier hat sich aber ein Hobbykoch ausgelassen, oder hat eine Frau die Finger im Spiel?"

Auch Igor und Alexander verhehlen ihre Verwunderung nicht.

„Für die Gäste nur das Beste. Manchmal neige ich dazu, ein wenig zu übertreiben, verliere das Maß, wenn ich einmal dabei bin, Rezepte auszuprobieren. Heute sogar von Vorteil, wo unverhofft zwei Gäste mehr dabei sind. Allen hiermit noch einmal ein herzliches Willkommen.

Und nein, eine Frau hat dabei nicht mitgewirkt.

Ich möchte kurz zu den Speisen etwas sagen: Unübersehbar, der Serrano-Schinken. Das Messer – Vorsicht, superscharf und spitz – zum filigranen Tranchieren des Schinkens, daneben Melonenvariationen, kleine Auberginenrouladen mit Knoblauch-Pesto-Soße, Paprikasalat, Olivenpaste auf gerösteten Brotscheiben und frische Feigen mit Parmaschinken für diejenigen, die Serrano-Schinken nicht mögen. Und was auf keinen Fall fehlen darf, die typisch italienische Minestrone mit Pesto.

Aber genug der vielen Worte. Ich wünsche uns allen einen guten Appetit. Prost, auf einen schönen Abend."

Ich bin beeindruckt. Ein exzellenter Gastgeber. Präsentiert wie ein Gentleman das großartige Angebot auf dem Buffet, benimmt sich andererseits wie ein ekelhaftes Scheusal.

Er verschwindet durch die Tür, hinter der sich vermutlich die Küche befindet. Mit einem Arm voll Stangenbrote kommt er zurück.

„Herrlich, frisch aus dem Ofen. Ciabatta mit Walnüssen und Oliven."

Er legt die Brote in den Korb. Ein dickes Holzbrett und ein Brotmesser liegen parat.

„Jetzt aber, guten Appetit zusammen."

Auf dem Esstisch vor dem Fenster stehen Gläser und Wasserflaschen. Vor jedem der sechs Stühle ein Platzteller aus bordeauxrotem Glas, darauf eine kunstvoll gefaltete Serviette im selben Farbton. Zusammen mit dem cremefarbenen Porzellan ein geschmackvolles Zusammenspiel der Farben.

Durch das Fenster schaue ich in den Hof, der nach Süden durch einen Gartenzaun abgegrenzt ist. Mit der kleinen weißen Pforte spielt der Wind.

Hannes bietet Bier, Wein und Champagner an. „Wasser steht auf dem Tisch. Da bedient sich jeder bitte selbst."

Alexander und Igor trinken Bier, Torge nippt weiter an seinem Champagnerglas. Mir und sich selbst schenkt Hannes Champagner nach. Ich muss zugeben, dass mich Hannes als Gastgeber schwer beeindruckt. Die Seite eines Mannes, der sich mir gegenüber wie ein Scheusal benimmt. Ich nehme mir vor, mich mit Feindseligkeiten gegenüber Hannes zurückzuhalten. Torge scheint mir den Entschluss von den Augen abzulesen und prostet freudestrahlend in meine Richtung.

Alle haben offensichtlich einen mächtigen Appetit, stürmen das Buffet. Hannes versichert, nur das Brot gekauft und aufgebacken zu haben. Alles andere sei in seiner Küche selbst zubereitet und abgeschmeckt worden.

Ich bin beeindruckt. Einem Mann wie ihm hätte ich das nicht zugetraut. Kreativität, Liebe zum Detail, die exzellente Auswahl der Speisen. Das passt nicht zu dem Hannes, den ich kenne.

Er und Torge sitzen einander am Esstisch gegenüber. Ich nehme Platz neben Igor, auf der anderen Seite sitzt Alexander. Anfangs versuche ich, Gesprächsfetzen von Torge und Hannes aufzuschnappen. Ich bekomme mit, dass sie sich über Torges Japan-Aufenthalt unterhalten. In Anbetracht dieses unverfänglichen Themas gelingt es mir, mich entspannt dem Essen zu widmen.

Alexander und Igor merkt man die Vorfreude auf ihren Sylt-Urlaub an. Einen Augenblick lang habe ich geglaubt, dass die beiden ein Paar sind, was ihre Freundlichkeit und Empathie erklären würde. Im Grunde ist es völlig egal, was sie sind, auf jeden Fall äußerst sympathisch.

„Wir haben uns am Nachmittag ein wenig in der Stadt umgesehen, in der Touristeninformation nach kulturellen Angeboten erkundigt. Aber, ach du je, wer von Düsseldorf in die Provinz zieht, erlebt schon eine Art Kulturschock, oder?“

„Das kann ich nicht bestätigen. Ich bin hier geboren, habe einige Jahre in Minden gelebt, dann in Kiel studiert, jetzt ist Husum wieder mein Zuhause. Ich vermisse nichts, und wenn, würde ich in Flensburg, Schleswig oder Kiel gute kulturelle Angebote finden. Das sind keine Entfernungen. Hauptsache, du bist da, wo deine Wurzeln sind, wo du dich zu Hause fühlst.

Entschuldigung, aber ich müsste mal wohin. Wo ist bitte die Toilette?", frage ich in Hannes' Richtung.

„Oh, sorry, habe ich vergessen zu sagen. Die Herren nehmen bitte die Toilette hier unten, rechts neben der Treppe. Dir, meine Liebe, würde ich das Bad in der oberen Etage anbieten. Treppe rauf und du kommst direkt auf die Badezimmertür zu."

Mir gefällt es, nicht dieselbe Toilette wie die Männer benutzen zu müssen.

Das Bad ist klein. Unter der Schräge die Badewanne, rechts daneben an der kurzen Wand das Klo, darüber ein Fenster mit Blick in den Hof. Dem Klo gegenüber Spiegel und Waschbecken. Das schmale Klemmregal zwischen Fußboden und Decke bietet Platz für Hygieneartikel, Handtücher und sonstigen Krimskrams. Auf der Ablage vor dem Spiegel die elektrische Zahnbürste. Pflegeprodukte der *Nivea Men*-Serie. Sensitive *Cool Rasiergel*, von wegen *sensitive*, dieser Mann ist alles andere als das. Ein Spender *Hyal-Urea Anti-Falten-Tagescreme* von *Eucerin*. Ups, der Kerl ist eitel und schmiert sich Harnstoff ins Gesicht, um Falten vorzubeugen.

Schon immer habe ich es geliebt, in Badezimmern anderer Leute herumzuschnuppern, die Sachen in die Hand zu nehmen und auf der Haut auszuprobieren. Hier halte ich mich zurück. Auf keinen Fall werde ich riechen wollen wie er. „Ohne Duftstoffe" steht auf dem Urea-Cremespender. Ich drücke eine winzige Menge des Inhalts auf meinen Handrücken. Nach Pipi riecht sie nicht, eigentlich nach gar nichts, also „ohne Duftstoffe" trifft zu.

Er will es aber auch wissen. Nur keine Hautalterung. Doppelt hält besser. Wer weiß, möglicherweise gehört einer Freundin die *Urea-Creme*.

Zum Händeabtrocknen nehme ich das Gästehandtuch vom Waschbeckenrand. Als ich es auseinanderfalte, fallen rote Rosenblütenblätter und ein Wisch mit der Aufschrift „Für die größte Liebe meines Lebens" heraus. Was für ein blöder Kitsch. Der Mann muss krank im Kopf sein.

In der Zwischenzeit ist auf dem Esszimmertisch ein kleines silbernes Tablett mit italienischen Trüffelpralinen angekommen. Aus der Küche duftet es nach Kaffee.

„Wie ich hörte, bist du mit Hannes verwandt?", fragt Igor.

„Ja, entfernt verwandt."

Igors Handy läutet. Er geht in den Flur, um zu telefonieren.

„Perfekt, dann machen wir es so. Ich bin begeistert", sind die Worte, die ich aufschnappe. Er kommt zurück ins Wohnzimmer.

„Entschuldigung, ich hatte diesen wichtigen Anruf erwartet."

„Kein Problem. Hannes ist der Cousin meines Vaters."

Hannes stellt die Espressotassen auf den Tisch. „Bedient euch bitte. Ich bin begeistert von meiner hübschen Großcousine. Ich hätte sie viel früher kennenlernen sollen, ihr wäre so manches Malheur erspart geblieben. Sie ist eine talentierte, aber auch kratzbürstige junge Frau. – Gefällt dir mein Badezimmer?", fragt er ungeniert.

„Wie geht es deiner Freundin?", frage ich zurück, um abzulenken, und denke an die Harnstoff-Creme.

„Ich bin in der Tat auf der Suche nach einer Freundin und ich glaube, jemanden gefunden zu haben. Allerdings gestaltet sich die Sache ein bisschen schwierig. Aber es wird, denke ich. Was glaubst du?" Da ist sie wieder, seine widerliche, provozierende Art. Sie treibt mir die Zornesröte ins Gesicht.

„Woher soll ich das wissen?", antworte ich knapp und schnippisch. Torge, der neben mir sitzt, weiß nicht, was sich hinter den Worten verbirgt. Ich bin verunsichert, empfinde Hannes' Fragen als peinlich und fühle mich bloßgestellt. Was denken die anderen? Sie müssen doch mitkriegen, was für ein dummes Zeug Hannes redet.

„Ich sag doch, dass sie kratzbürstig ist. Sei friedlich, du weißt bestimmt, wie kleine Kätzchen schnurren können, oder?", höre ich ihn sagen. Das reicht. Mir platzt der Kragen.

„Lass mich in Ruhe mit deinen anzüglichen Bemerkungen. Hast du uns eingeladen, um mich vorzuführen? Ich hätte niemals die Einladung angenommen, habe nur Torge einen Gefallen tun wollen. Das tut mir sehr leid. Ich stehe für deine sarkastischen, bissigen Bemerkungen nicht weiter zur Verfügung! Du hast ein sehr schlechtes Benehmen."

Ein Wort gibt das andere, ich rede mich in Rage und springe von meinem Platz auf.

„Ich gehe nach Hause!", sage ich laut.

„Moment! So geht das nicht", mischt sich Igor in unser Streitgespräch ein. „Hannes, du gestattest, dass ich uns allen ein Gläschen von deinem Wodka einschenke? Wodka, echter russischer Wodka, ein Gastgeschenk für meinen Freund. In meiner Heimat trinken die Menschen Wodka, um sich zu versöhnen."

Igor hat die Vitrine geöffnet und fünf kleine Gläser auf den Tisch gestellt.

„Für mich bitte nicht. Ich vertrage keinen Schnaps, tut mir leid", sagt Torge.

Er trinkt kaum Alkohol, und Schnaps verträgt er tatsächlich nicht.

„Schade", sagt Igor und schaut auf die Uhr. „Vielleicht ist es besser, wir trinken ein anderes Mal zusammen Wodka. Es ist Zeit, uns zu verabschieden, Alexander. Der Zug wartet nicht. Wir sind sehr spät dran."

Igor steht auf, legt Hannes und mir eine Hand auf die Schulter. Er sieht uns abwechselnd an.

„Begrabt euer Kriegsbeil. Ein schöner Abend sollte nicht im Streit zu Ende gehen. Trinkt einen Wodka oder zwei und vertragt euch."

„Du hast recht, Igor. Wir haben es jetzt aber mehr als eilig. Ich bringe Igor in Westerland ins Hotel und habe dann noch einen Termin bei Anuschka, müsst ihr wissen. Es wäre ganz schlecht, wenn wir unseren Zug verpassen."

Igor grinst vielsagend.

Also doch nicht schwul?

„Möge der Rest des Abends ein netter werden", sagt Torge und erhebt sein Champagnerglas, an dem er hin und wieder nippt, und das immer noch fast halb gefüllt ist.

Die Männer halten Torge ihre Biergläser entgegen. Der Klang der Gläser gibt mir für einen winzigen Moment das Gefühl einer Verschwörung gegen mich. Dieses ‚Pling', total stimmig, keine Dissonanz, völlig eins.

Für den Bruchteil einer Sekunde habe ich die Assoziation an das Geschehen von damals, als Leander bei uns zu Gast war, mich provozierte und die Situation eskalierte. Ich rufe meine Gedanken zur Ordnung. Das hier ist nicht so. Torge steckt mit Hannes nicht unter einer Decke, niemals. Dafür gibt es keinen Grund. Sie kennen sich ja nicht einmal.

Umso mehr frage ich mich, wie mein Mann es zulassen kann, dass Hannes mich dermaßen beleidigt? Zwar weiß er nicht, was er mir an seelischer Grausamkeit zugefügt hat, aber seine Sticheleien wären Grund genug gewesen, einzugreifen. Wieso steht Torge mir nicht bei? Warum schützt er mich nicht? Warum gehen wir nicht einfach nach Hause? Wie wild fliegen die Fragen in meinem Kopf herum. Ich bin blind vor Wut auf Hannes und auf Torge.

„Jetzt geht's aber los. Schön, euch kennengelernt zu haben. Vielleicht kommen wir auf der Rückreise wieder vorbei. Ich würde mich freuen, euch zu treffen. Vielen Dank für den wunderbaren Abend. Und nicht vergessen: Nastrovje", zwinkert Igor in Hannes' Richtung.

Die Männer gehen in den Flur.

„Ich komme mit raus, hole die Reiseunterlagen für Hannes aus meinem Wagen", sagt Torge.

Alle stehen jetzt zur Verabschiedung im Flur. Igor hat sein Auto direkt gegenüber vom Haus geparkt. Wir fanden etwa hundert Meter entfernt eine Parklücke. Torge überquert die Straße und geht zu unserem Wagen.

„Der Wodka wartet auf uns. Sag jetzt mal nichts Böses, komm."

Ich gehe mit Hannes zurück ins Esszimmer. Er füllt zwei Gläser bis zum Stehkragen mit der klaren Flüssigkeit und drückt mir eins davon in die Hand.

„Wir würden ein hübsches Paar abgeben, findest du nicht? Nastrovje“, sagt Hannes, hebt sein Glas und leert es in einem Zug.

Ich schlucke. Dann trinke ich mein Wodkaglas ebenso in einem Zug leer.

„Du bist so ein Arschloch“, sage ich außer mir, obwohl ich solche Worte sonst niemals benutze. „So ein gottverdammtes Arschloch!“

Diesmal schreie ich hysterisch und wie im Rausch werfe ich mit dem leeren Schnapsglas nach Hannes. Mein Herz rast wie verrückt, ich sehe mich um und greife nach der Tischkante, als ich blind vor Wut weiche Knie bekomme.

Jemand rüttelt an meiner Schulter, ich höre ihn meinen Namen sagen. Langsam komme ich aus dem Dämmerzustand wieder zu mir. Ich nehme wahr, dass ich in fremder Umgebung auf dem Fußboden liege. Neben mir hockt Torge, redet auf mich ein, rüttelt an meinem Arm und drückt meine Hand.

Er hilft mir auf die Beine. Fassungslos und panisch sehe ich auf meine blutverschmierten Hände. Neben dem Esstisch liegt Hannes Baum, ein Messer im Rücken. Jenes Messer, mit dem wir am Abend den Serrano-Schinken tranchierten. Ohne Zweifel, es ist dasselbe Messer, das mit dem schönen hölzernen Schaft. Noch einmal blicke ich auf meine roten klebrigen Hände. Ich stoße einen Schrei aus.

„Oh Gott, wie schrecklich!"

Meine Panik gilt meinen blutigen Händen, nicht dem leblosen Körper.

Torge bringt mich zum Sessel. Ich starre auf den Mann am Boden mit dem Messer im Rücken. Er ist tot. Plötzlich werde ich ruhig. Ich betrachte die rote Flüssigkeit, die sich auf dem weißen Polohemd verteilt, sich dann als Lache auf den Dielenbrettern sammelt. Hannes liegt wie gemalt in stabiler Seitenlage. Immer wieder tritt Blut wie aus einer sprudelnden Quelle aus der Einstichstelle und fließt in kleinen Rinnsalen über das Hemd auf den Boden. Ich betrachte fasziniert das Spiel der Farben und Muster des roten Blutes auf dem weißen Hemd.

Noch einmal schaue ich auf meine Hände, dann auf den Mann am Boden. Mir wird flau in der Magengegend. Blut an meinen Händen, Blut an dem Mann auf dem Boden. Im Zimmer nur Torge und ich. An Torges Händen ist kein Blut.

Wo sind Igor und Alexander? Ach ja, sie wollten weg. Sind sie weg? Sind sie tatsächlich gegangen? Haben sie, bevor sie gingen, Hannes ... Nein, sie waren weg und Hannes lebte. Sollte ich das Blutbad angerichtet haben? Das ist unmöglich! Ich kann nicht bewusstlos am Boden liegen und gleichzeitig einen Menschen töten. Doch Hannes und ich waren allein im Zimmer, ich erinnere mich genau.

Vor meinen Augen flimmert wie ein Film der Ablauf der letzten Augenblicke, an die ich mich erinnern kann.

Igor und Alexander verabschiedeten sich, um ihren Zug nach Sylt nicht zu verpassen, Torge war zusammen mit ihnen auf die Straße und zu unserem Wagen gegangen. Zunächst hatten wir alle gemeinsam im Flur gestanden. Dann waren Hannes und ich ins Esszimmer zurückgekehrt, um Wodka zu trinken. Wir hatten kaum die Gläser in der Hand, als Hannes mich erneut mit Sticheleien provozierte. Daraufhin hatte ich ihn beschimpft und mit dem leeren Glas nach ihm geworfen. Dann kam der Filmriss. So war es, ganz genau so.

Sollte ich ihn in meiner ohnmächtigen Wut getötet haben, ohne mich daran zu erinnern? Einerseits erschreckt mich der Gedanke, aber nur insoweit, als ich mich daran nicht erinnern kann. Andererseits erschüttert mich die Tatsache, dass Hannes tot ist, nicht, im Gegenteil.

Der Mann hat mein Leben zerstört, dafür mit seinem Leben bezahlt. Möglicherweise bin ich diejenige, die es ausgelöscht hat, ich bin ihm zuvorgekommen. Was ist daran verwerflich? Es kann nur einen Gewinner geben. Das ist die ausgleichende Gerechtigkeit. Meine Seele hat er tausendfach hingerichtet. Innerlich bin ich längst gestorben, aber ich leide noch.

Abgetötet sind meine Gefühle, verlogen die Liebe zu Torge. Niemand kann ermessen, was Hannes mir zugefügt, wie er mir zugesetzt, mich erpresst und an den Rand der Verzweiflung getrieben hat. Hannes Baum hat sich in mein Leben gedrängt und meine Abweisung nicht akzeptiert. Nun ist er tot. Es ist gut, dass er tot ist.

Plötzlich breche ich in Tränen aus. Wie Sturzbäche fließen die Tränen aus meinen Augen. Es ist ein Weinen, Wimmern und Winseln zugleich. Ich sitze da, die Arme um die Beine gelegt, den Kopf zwischen den Knien. Der Rotz hängt in Fäden aus meiner Nase.

Torge reicht mir ein Stück Küchenrolle. „Du stehst unter Schock. Gleich werden der Notarzt und die Polizei hier sein."

„Ja", sage ich. „Ich habe Hannes getötet."

Als Erstes trifft der Notarzt, Doktor Westermann, ein. Von dem, was um mich herum geschieht, nehme kaum Notiz. Der Doktor spricht mich direkt an. Erst jetzt wird mir bewusst, dass wir immer noch im Haus von Hannes Baum sind.

„Wissen Sie, was passiert ist?", fragt er mich.

„Hannes Baum ist tot", sage ich teilnahmslos. „Ich habe ihn getötet. Es ist gut, dass er tot ist."

Dann spricht der Doktor mit Torge. „Sie steht unter Schock. Ich werde ihr eine Spritze geben."

Er injiziert ein Beruhigungsmittel. Kurz darauf verschwinden Schüttelfrost und Weinattacken. Ich werde müde.

„Waschen Sie sich das Blut von den Händen, dann wird es Ihnen besser gehen", sagt der Doktor. „Danach ruhen Sie sich auf dem Sofa ein wenig aus."

Torge ist mir beim Waschen der Hände behilflich, bringt mich zurück ins Wohnzimmer.

Wenig später hält direkt vor dem Haus ein Polizeiauto. Zwei Beamte in Uniform steigen aus.

„Oha, der ist wohl nicht freiwillig aus dem Leben geschieden", sagt einer der Beamten.

„Ich vermisse deine Pietät in Situationen wie dieser, mein lieber Herr Kollege", sagt die Polizistin und sieht ihm vorwurfsvoll an. „Dass niemand hier etwas anfasst! Die Spurensicherung und Kripo müssen erst ihre Arbeit getan haben."

Was ist denn das für ein Blödsinn, denke ich bei mir. *Wir haben hier alle schon alles angefasst und außer Torge und mir ist nur noch der Arzt im Haus.*

Wenig später erscheinen Hauptkommissar Lüders und sein Kollege Brandt. Herrn Lüders ist das Entsetzen anzumerken, Torge und mich hier anzutreffen. Er führt eine erste Befragung durch. Die Vernehmung soll später in Anwesenheit des Staatsanwaltes in Herrn Lüders Büro erfolgen.

Ich schildere explizit den Verlauf des Abends und gebe zu, Hannes Baum nach dem Streit getötet zu haben. Ich verschweige weder, dass sein Tod mich nicht berührt, noch, dass ich mich an den Tathergang nicht erinnern kann.

„Ich war so wütend auf Hannes Baum, dass ich mit einem Glas nach ihm geworfen habe. Er hatte mich den ganzen Abend provoziert und beleidigt. Eigentlich wollten wir das Kriegsbeil begraben. Doch im selben Atemzug legte er mit anzüglichen Bemerkungen nach.

Ich sah rot vor Wut und warf das Glas nach ihm. Mein Herz fing an zu rasen, dann wurde mir schwarz vor Augen. Ich erinnere mich nicht, ob und wie ich das Messer in der Hand hatte, und auch nicht, ob und wie ich damit zugestochen habe. Als ich zu mir kam, waren meine Hände blutverschmiert und Hannes war tot."

„Wenn Sie sich nicht erinnern können, wieso geben Sie die Tat dann zu? Es kann doch auch jemand anders Herrn Baum das Messer in den Rücken gerammt haben", will Herr Brandt wissen.

„Ich sagte ja bereits, dass ich so wütend auf ihn war, nicht nur an diesem Abend. Es hatte sich viel aufgestaut. Das Blut war an meinen Händen, es war niemand anders im Raum. Als ich zu mir kam, war ich erleichtert, Hannes Baum tot am Boden zu sehen."

„Was sagen Sie zu der Aussage Ihrer Frau, Herr Bergmann?"

„Dazu kann ich im Augenblick überhaupt nichts sagen. Wir werden alles noch einmal durchspielen. Möglicherweise kommt dann die Erinnerung zurück. Im Moment kann ich es nur so hinnehmen, wie sie es sagt."

„Wo waren Sie zum Zeitpunkt der Tat, Herr Bergmann?"

Torge berichtet, dass Hannes noch gelebt habe, als er sowie Alexander und Igor das Haus verließen. Die Freunde aus Düsseldorf seien mit dem Auto weggefahren, und als er wenig später ins Haus zurückkehrte, hätte Hannes tot am Boden gelegen.

„Wie lange etwa hat es gedauert, bis Sie ins Haus zurückkamen?"

Er habe am Auto die Unterlagen kurz sortiert, zusammengerollt, sei dann sofort zurückgegangen. Nein, er habe auch noch die Kekskrümel von der Fußmatte auf die Straße geschüttet. Bis er wieder ins Haus zurückgekehrt sei, seien alles in allem etwa vier bis höchstens fünf Minuten vergangen.

„Theoretisch könnten auch Sie Hannes Baum erstochen haben, rein theoretisch, meine ich. Ihre Frau liegt bewusstlos am Boden und Sie nutzen die Gelegenheit und stechen zu. Dann bekommen Sie es ohne viel Mühe hin, die Fingerabdrücke Ihrer Frau auf dem Messerschaft aufzufrischen und dafür zu sorgen, dass Blut an den Händen ist. Niemand treibt Sie an, Sie haben viel Zeit. Sie reinigen gründlich die eigenen Hände, wecken Ihre Frau aus Ihrem Schlummer auf und rufen uns an", sinniert Staatsanwalt Melf Thomsen laut vor sich hin.

„Der Scherz ist nicht besonders gelungen, Herr Thomsen", entgegnet Torge.

„Das ist auch nicht beabsichtigt. Ich sagte ja, theoretisch. Und Sie müssen zugeben, dass man das durchaus mit Ja beantworten könnte, wenn nicht sogar müsste."

„Nein. Ja."

„Wir brauchen die Nachnamen von den Herren Alexander und Igor. Kennen Sie die vollständigen Namen? Oder haben Sie sich das Autokennzeichen gemerkt?"

Niemand weiß weder das eine noch das andere.

„Ich werde keinen Antrag auf Untersuchungshaftbefehl stellen, Frau Bergmann. Bis zur Hauptverhandlung dürfen Sie auf freiem Fuß bleiben. Sie beide können gehen, wenn Herr Lüders nicht noch Fragen an Sie hat."

Sobald die Auswertungen der Spurensicherung vorliegen, müssen wir möglicherweise ein weiteres Mal befragt werden. Dafür sollen wir uns zur Verfügung halten.

Wir haben die Polizeidienststelle verlassen. Torge nimmt mich in den Arm.

„Was immer auch bei den Ermittlungen herauskommen mag, wir stehen das zusammen durch. Ich möchte, dass du das weißt."

Um seinen Worten Nachdruck zu verleihen, umfasst Torge mein Gesicht mit seinen Händen und sieht mir in die Augen. Ich weiche seinem Blick aus, fühle mich kraftlos und bin nicht in der Lage, etwas zu erwidern. Ich nicke und denke, dass es das war mit unserer Beziehung. Dass unsere Zeit vorbei ist, das werde ich ihm schreiben. Ich habe einen Menschen umgebracht. Torge kann es sich nicht leisten, jemanden wie mich als Frau zu haben. Er wird mich vergessen, sich anderweitig trösten.

Auf einen Schlag wird unser Leben ein anderes sein. Ich spüre, dass ich Torge bereits verloren habe. Es ist ausgeschlossen, was er sagt. Wie soll er mich noch lieben können?

Schon das Betreten unseres Hauses fühlt sich merkwürdig an. Gestern waren wir hier noch glücklich. Werden wir in der Lage sein, hier noch einmal gemeinsames Glück zu empfinden? Nein, das werden wir nicht hinbekommen. Meine Welt bricht zu einem Trümmerhaufen zusammen.

Ich habe gestanden, Hannes erstochen zu haben. Warum kann ich mich nicht erinnern?

„Danke, dass du mir Mut machen möchtest", sage ich.

„Ruh dich aus. Morgen werden wir noch einmal genau recherchieren. Vielleicht haben wir etwas übersehen. Waren Igor und Alexander tatsächlich schon weg, hat jemand anders das Haus unbemerkt betreten? Wie der Staatsanwalt richtig bemerkte, könnte man selbst mich als Täter in Betracht ziehen."

„Und meine blutverschmierten Hände? Der Täter müsste ... Ich weiß überhaupt nicht, was ich denken soll, bin völlig fertig. Gute Nacht."

Ich denke an Hannes. Es ist gut, dass er tot ist, geht es mir immer wieder durch den Kopf. Wie das Abspielen eines Tonbandes, auf dem unentwegt die Worte wiederholt werden: „Es ist gut, dass er tot ist."

Keine Reue, keine Trauer, kein Mitleid.

Ich nehme die Tablette, die mir der Notarzt mitgegeben hat. Durch das geöffnete Schlafzimmerfenster höre ich den Wind mit den Blättern der Bäume spielen. Kurz darauf beginnt es stark zu regnen.

Beinahe waagerecht peitscht der Wind den Regen vor sich her. Mit schnellen Schritten laufe ich die menschenleere Straße hinunter. Mein Ziel ist der Getreidesilo am Hafen hinter der Schleuse. Es ist stockfinster. Gespenstisch leer ist die Stadt um diese Zeit, dazu noch das gruselige Wetter.

Seit ich aus dem Auto ausgestiegen bin, habe ich das Gefühl, dass mir jemand folgt. Ich laufe schneller, traue mich nicht, mich umzusehen.

Hätte ich mich nur nicht darauf eingelassen, mich an diesem verlassenen Ort mit Hannes zu verabreden. Jetzt ist es zu spät, vielleicht hat er mich längst entdeckt.

Dieses Treffen mit ihm wird mein Leben verändern. Ich werde mich freikaufen. Für fünfzigtausend Euro ist er bereit, mich zukünftig in Ruhe zu lassen. Für fünfzigtausend Euro.

Die pure Angst sitzt mir im Nacken, beflügelt meine Fantasie. Möglicherweise hat er einen Komplizen, der mich verfolgt, beraubt und vielleicht sogar umbringt. Eisige Schauer laufen über meinen Rücken.

Die Gürteltasche mit Geldscheinen umschließt fest meine Taille. Darüber trage ich einen langen, weit geschnittenen Pullover mit einem locker fallenden Gürtel. Ein leichter Gummimantel schützt mich vor Regen.

In meiner unbändigen Angst beginne ich zu rennen, entledige mich mit einem Ruck meines Mantels, um schneller zu sein. Ich wage einen Blick nach hinten. Nichts außer Dunkelheit, Wind und Regen. Völlig außer Atem erreiche ich den Bahnübergang. Die Schranken sind geschlossen. Ich denke an Jonas, der an dieser Stelle von einem Zug erfasst wurde.

Im nächsten Augenblick rast donnernd und krachend ein Zug durch die Stille der Nacht. Die Schranke fährt hoch. Sofort renne ich weiter über die Schienen Richtung Silo. Mein Herz klopft zum Zerbersten. Gleich wird mein Brustkorb zerspringen, ich werde lang hinschlagen und dann ...

„Hilfe! Hilfe!", schreie ich, doch bei diesem Wetter ist niemand unterwegs, der meinen Hilfeschrei mitbekommen würde. Immer noch habe ich das Gefühl, dass mir jemand auf den Fersen ist.

Völlig außer Atem und nach Luft ringend haste ich in die schmale Häusernische zwischen dem Fischrestaurant und dem Laden mit Anglerbedarf. Weit und breit keine Menschenseele, wie ausgestorben scheint es hier. Meine Atmung normalisiert sich, ich konzentriere mich auf die Geräusche um mich herum. Ein Strom warmer Luft legt sich auf mein Gesicht.

Der Jemand ist über mir. Gleich wird er zuschlagen, etwas über meinen Kopf stülpen und mich töten. Ich bleibe in meinem Versteck. Nur etwa fünfzig Meter bin ich von meinem Ziel entfernt.

Der Klingelton meines Handys schrillt durch die Nacht. Starr vor Schreck, drücke ich meinen Körper dichter an die Hauswand. Das Handy meldet sich noch einmal. Wie ge-

lähmt bin ich, brauche eine Ewigkeit, bis ich das Telefon mit zitternder Hand aus der Hosentasche gezerrt habe. Das Display zeigt „Unbekannt". Was ist das denn jetzt? Ein ganz neues Mobiltelefon mit einer niemandem bekannten Nummer klingelt in dieser Situation? Zufall? Ganz sicher nicht.

Schlotternd vor Angst und mit völlig durchnässter Kleidung versuche ich wieder einmal, nicht durchzudrehen. Hinter und vor mir absolute Dunkelheit. Plötzlich reißt die Wolkendecke auf, gibt für wenige Sekunden das Mondlicht frei. Es ist taghell. Ich erstarre vor Schreck, als ich einen Mann mit längeren blonden Haaren erkenne.

Hannes!, schießt es mir durch den Kopf. Gleich darauf verschwindet er wieder in der Dunkelheit. Wir sind nicht hier verabredet, was hat das zu bedeuten?

„Du bist zu spät, Hannes", höre ich Torges Stimme hinter der Kaimauer. „Du wirst Britta nicht mehr quälen."

Dann fällt ein Schuss.

Ich spüre Torges Atem an meinem Gesicht.

„Wach auf, du hast geträumt", sagt er, während er mit einem kalten Lappen meine Stirn abtupft.

Lieber Torge,

am Tag der Entlassung aus der Psychiatrie begann für mich ein neues Leben. Dieses neue Leben warst du, es machte Sinn dafür zu kämpfen und Kompromisse einzugehen. Du hast mir beigestanden, als in mein Haus eingebrochen und die Wäsche durchwühlt worden war. Du warst da, ich brauchte nur zuzugreifen und blühte auf. Bei dir musste ich mich nicht verbiegen. Du warst der Prinz, der mir (fast) alle Wünsche von den Lippen ablas.

Nun tritt ein Ereignis ein und alles ist mit einem Schlag anders.

Du sicherst mir deine Loyalität zu, warum? Wir haben viel geredet, doch gebracht hat es nichts. Lange habe ich nachgedacht über das, was du mir in Bezug auf unsere Zukunft gesagt hast. Ich glaube nicht daran. Ich werde Jahre im Gefängnis verbringen und du lebst wunderbar in Freiheit. Unsere Zukunft kann keine gemeinsame sein.

In der letzten Nacht habe ich begonnen, zu hinterfragen, was uns in unserer kurzen gemeinsamen Zeit zusammengebracht und -gehalten hat. Wie konnte ich davon ausgehen, dass wir es zusammen schaffen? Schon deine Auslandssemester hätten mich stutzig machen müssen. Wenn du mich wirklich geliebt hättest, wärst du nicht nach Japan gegangen. Ich habe nicht verstanden, dass du es trotzdem gemacht hast.

Wir haben Tage damit verbracht, zu thematisieren, warum das Jahr für dich so wichtig ist. Ich hatte Angst, dich zu verlieren. Dir war bekannt, wie schlecht es mir ohne dich ging, wie instabil ich war, trotzdem hast du egoistisch dein Ziel verfolgt.

Du hast von Familie, von Kindern gesprochen, mich damit gelockt, deinem Vorhaben positiv gegenüberzustehen. Zu groß war mein Wunsch, wieder zu jemandem zu gehören, irgendwann Kinder zu haben. Sehr geschickt hast du mich benutzt und meine Zustimmung eingefordert.

Ich habe versucht, dir von Hannes' Übergriffen zu erzählen, doch du hast das Ganze als unbedeutend abgetan. Daraus abzuleiten, dass ich ihm gefalle und er möglicherweise mit mir anbändeln wollte, ist absurd. Vielleicht wolltest du mich loswerden?

Du hast ignoriert, dass es Hannes Spaß gemacht hat, mich zu demütigen, weil du dich sonst hättest mit ihm auseinandersetzen müssen. Ich habe ihn so sehr gehasst, und das war dir bekannt. Trotzdem wolltest du, dass wir seine Einladung annehmen, warum? Dir zuliebe habe ich schließlich eingewilligt. Du kannst nicht annähernd ermessen, wie viel Energie mich dieser Abend gekostet hat, ganz abgesehen von dem katastrophalen Ende.

Wir haben Höhen und Tiefen erlebt, doch nun stürze ich tief.

Bitte antworte nicht auf diesen Brief. Ich habe es endgültig begriffen und eine Entscheidung getroffen.

Grüße
Britta

*

Torge sitzt fassungslos am Esszimmertisch. Zum dritten Mal liest er die Seiten. Zunächst zweifelt er daran, dass die Zeilen überhaupt von seiner Frau stammen. Immer wieder fragt er sich, was er falsch gemacht hat. Wieso kehrt sie alles um, was allein sie vorangetrieben hat? Er hatte nur reagiert, es für sie erträglicher gestalten wollen. Sie war bedürftig, was einen Freund an ihrer Seite zu haben anging. Darauf war er eingegangen, weil er sie so sehr mochte, nicht mit ansehen konnte, wie sie litt.

Ihm wird klar, wie ihre Borderline-Krankheit auch auf ihn betrifft. Er sieht sich in einer Art Abhängigkeit. Borderliner müssen sich in den Vordergrund spielen, damit man sich mit ihnen beschäftigt, das ist Teil ihrer Krankheit, hat er gelesen.

Dass so schnell aus ihrer Freundschaft eine Liebesbeziehung geworden war, ging, wenn er sich recht besinnt, nicht unbedingt von ihm aus. Doch das soll jetzt nicht die Frage sein. Sie hatten eine wunderbare Zeit.

Mit dem Brief bricht für ihn eine Welt zusammen. Mit kriegerischen Worten eine Schlacht über Recht und Unrecht in der Beziehung zu führen, um sie zu retten, ist der falsche Ansatz.

Allein die Schuldzuweisung, die Auslandssemester mit Versprechungen erkauft zu haben, kann er nur betroffen und entsetzt zur Kenntnis nehmen. Das Thema hatten sie endgültig und einvernehmlich, wie er sich erinnerte, in ihrer Urlaubswoche auf Sylt geklärt. Sich von der Arbeit freistellen zu lassen und ihn zu begleiten, hatte sie abgelehnt.

Auf seinen Alternativvorschlag, den Hauskauf, das Zusammenziehen und die Hochzeit auf die Zeit nach seiner Rückkehr zu verschieben, hatte sie erbost reagiert.

Er versteht ihre Welt gerade gar nicht.

Auffällig ist, dass sie, seit er aus Japan zurückgekehrt ist, eine andere ist. Er fand eine komplett veränderte Persönlichkeit vor. Zunächst hat er an einen Rückfall in die Depression geglaubt, möglicherweise spielte die lange Trennung eine Rolle.

Mit dem Krankheitsbild Borderline hat er sich auseinandergesetzt, doch der Alltag ist seit seiner Rückkehr zur Tortur geworden, auch für ihn. Er unterstützt, redet in eskalierenden Situationen gut zu, hat Verständnis, doch ihr Zustand ändert sich erst einmal nicht. Seine Rücksichtnahme erreicht ihre Grenzen.

Doch nicht ein Tag ist wie der andere. Zwischendurch gibt es immer wieder glückliche Momente. Möglicherweise sind sie erst jetzt in ihrer Borderline-Beziehung angekommen.

Sein Freund Martin ist Psychiater. Mit ihm hat er einmal über die Krankheit gesprochen. Damals stand Brittas Entlassung aus der Klinik bevor. Martin hatte ihm einiges an Informationsmaterial zugesteckt mit den Worten: „Man weiß ja nie, ob man einmal in einem Wust von Wolle den roten Faden suchen muss. Das ist jedenfalls kein Zuckerschlecken, für beide nicht. Da kann es nicht schaden, ein bisschen was von der Krankheit schon einmal gehört oder gelesen zu haben."

So wird es sein. Wir sind gerade in unserer Borderline-Beziehung angekommen. Brittas Brief ist der Beweis dafür.

In der Zeit bis zur Gerichtsverhandlung haben wir nicht mehr zueinandergefunden. Mein Brief hat ihn betroffen gemacht. Sein Bemühen stößt bei mir auf Ablehnung. Er macht mir Mut, ich wehre ab. Immerhin gehen wir höflich miteinander um. Torge verkriecht sich mehr und mehr in seine Arbeit. Die Zeit ist absehbar, wenn auch schwer auszuhalten. Torges Ansicht hinsichtlich unserer Zukunft ist eine andere als meine. Es wird sich zeigen.

Das Urteil ist verkündet.

Fünf Jahre Haft wegen Totschlags.

Herr Lüders von der Kriminalpolizei und eine Polizistin in Uniform führen mich aus dem Saal des Landgerichts Flensburg. In einem Polizeifahrzeug werden sie mich nach Lübeck ins Frauengefängnis bringen. Falls mir jemand schreiben oder mich besuchen möchte, hier meine Anschrift für die nächsten fünf Jahre: Marliring 41, 23566 Lübeck.

Torge hat mir Mut gemacht, seine Loyalität zugesichert. Wann immer es ihm möglich ist, will er mich im Gefängnis besuchen. Wir werden sehen. Mein Mann, ein Anwalt, dessen Frau wegen Totschlags im Gefängnis sitzt, ihm einen Imageschaden zufügt, der größer kaum sein kann, will mir zur Seite stehen? Es ist schwer vorstellbar.

Unter Ausschluss der Öffentlichkeit hatten wir uns voneinander verabschiedet. Ich hasse Trennungen, besonders diese.

Mein Trotz, meine Härte begannen im Augenblick des Abschieds aufzuweichen. Just in diesem äußerst ungünstigen Moment schwinden Groll und Zorn, mit denen ich meine Gefühle gegen Torge in Schach gehalten hatte. Wie ist das möglich? Ich knicke ein!

Wie ein Stück Sterben fühlt sich das Auf-Wiedersehen-Sagen an. Es folgt ein Abspann von Gedanken, gegen die sich zu wehren, ich nicht in der Lage bin.

Wie werde ich es in einer Gefängniszelle aushalten, fünf lange Jahre? Ohne Torge meine Tage zu verbringen, stelle ich mir wie die Amputation eines überlebenswichtigen Teils meiner selbst vor.

Seit dem Tag meiner Entlassung aus der Psychiatrie ist Torge Teil meines Lebens. Jedenfalls hat es sich für mich so angefühlt. Er ist der beste Freund, den ich mir vorstellen kann. Dennoch oder gerade deswegen habe ich ihm niemals anvertraut, wann und auf welche Weise Hannes mich traktiert hat. Ich wollte seine Liebe und das Vertrauen nicht aufs Spiel setzen.

Möglicherweise hätte er mir nicht geglaubt, all die schlimmen Dinge als erdachte Geschichten abgetan. Ich hielt es für besser, sie für mich zu behalten. Sobald ich mit Torge zusammen war, spielten sie außerdem keine Rolle mehr, waren wie weggewischt.

In Handschellen gehe ich zwischen Herrn Lüders und Frau Brodersen. Über diverse Treppen und Flure verlassen wir das Gerichtsgebäude. Kurz vor dem Ausgang entdecke ich Torge.

Er lächelt zu mir herüber, winkt. Es ist ein anderes Lächeln, als jenes, das ich kenne und das ich immer so geliebt habe, das mir Halt gab. Sein Winken wirkt kraftlos.

Ob er auch Zweifel hat?

Nein, wir nehmen einander nicht noch einmal in den Arm!

Wir haben uns verloren, denke ich, während mir der Hals zuschwillt und Tränen ein verschwommenes Bild von ihm zurücklassen.

Wir haben das Polizeifahrzeug im Hof erreicht. Die Beamtin öffnet die hintere Beifahrertür und deutet mit einer Handbewegung an, dass ich einsteigen soll. Ich krieche auf den Sitz und spüre einen schmerzhaften Stich in der Brust. Schwer fällt die Tür ins Schloss. Ich höre etwas klicken. Kindersicherung? Mein Gepäck legt Frau Brodersen in den Kofferraum und setzt sich neben mich auf die Rückbank.

Herr Lüders wirft ihr einen Blick zu und nickt. Sie öffnet die Handschellen.

„Dann woll'n wir mal", bricht er das Schweigen. Er startet den Motor, schaut in den Rückspiegel. Ich kann seinen Blick nicht ertragen, sehe aus dem Fenster. Das Auto rollt langsam durch die Ausfahrt auf die Straße, um sich in den fließenden Verkehr einzureihen.

Frau Brodersen ist etwa so alt wie ich. Ihre braunen Haare hat sie zu einem dicken Zopf geflochten. Ob sie wohl verheiratet ist und Kinder hat? Einen Ehering trägt sie nicht.

Zurückgelehnt schließe ich die Augen. Auf andere Weise würde ich die Stille nicht ertragen.

Ich denke an die Gerichtsverhandlung, an den Richter, den Staatsanwalt, an Torge. Die Bilder vermischen sich miteinander und fangen an, sich wie in einer Zentrifuge zu drehen. Ich sehe unser Wohnzimmer. Hannes Baum liegt tot am Boden.

„Sie gestehen, Hannes Baum erstochen zu haben? Schildern Sie doch einmal, wie genau Sie es getan haben."

„Ich gestehe, Hannes Baum getötet zu haben. An die Details, wie und womit ich es getan habe, kann ich mich nicht erinnern. Zur Tatzeit hatte ich ein Blackout."

Tatsächlich habe ich keine Erinnerung daran. Direkt nach der Tat nicht und heute auch nicht. An die Entwicklung vorher und die Situation danach erinnere ich mich ziemlich genau. An den Tathergang eben nicht.

Tausendfach hatten wir versucht, das Geschehene in mein Gedächtnis zurückzurufen. Es war nichts zu machen.

Ich lasse den Abend der Tat noch einmal vor meinen Augen Revue passieren.

Hannes hatte uns eingeladen. Vor allen Gästen provozierte er mich, plötzlich war der Streit gekommen. Von Torge fühlte ich mich alleingelassen. Er griff nicht ein, stand mir nicht bei. Hannes und ich waren allein im Wohnzimmer, ich habe ihn getötet.

Auch in diesem Augenblick spüre ich wieder das Gefühl der Erleichterung, oder ist es Genugtuung? Was für eine Schizophrenie. Ich muss verrückt sein. Aber nein! Das bin ich eben nicht.

Ein Gutachter hat mich für haftfähig befunden. So bin ich also schuldfähig, haftfähig, zurechnungsfähig, alles, was man sein muss, um verurteilt zu werden, nicht in der Forensik zu landen. Ich befinde mich in dem Polizeiauto auf der Fahrt in die JVA Lübeck, gehe in den Frauenknast, um meine Strafe, fünf Jahre Haft, anzutreten.

Meines Erachtens hat Hannes die einzig gerechte Strafe erhalten. Ich bin nicht traurig, dass er tot ist. Niemals wird jemand erfahren, was wirklich die Gründe für meinen abgrundtiefen Hass gegen diesen Mann waren. Meinem Tagebuch ist es anvertraut, und das werde ich mit ins Grab nehmen.

Ich denke an den Frauenknast, in den ich in den nächsten Stunden einziehen werde. Szenen von Gewalt, Erpressung und grausamer Tyrannei flimmern vor meinen Augen. Frauen wie Kerle, die andere quälen, um Macht zu demonstrieren. So etwas hatte ich im Fernsehen schon öfter gesehen. Heute oder morgen werde ich möglicherweise das Opfer gewaltbereiter Frauen sein, die wenig zimperlich der Neuen die Hackordnung präsentieren. Angepasst werde ich mich verhalten, mich mit niemandem anlegen. Ich brauche keine Verbündeten. Insgeheim hoffe ich, dass man mich in Ruhe meine Strafe absitzen lässt.

Einen Verbündeten hätte ich mir gewünscht, als ich bei der Polizei Anzeige wegen Belästigung erstattete. Allerdings war ich halbherzig bei der Sache, hatte mich nicht getraut, Hannes' Namen und Adresse anzugeben. So wurde die Anzeige gegen Unbekannt eingestellt.

Mehrere Male hatte ich Hannes gedroht, ihn anzuzeigen, er lachte mich aus.

„Mach doch. Hast du Beweise? Außerdem warst du in der Klapse, und soviel ich weiß, sprach man sogar von Entmündigung. Will sagen, dass die Chance, dass dir jemand schwersten Verfolgungswahn attestiert, deutlich realistischer ist, als dass dir jemand glaubt, wenn du so einen Unsinn erzählst. Also spar dir den Quatsch, lass uns lieber ein bisschen Spaß haben. Ich krieg dich sowieso."

Seine Worte und dazu das schmierige Grinsen hatten sich wie Ohrfeigen, rechts und links ins Gesicht geklatschte Ohrfeigen angefühlt.

Den Gedanken mit der Anzeige ließ ich fallen. Mittlerweile hielt ich es selbst nicht für möglich, jemandem glaubhaft meine Anschuldigungen gegen Hannes vortragen zu können.

Wahrscheinlich hatte er recht. Jemand, der ein Krankheitsbild wie ich aufwies, der bereits in einer psychiatrischen Klinik war, hatte ganz schlechte Karten. Der Gedanke, möglicherweise Symptome für Verfolgungswahn oder Schlimmeres zu zeigen, wieder in die Geschlossene eingewiesen zu werden, machte mir Angst. Ich war eingeschüchtert. Auf diese Weise verhinderte Hannes, dass man ihm auf die Schliche kam. Wie sollte ich seelische Grausamkeit und Psychoterror beweisen? Ich war zermürbt und aufgebraucht, ohne äußerlich sichtbare Spuren. Mein Inneres schrie und meine Seele, die um die im Leib faulende Wunde wusste, war eine zerschlissene Seele. Das spürte nur ich selbst.

Zum tausendsten Mal suche ich in meinem Hirn, oder wo sonst Ereignisse abrufbar hinterlegt sind, nach einem Fünkchen Erinnerung. Ich zweifele an meinem Verstand, ziehe mich weiter in mein Schneckenhaus zurück.

Es ist gut, dass er tot ist.

Wie die Wirkung einer Betäubungsspritze hatte sich das Schwinden meines Bewusstseins angefühlt. Umnebelt von schwarzen Schleiern aus der eigenen Hülle heraustreten, hinein in einen übergeordneten Körper. In anderer Wahrnehmungssphäre die Aggression in Kraft umwandeln, den tödlichen Stich vollziehen. Dann in die Wirklichkeit zurückkehren und sich auf dem Fußboden in einem fremden Wohnzimmer wiederfinden.

Ob die Fantasie gerade wieder mit mir durchgeht? Und wenn schon. Auf jeden Fall halte ich es für möglich, dass sich eines Tages weitere Erinnerungen greifen lassen. Ich bin ganz nah dran, immer wieder, das spüre ich. Ich will wissen, wie genau ich mit dem Messer auf den Mann eingestochen habe. Nur für einen kurzen Moment will ich das unanfechtbare Bild der Wahrheit vor meinen Augen sehen, das Bild, das mich zur Heldin macht. Es ist gut, dass er tot ist, dass ich seine Mörderin bin. Ich will es nur einmal sehen.

Meine Fingernägel bohren sich in die Oberarme und lassen tiefe Spuren in der Haut zurück.

Torge ist der verständnisvollste Mensch auf der Welt. Trotzdem habe ich nicht gewagt, ihm von den Übergriffen zu erzählen. Zu groß waren meine Scham und die Angst, ihn zu verlieren. Verlassenwerden ist die Vorstufe zum Tod.

Bis zum Tag meiner Verhaftung wusste mein Mann nichts und danach wenig. Was hätte es auch genützt und wem? Hätte es das Strafmaß reduziert oder man mich wieder weggesperrt? Wie wäre Torge damit umgegangen, wenn er die ganze Wahrheit gekannt hätte? Er hätte mir nicht mehr vertrauen können, mich möglicherweise wie eine Kranke behandelt. Es ist besser so, wie es ist, müßig, darüber nachzudenken.

Fünf Jahre Gefängnis werden mich meinem Mann nicht näherbringen. Fünf Jahre Verzicht auf ein Leben zu zweit, auf Kinder, Urlaub, auf Heiterkeit.

Herr Lüders schaut in den Rückspiegel. Unsere Blicke treffen aufeinander, seine Augen lächeln. Der Hauptkommissar scheint zu meinem Leben zu gehören, wenn auch nicht zum schönsten Teil. Er ist der gute Mensch im schlechten Teil meines Lebens. Ich glaube, das ist eine gute Definition. Damals in der psychiatrischen Klinik von Professor Zuber in Breklum lernte ich ihn kennen. Er war mir auf ganz besondere Weise nah.

Ich widme mich erneut der Vorstellung, was mich im Gefängnis erwartet. Noch wenige Minuten Fahrzeit, und wir werden am Ziel sein.

„Ich habe mächtig Durst auf einen anständigen Kaffee", höre ich Herrn Lüders sagen. „Darf ich die Damen ins Café Niederegger einladen?"

Die Polizistin neben mir schnappt nach Luft. „Nane, dein Kaffeedurst in Ehren, aber das können wir auf dem Rückweg erledigen. Als Erstes liefern wir Frau Bergmann in der JVA ab."

Silke Brodersen verdreht die Augen und stößt einen Seufzer aus.

„Ich wusste, dass du einverstanden bist, Silke. Also dann, steuern wir die Stadtmitte an."

„Nein, Nane, ich bin nicht einverstanden, aber ich weiß, dass es kaum eine Chance gibt, sich zu wehren, wenn du dir etwas in den Kopf gesetzt hast. Abgesehen davon verspüre ich auch Entzugserscheinungen, was mein Bedürfnis nach Kaffee angeht, nach einer Zigarette schmachte ich schon lange. Aber nichtsdestotrotz müssen wir erst Frau Bergmann abliefern."

„Genau."

„Was genau?"

„Dass du keine Chance hast."

Frau Brodersen will noch etwas erwidern, doch sie sinkt in sich zusammen und schüttelt den Kopf.

„Lass die Dinger weg", sagt Herr Lüders, als sie mir die Handschellen anlegen will.

In der Nähe der Fußgängerzone stellt der Beamte das Auto ab. Mit dem Parken von Dienstfahrzeugen nimmt er es anscheinend sehr genau, obwohl er wahrscheinlich das Polizeiauto hätte überall abstellen können.

Wir steigen aus, die Beamten nehmen mich in ihre Mitte. Ich muss auf die Toilette und beschleunige meinen Schritt.

„Wo wollen Sie hin?" Die Polizistin greift forsch nach meinem Arm. Ich habe das Gefühl, alle Leute kriegen es mit.

„Ich muss aufs Klo", sage ich.

„Wir hätten hier nicht aussteigen sollen, Nane. Aber du musstest deinen Dickkopf ja unbedingt durchsetzen."

„Dann hätte Frau Bergmann trotzdem gemusst. Wer hat denn schon die Zigarette am Dampfen? Bist doch froh, dass wir angehalten haben. Wat mutt, dat mutt, Silke, das müsstest du doch am besten wissen. Nun mach mal kein Drama davon."

Frau Brodersen wirkt gestresst und stapft ohne weitere Bemerkung mit mir im Schlepptau durch die Fußgängerzone.

In der oberen Etage des Café Niederegger nehmen wir einen Tisch am Fenster.

„Ich geh dann mal."

„Ich komme mit." Sofort springt Silke Brodersen von ihrem Stuhl auf, um mich auf die Toilette zu begleiten. Wir müssen Gott sei Dank nicht warten. Sie bleibt vor meiner Tür, sagt sie. Türen klappern, werden auf- und zugeschlossen, Spülungen betätigt. Als ich aus dem Klo komme, ist sie nicht da. Ich gehe zum Händewaschen in den Vorraum. Auch hier ist sie nicht. Dann eben nicht. Wahrscheinlich sitzt sie auch auf einem dieser Klos, und es dauert ein bisschen länger.

Ich nutze die Gelegenheit und gehe nach unten in den Verkaufsraum, um mir die Kunstwerke aus Marzipan anzuschauen.

„Wo ist Britta Bergmann?! Ich habe nach ihr gerufen. Auf dem Klo ist sie nicht. Sie ist uns entwischt, Nane. Abgehauen. Ich hätte es dir gleich sagen können. Die Flucht muss sie auf der Fahrt geplant haben. Sie war so schweigsam. Komm, hilf mir suchen und guck nicht so bräsig in der Gegend herum. Oh mein Gott, was für eine Blamage."

Noch nie hat Lüders seine Kollegin so keifen gehört. Er macht eine abfällige Handbewegung. Mit schnellen Schritten geht er die Treppenstufen abwärts, umkreist in Windeseile die Tische, die teilweise bis unter die Decke mit Marzipanmodellen dekoriert sind.

„Möchten Sie auch etwas kaufen?", frage ich Herrn Lüders, als ich ihn suchend um einen Tisch herumgehen sehe. Irgendwie wirkt er jetzt auch ein bisschen gestresst.

„Kommen Sie, Frau Bergmann. Wir sollten ins Café zurückgehen und unsere Bestellung aufgeben."

Grünstreifen, endloser, metallener, grüner Gitterzaun, noch ein Grünstreifen, eine circa vier Meter hohe graue Betonwand, undurchsichtig, unüberwindbar. Zwischen Gitterzaun und Betonwand alle paar Meter eine silberfarbene Straßenlaterne, deren Licht in der Dunkelheit auf den Innenhof der Anstalt fällt, sicherlich taghell. Das sieht nach dem Hochsicherheitstrakt aus, in den ich gleich einziehen werde.

Wir fahren auf das Gelände, betreten wenig später das Gebäude durch die gläserne Eingangstür. Nane Lüders legt die Unterlagen vom Gericht in die Mulde unter der Frontscheibe. Eine Beamtin und ihr männlicher Kollege hinter dem Sicherheitsglas sehen die Dokumente durch und machen Notizen.

Ich schaue derweil aus dem Fenster.

„Tschüss dann, Frau Bergmann", höre ich Herrn Lüders sagen.

„Machen Sie's gut", sagt Frau Brodersen.

Beide verabschieden sich mit einem Händedruck. Als Herr Lüders mir die Hand gibt, schießen mir die Tränen in die Augen, ein Kloß in meinem Hals verhindert, dass ich etwas sage.

Wenig später fällt hinter ihnen die Tür ins Schloss. Ich sehe ihnen hinterher, stehe da wie eine Apparatur, deren Räderwerk schlagartig zu laufen aufhört.

Erstmalig erahne ich die Einsamkeit, in der ich hinter den hohen Gefängnismauern leben werde. Der letzte Kontakt zur Außenwelt ist soeben gegangen.

„Legen Sie bitte den Inhalt sämtlicher Taschen hier auf den Tisch", fordert mich die Frauenstimme hinter der Glasscheibe auf. „Öffnen Sie bitte den Koffer."

Ich lege alles übersichtlich und vorschriftsmäßig, wie Waren aus einem Einkaufskorb, auf den Tresen. Nachdem die Beamtin ihre Kontrolle beendet und telefoniert hat, erscheint eine Justizangestellte in Uniform. Sie heißt Pilz. Ihre kräftigen blonden Haare sind zu einem Zopf geflochten.

„Dann nehme ich Sie mal mit, Frau Bergmann, kommen Sie."

Wir gehen einen langen Flur entlang. Ich kann von hier aus durch Fenster in Räume sehen, in denen Tische und Stühle aufgestellt sind. Wahrscheinlich ist das der Raum, in dem die Inhaftierten ihre Besucher empfangen dürfen. Eine Glaswand verrät, dass sich ein Büro anschließt, von dem aus die Bediensteten Besucher und Gefangene beaufsichtigen können.

Wir betreten das Büro von Frau Grothe.

Die Frau am Schreibtisch sieht sympathisch aus. Sie ist etwa Mitte vierzig, hat kurze braune Haare und ein offenes Gesicht. Das Büro ist hell, die Einrichtung sehr schlicht. Auf dem Regal sehe ich ein Familienfoto, von der Decke hängt ein Mobile aus bunten Federn.

„Frau Grothe wird Ihnen Informationen über das Leben hier in der Anstalt geben."

„Setzen Sie sich doch, Frau Bergmann", fordert mich Frau Grothe auf. Sie lächelt mir zu und beginnt mit ihren Erläuterungen. Ihre Freundlichkeit tut mir gut, sie macht einen warmherzigen Eindruck, der mich beinahe zu Tränen rührt. Ich hasse diese emotionalen Schübe.

„Wenn Sie Fragen haben, nur heraus damit. Ich gebe Ihnen einige Informationsblätter, die Sie sich später in Ruhe durchlesen können."

Ich habe erst einmal keine Fragen, Frau Grothe geht mit mir in den Nebenraum. Ich muss mich entkleiden und werde zum Desinfizieren unter die Dusche geschickt. Meine Kleidung geht in die Wäscherei. Zum Anziehen bekomme ich erst einmal Wäsche und einen Trainingsanzug vom Haus. Sobald meine privaten Sachen gewaschen und gepatcht sind, darf ich sie ganz normal tragen. Ich bin sehr erleichtert, nicht gestreifte Anstaltskleidung verpasst zu bekommen. Ich werde ein Radio und Bücher haben.

Nach dem Ankleiden holt mich ein Bediensteter in Uniform ab. Er bringt mich in den Haftraum. Hier werde ich die ersten Tage verbringen, später eine Zelle auf einer anderen Station bekommen. Der Beamte zeigt mir die Gemeinschaftsduschen. Für einen kurzen Moment habe ich das Gefühl, in einem Schlachthaus zu sein. Hoffentlich bewahrheitet sich nicht meine Hypothese in Bezug auf Brutalität und Bösartigkeit von Mithäftlingen. Ich habe Szenen vor Augen, wie in Duschräumen nackte Menschen drangsaliert und gequält werden. Mich schaudert.

Herr Düker erklärt mir den Tagesablauf, der geregelt und immer gleich ist. Bis auf die Wochenenden.

Alle Gefangenen arbeiten irgendetwas. Mit ein wenig Glück kann man etwas tun, was seinen Neigungen entspricht.

Ich könnte eine Ausbildung zur Maßschneiderin absolvieren und möglicherweise nach der Haft in diesem Beruf arbeiten. Doch ist Schneidern überhaupt nicht meine Welt. Über meinen Arbeitsplatz werden wir zu einem anderen Zeitpunkt sprechen.

Gearbeitet wird von sieben Uhr am Morgen bis 11:20 Uhr. Dann beginnt die Mittagspause. Im Aufenthaltsraum wird das Essen eingenommen. Gleichzeitig mit dem Mittagessen werden Abendessen und das Frühstück für den nächsten Morgen ausgegeben. Jede Frau hat ein eigenes Fach für Vorräte.

Nach dem Mittagessen ist von 12:30 Uhr bis 15:20 Uhr wieder Arbeitszeit. Um 15:30 Uhr beginnt die tägliche Freistunde, in der ich nach draußen, in den Gefängnis Innenhof, gehen darf. Jeden Tag eine Stunde.

Die Möglichkeiten der Freizeitgestaltung scheinen hier draußen so begrenzt wie die Fluchtmöglichkeiten.

Vor zwei Tagen habe ich mich in meiner Zelle eingerichtet. Ein kleiner Raum, in dem ich die nächsten fünf Jahre verbringen werde. Das Bild von Torge hatte ich auf das Regal über dem Bett gestellt. Schneller als es dorthin gekommen war, ist es in meinem Kleiderschrank wieder verschwunden. Ich ertrage es nicht, wie mir sein fröhliches Gesicht entgegenlacht. Hier hat Torge nichts zu suchen.

Die monatliche Besuchszeit ist auf vier Stunden festgelegt. Theoretisch wäre es möglich, dass mein Mann mich jede Woche, jeweils für eine Stunde, besuchen kommt. Das klingt verlockend. Ich denke darüber nach, wie es sein würde.

Meine Woche ist ausgefüllt durch die Arbeit in der Wäscherei. Die Pausen und die tägliche Freistunde verbringe ich meist allein. Am Samstag Besuch zu bekommen, wäre schön. Jeden Samstag eine Stunde mit Torge zusammen sein. Ein kleines bisschen gemeinsame Zeit, und nach sechzig Minuten ist alles vorbei.

Der Gedanke treibt mir die Tränen in die Augen. Torge wird gehen, ich werde bleiben. In die Zelle zurückkehren, deren Tür Abend für Abend von außen verriegelt und morgens wieder aufgeschlossen wird. In der Zelle, vor deren Tür sieben Tage in der Woche jemand früh am Morgen die Lebendkontrolle durchführt.

Wenn ich eines Tages die Möglichkeit hätte, mich zu erhängen, würde ich es tun? Eine Schere bei dem Mädel an der Nähmaschine zu entwenden, könnte gelingen. Das Bettlaken in Streifen zu schneiden, wäre dann schon keine große Herausforderung mehr. Ich werde zu einem späteren Zeitpunkt darüber nachdenken.

Jeden Samstag Besuch zu bekommen, wäre wirklich schön.

In Gedanken fülle ich einen Besucherschein aus. Die Scheine werden von der Anstalt verschickt. Torge würde von seiner Frau aus dem Knast per Post eine Einladung bekommen. Was für eine Vorstellung.

Besucher werden beim Betreten der JVA durchsucht, habe ich gelesen. Allein die Vorstellung von all den Regularien und Verfahrensweisen kann ich kaum ertragen. Wie geht es einem Besucher damit, wenn er abgetastet wird? Wie wirkt sich das auf die Beziehung aus? Glauben ist gut, Kontrolle ist besser, abtasten bringt Sicherheit. Ich rufe mich zur Ordnung. Frage mich, was die ganze Gefühlsduselei, was einer empfindet und was nicht, soll. Ich bin eine Mörderin, und die stellt keine sensiblen Fragen nach Befindlichkeiten. Wer jemandem brutal ein Messer in den Rücken rammt, fragt nicht danach, was der andere fühlt. Punkt.

Und doch ist der Gedanke da, wie es sein könnte, wenn mein Mann mich besuchen käme. Betreten würden wir einander gegenübersitzen, stets in dem Glauben, dass jedes Wort, das wir reden, mitgehört wird, auch wenn dem nicht so ist.

Süßigkeiten könnte Torge an einem Automaten ziehen, allerdings dürfen sie während des Besuches nicht verzehrt werden. Im Übrigen ist es nicht gestattet, dem Inhaftierten während des Besuches etwas zu übergeben.

Um zu telefonieren muss ich eine Genehmigung haben. Der Antrag wird geprüft und die Erlaubnis gegebenenfalls erteilt. Erst nachdem eine Genehmigung vorliegt, kann von außen Geld auf ein Telefonkonto überwiesen werden. Bisher habe ich keine Genehmigung beantragt. Telefonieren ist nur vom Flur aus möglich und jeder kann jedem dabei zuhören. Einige der Mitgefangenen scheint das nicht zu stören.

Torge und ich könnten einander schreiben. Eingehende Briefe werden geöffnet. Dem Absender ist es erlaubt, Geld und Briefmarken zu schicken, wobei das Geld nicht ausgezahlt, sondern meinem Konto gutgeschrieben würde. Was soll ich mit Geld, das auf ein Konto eingezahlt wird, was mit einem Brief, der möglicherweise zuerst von Bediensteten der Anstalt gelesen wird? Selbst wenn sie es nicht tun, sie *könnten* es tun, und das Wissen um diese Möglichkeit lässt mich darauf verzichten.

Unter diesen Umständen werde ich lieber keinen Kontakt zur Außenwelt aufnehmen.

Ich bin mit Torge an der Turnhalle der Bürgerschule verabredet. Große Plakate weisen darauf hin, dass Michael Jackson heute auf dem Schulhof ein Konzert gibt. Einige Straßen sind mit Flatterband abgesperrt. Ich will Torge anrufen, einen neuen Treffpunkt vereinbaren. Aber wo ist meine Tasche?

Mist, ich muss sie auf der Arbeit liegen gelassen haben. Klar, auf der Toilette hinter dem Spülkasten, da, wo ich sie immer ablege. Die Umhängetasche mit Portemonnaie, Handy, ein paar Schminksachen und Schlüsselbund. Zu dumm. Ich kehre um.

Das Gebäude wirkt wie ausgestorben. In der oberen Etage stoße ich auf eine kleine Gruppe von Leuten, die freitagnachmittags einen Raum für Integrationsarbeit angemietet haben. Männer, Frauen mit Kopftüchern und einige Kinder. Mit einem Kopfnicken gehe ich an ihnen vorbei Richtung Sanitärbereich. Am Ende des Flures hantiert die Putzfrau mit dem Staubsauger. Bereits vom Flur aus sehe ich durch die offen stehende Tür meine Handtasche. Erleichtert werfe ich einen Blick hinein. Ach du liebe Zeit, das Portemonnaie ist nicht da. Ausweis, Führerschein, Kreditkarte, alles futsch. Mit zittrigen Fingern suche ich nach dem iPhone. Gott sei Dank ist es nicht gestohlen worden. Ich öffne die Hülle, gebe den Code ein.

„Gib her das Ding!“

Es ist eine Männerstimme, die die Herausgabe des Gerätes fordert. Ich drehe mich um. Ein Mann mit hellblauem Hemd, rotem Schlips und einem blauen Pullover. Verängstigt reiche ich ihm das Handy.

„Und nun die Nummer, mach schon.“

Ich nenne die Zahlenkombination, die mein Handy betriebsbereit macht. Dann spüre ich einen Schlag auf den Hinterkopf.

Als ich wieder zu mir komme, liegt der Mann bewusstlos – oder ist er tot? – neben mir auf dem Boden. Ich entreiße ihm das Telefon. Ohne mich weiter um ihn zu kümmern, renne ich die Treppen hinunter auf den Ausgang zu. Die Tür ist verschlossen. Meine Güte, was mache ich? Es kommt jemand die Stufen herunter.

Der eben noch bewusstlose Mann rennt wutschnaubend auf mich zu. Noch bevor ich einen Notruf absetzen kann, ist er neben mir, greift in mein Haar und reißt meinen Kopf nach hinten.

„Das wirst du mir büßen, du Mörderin. Du wirst niemals mehr jemandem ein Messer in den Rücken stoßen."

Meine Haare fest im Griff, bugsiert er mich durch die Seitentür nach draußen. Hier wimmelt es von Menschen. Niemand will Michael Jackson verpassen. In der Menschenmenge lässt er meine Haare los.

„Lass dir nur nicht einfallen, abzuhauen", droht er. Ich spüre, dass er einen harten Gegenstand in meinen Rücken drückt. Mich packt die Angst. Vielleicht gelingt mir in einem passenden Moment die Flucht. Doch im nächsten Augenblick, als hätte er meine Gedanken erraten, greift der Mann nach meiner Hand und ritzt mit der scharfen Klinge eines Teppichmessers in meinen Unterarm. Ein wenig Blut tritt aus.

„Ein kleiner Denkzettel, dass dies kein Scherz ist. Mach also keine Zicken."

Eine Gruppe glatzköpfiger Männer geht, ihre Parolen durch die Gegend grölend, vor uns her. Im Hintergrund sehe ich Polizisten und mehrere Mannschaftswagen. Ein kleiner dicker Glatzkopf dreht sich nach mir um.

„Wat glotzte so blöd?!", schreit er mich an.

Ich zucke zusammen. „Alles gut, ich guck ja gar nicht. Ich werde bedroht, ich brauche Hilfe!"

Der Glatzkopf springt auf mich zu. Erschrocken weiche ich zur Seite.

„Bist ja 'ne richtig coole Nummer und Humor haste ooch, wenn ooch 'n bisschen Verfolgungswahn inner Birne, wa? Det Frolleinchen fühlt sick bedroht. Det ick nich lache!", brüllt die Glatze und nimmt mich in den Schwitzkasten. Er drückt so fest zu, bis ich würge und mich erbreche.

„Ausländer raus!", höre ich jemanden rufen.

Ich hocke über meinem Erbrochenen und wage nicht, hochzusehen. Jemand reißt an meinem Haar den Kopf nach hinten. Die rote Krawatte beugt sich über mich.

„Ich habe dich gewarnt."

Eine warme Flüssigkeit läuft an meiner rechten Halsseite herunter, Blutstropfen vermischen sich mit Erbrochenem. Mir wird schwindelig, der Versuch aufzustehen scheitert. Ich lande mit dem Gesicht in der Pfütze aus Erbrochenem und Blut.

Polizisten bahnen sich den Weg durch die Menge. Wenig später höre ich den Krankenwagen. Mein Verfolger ist verschwunden.

Jemand versorgt die Wunde an meinem Hals.

„Um zwei Millimeter die Halsschlagader verfehlt. Sie haben Glück gehabt."

Die Helfer legen eine Kanüle. Nachdem der Tropf angehängt ist, werde ich zum Abtransport in den Krankenwagen geschoben.

Auf dem Klinikflur wimmelt es von Menschen, die Luft ist stickig. Ich werde in ein Zimmer geschoben, wo bereits mehrere Menschen, Männer und Frauen, die ebenfalls am Tropf hängen, auf ärztliche Versorgung warten. Teilweise stehen Angehörige an ihren Betten und weinen.

Mein Kopfkissen ist nass und kalt, von Blut durchtränkt.

„Wir haben Ihren Mann benachrichtigt", höre ich jemanden sagen.

Gleich wird Torge hier sein, hallt es in meinem Kopf. Bestimmt sehe ich ganz schrecklich aus. Ich muss mich schön machen.

Ich schäle mich aus dem Bett, schaue in den Spiegel über dem Waschbecken. Ich rupfe den blutdurchtränkten Verband von meinem Hals. Ein Stück Haut klafft auf, aus der Wunde schießt Blut heraus. Panisch reiße ich das Handtuch vom Haken und wickle es fest um meinen Hals.

Ich wasche das angetrocknete Blut aus meinem Gesicht und suche in meiner Handtasche nach dem Lippenstift. Gleich wird Torge hier sein. Wo ist der Lippenstift? Hektisch schütte ich den Inhalt der Tasche in das Waschbecken. Mit dem Lippenstift malt meine Hand in schrillem Rot einen hervorstechenden Mund in ein blasses Gesicht. Ein Gespenst blickt mir entgegen.

Ich sehe Menschen um mich herum, kenne niemanden. Der Raum ist erfüllt von Winseln, Stöhnen und Weinen. Ein Ort des Sterbens. Ich werde auch sterben, mit schrillroten Lippen.

Ein Mann bahnt sich den Weg durch die Menge, und während ich zu Boden sinke, erkenne ich, dass es Torge ist. Er fängt mich auf, bringt mich auf das Bett.

„Um Gottes Willen, Britta. Was ist passiert? Ich rufe einen Arzt!"

„Torge, mein Lieber, du bist zu spät. Gerade ist unser Baby gestorben. Hat man dir unseren süßen kleinen Jungen gezeigt?"

Dann wird es Nacht um mich herum.

Der nebulöse Traum hat mich verwirrt.

Einundfünfzig Tage sind seit meiner Inhaftierung vergangen. Torge und ich telefonieren einmal die Woche, immer mittwochs. Er will mich unbedingt besuchen kommen. Bisher habe ich abgelehnt. Darüber ist mein Mann unglücklich. Doch da unsere Telefonate stets in einem Streit enden, würde ein Besuch nicht anders verlaufen.

Sobald ich daran denke, ist die Vorstellung unerträglich, meinen Mann in sein gewohntes Leben zurückkehren zu sehen, während ich hinter verschlossenen Türen und Stacheldrahtkringeln über einer hohen Mauer zurückbleiben müsste. Da wäre ein hysterischer Abschied vorprogrammiert.

Seit dem Traum vor einigen Tagen gehe ich mit dem Besuchsgedanken anders um. Etwas in mir hat sich geändert. Wie von null auf hundert habe ich plötzlich das dringende Bedürfnis, meinen Mann zu sehen, mit ihm zu reden. Es fühlt sich an wie etwas, das keinen Aufschub duldet. Ein Stimmungshoch überkommt mich bei dem Gedanken. Ich fülle einen Besucherschein aus.

Torge und ich vereinbaren einen Besuchstermin, den ich auf dem Schein eintrage. Die Anstalt wird ihn versenden. Frau Pilz sagt, es freue sie, dass ich mich für einen Besuch entschieden habe. Etwas, an das ich nicht geglaubt habe, hat dieser Traum in Gang gesetzt. Ich habe plötzlich eine große Sehnsucht nach meinem Mann.

Auch Torge ist total aus dem Häuschen. Wir können den Termin kaum abwarten. Die Wahrnehmung des

Gefühls von Freude zählt zu den Veränderungen, die den Beginn einer Wende einläuten. Meine Vorstellung davon ist nicht konkret, aber sie ist gut.

Heute ist Mittwoch, am Ende unseres Telefonats haben Torge und ich nicht gestritten, das ist positiv und neu. Bis zu seinem Besuch sind es noch sechs Tage.

Ich trage mein graues Kleid und habe die Haare an den Seiten hochgesteckt. Vor Aufregung sind meine Wangen gerötet. Ich spüre eine große Freude in mir, meinen Mann nach so langer Zeit zu sehen. Dann ist es so weit.

Torge strahlt mir entgegen, als ich den Besucherraum betrete. Ich bin im ersten Moment unsicher, doch als er mich in den Arm nimmt, fällt die Anspannung von mir ab.

„Ich habe deine Lieblingsschokolade mitgebracht, man wird sie dir später geben. Ich freue mich, dich zu sehen."

„Danke, ich vermisse Schokolade. Schön, dass du da bist."

Ich komme mir vor wie ein Kleinkind, das seine Süßigkeiten zugeteilt bekommt.

Wir sitzen einander an einem kleinen Tisch gegenüber. Außer uns sind keine weiteren Leute im Raum. Ich sehe Torge an und denke, dass ich fast vergessen hatte, wie er aussieht. Ich erzähle von meinem Tagesablauf, von der Arbeit und einsamen Abenden in der Zelle.

„Kannst du mir etwas Geld hierlassen?", flüstere ich ihm zu.

„Klar, nur wie soll es von mir zu dir über den Tisch gelangen? Geld darf ausschließlich auf dein Konto eingezahlt werden. Was hast du vor damit?"

„Hast recht", sage ich.

Torge sieht mich verständnislos an. „Ich soll dir Grüße bestellen von Nele aus der Osterhusumer Straße."

Erfreut über den Gruß habe ich im nächsten Augenblick eine großartige Idee. „Vielleicht hat sie Lust, mich zu besuchen. Magst du sie fragen? Ich glaube, sie würde es tun."

Torge sieht mich verwundert an. „Du überraschst mich. Aber schön. Ich freue mich, wenn du Kontakt aufnimmst. Klar, ich frage sie."

Viel zu schnell ist die Besuchszeit um.

„Wirst du mir wieder einmal eine Einladung schicken?" Torge lächelt. „Ich würde mich freuen."

„Ja, das werde ich. Dein Besuch hat mir gutgetan und ich freue mich auf die Schokolade. Danke."

Torge umarmt mich und ich schaffe es, nicht das Gefühl des Verlassenwerdens zu bekommen. Irgendwie bin ich ganz glücklich.

In einem Monat habe ich Geburtstag. An einem Samstag. Vielleicht kommen Torge und Nele gemeinsam vorbei? Wir könnten eine kleine Torte ... Ach nein, das können wir leider nicht. Aber möglicherweise macht die Anstaltsleitung eine Ausnahme, weil ich Geburtstag habe und mich auch sonst unauffällig verhalte? Eventuell bekomme ich die Erlaubnis für ein Geburtstagskaffeetrinken mit Schokoladentorte, gespickt mit Waffelröllchen und einer ganz besonderen Füllung.

Ich gehe zurück in meine Zelle und mache ein paar Eintragungen in mein Tagebuch.

Am Abend telefoniere ich, obwohl heute nicht Mittwoch ist, mit Torge. Er wird morgen mit Nele reden und mir ihre Telefonnummer mitteilen.

„Bitte erzähl ihr davon, dass ich dich gebeten habe, mir etwas hierzulassen."

„Verstehe ich nicht. Was sollte ich dir ... Ach so, das meinst du. Sag mal, muss ich mir Sorgen machen? Aber okay, ich sag's ihr."

„Vielleicht überlegt ihr gemeinsam, womit ihr mich an meinem Geburtstag überraschen könnt. Nele ist eine ausgezeichnete Bäckerin. Vielleicht mag sie eine Minitorte für uns backen. Möglicherweise bekomme ich die Erlaubnis für ein gemeinsames Kaffeetrinken mit selbst gemachter Torte. Schokotorte mit ganz besonderer Füllung. Euch wird schon etwas einfallen."

„Irgendwie bist du mir heute ein bisschen unheimlich."

„Ich mir auch, aber es tut gut."

Tatsächlich, es hat geklappt. Nele erhielt die Erlaubnis, einen Kuchen für mich mitzubringen.

Die heitere Stunde zu dritt mit der weltbesten Schokoladentorte werde ich nie vergessen. Natürlich schafften wir die ganze Torte nicht. Außerdem brachte sie mein Lieblingsgebäck, Waffelröllchen mit Schokoladenüberzug, mit. Ich fühle mich unbeschwert wie selten. Torge ist irritiert von meinem Verhalten. Nicht, dass er sich nicht freut, dass es mir gutgeht. Er versteht nur den plötzlichen Stimmungswandel nicht.

Es ist sechzehn Uhr, die Besuchszeit vorbei.

In einer Stunde treffe ich mich mit einigen Frauen im Gemeinschaftsraum. Dann wird der Rest der Torte zum Vertilgen freigegeben. Die Tüte mit den Waffelröllchen bringe ich in meine Zelle. Ich werde sie am Abend anknabbern und den essbaren Teil aufschnabulieren.

Ich bin stolz auf das, was, wenn alles wie geplant verläuft, in den folgenden Stunden hier abgehen wird. Eine unvorstellbar komische, aber auch einmalig konzipierte Geschichte. Mit den Mädels habe ich ein Komplott geschmiedet. Einerseits sind wir alle Kriminelle, andererseits aber eine verschworene Gemeinschaft, ein zuverlässiges Team. Ich bin sicher, es wird klappen. Sechs Frauen machen mit, das reicht. Mona ist Krankenschwester. Ihrem Fachwissen entspringt die Idee für diesen absolut genialen Plan. Sie stellt auch das Mittel zur Verfügung. Knastfrauen, die neidlos einer Mitinsassin das ermöglichen, was sie für sich selbst gerne bewerkstelligt hätten, das ist schon ganz großes Kino.

Wir veranstalten ein Riesenspektakel im Gemeinschaftsraum und laden Herrn Brehm, den diensthabenden Beamten, zu Torte und Plätzchen ein, doch er lehnt schmunzelnd ab.

Kurze Zeit nach unserer Tortenschlacht findet man die Mädels in ihren Zellen, jede einzelne mit Brechdurchfall ans Klo gefesselt. Morgen werden wahrscheinlich Maßnahmen gegen Dehydrierung eingeleitet, wie ich von Mona weiß. Notfalls müssen Infusionen gelegt werden. Damit wird der ärztliche Dienst ganz schön zu tun haben. Danke, Mona.

Zehn Waffelröllchen habe ich aufgefuttert, und ich weiß nicht, ob mir von dem Gebäck oder vor Aufregung übel wird. In meinem Zahnputzglas stecken insgesamt zehn, auf minimale Größe zusammengerollte Fünfzigeuroscheine. Ich lege den ersten an einen Tampon und sichere ihn mit einem Gummiring. Die übrigen neun schiebe ich ebenso unter das Gummi rund um den Tampon herum. Das sieht schon mal gar nicht schlecht aus. Das ganze Konstrukt schiebe ich in die spitze Ecke eines Gefrierbeutels, trenne mit den Zähnen die überstehende Folie ab. Mit einem weiteren Gummiring schnüre ich alles zu einer Einheit zusammen. So wird es gehen. Ich platziere den Tampon an der dafür vorgesehenen Stelle. Die Reste des Gefrierbeutels verstecke ich unter den Einlegesohlen meiner Schuhe.

Dann lege ich mich schlafen.

Der Beamte Brehm traut seinen Augen nicht. Frau Bergmann liegt am Boden in ihrer Zelle. Er setzt einen Notruf ab, dann öffnet er die Zellentür. Der Körper der Frau zuckt unkontrolliert, die Muskulatur ist verkrampft, die Augen sind verdreht. Die Frau scheint ohnmächtig. Er kontrolliert die Atmung, keine.

„Nicht noch 'n Fall!", entfährt es der Ärztin, als sie die Zelle betritt.

„Die Anzeichen sprechen für einen epileptischen Anfall, wir warten, bis sie wieder zu sich kommt. Geben Sie mir bitte das Kopfkissen."

Sie schiebt das Kissen unter den Kopf der am Boden liegenden Frau.

„Es sieht dramatischer aus, als es ist. In ein paar Minuten wird der Anfall vorüber sein. Dann sehen wir weiter. Ich bleibe bei ihr, Sie können Ihren Rundgang fortsetzen. Danke."

Die Zuckungen lassen nach und die Patientin schaut irritiert. *Das Krampfen hat länger als fünf Minuten gedauert und ebenso hält die Erschlaffung der Muskulatur an. Ich werde sie ins Krankenhaus bringen lassen. Die Krankenstation ist mit den Durchfallpatientinnen schon überbelegt. Frau Bergmann noch dazu, das würde unsere Kapazitäten restlos überfordern,* denkt Doktor Petersen bei sich. Beruhigend spricht sie Britta Bergmann an.

„Kommen Sie, ich helfe Ihnen auf das Bett. Ich werde Sie in die Klinik bringen lassen, dort wird man Sie gründlich untersuchen. Ruhen Sie sich aus, bis der Krankenwagen eintrifft. Möglicherweise werden Sie einige Tage zur Beobachtung dort bleiben müssen. Hatten Sie früher schon einmal so einen Anfall?"

Ich schüttle den Kopf, liege mit geschlossenen Augen auf dem Bett und warte.

Zufrieden mit dem bisherigen Ablauf klopfe ich mir zu meinem offensichtlich realistisch inszenierten epileptischen Anfall auf die Schulter. Ein bisschen werde ich mich noch ausruhen, dann die Utensilien für meinen persönlichen Gebrauch zu meinem Tagebuch in den Rucksack stecken. Auf jeden Fall brauche ich das Tagebuch.

Eine knappe halbe Stunde später sitze ich neben einer Polizistin der JVA in Handschellen im Krankenwagen. Wegen der prekären Situation auf der Krankenstation ist nur eine Beamtin abkömmlich, was für mein Vorhaben nicht ungünstig ist.

Die Aufnahme der Personalien, Anamnese, Untersuchungen, Blutabnahme, MRT, das alles dauert mehrere Stunden. Nach dem Vorliegen des Befundes folgt die Aussage des Arztes.

„Die Auswertung der MRT-Aufzeichnungen hat ergeben, dass weitere Anfälle möglich sind. Wir werden Sie zur Beobachtung hierbehalten. Treten innerhalb der nächsten achtundvierzig Stunden keine neuen Anfälle auf, können Sie zur weiteren Behandlung einen niedergelassenen Neurologen aufsuchen."

Bingo, Bingo, Bingo! Was will ich mehr?

Die Handschellen wurden während der Untersuchung abgenommen und bis jetzt nicht wieder angelegt.

Jetzt brauche ich ein Bett und einen günstigen Moment, dann bin ich weg, dann bin ich auf der Flucht!

Oh Gott, geht es mir durch den Kopf. *Auf der Flucht, drei Worte mit einer so großen Bedeutung. Während eines*

Klinikaufenthaltes geflohen! Nur nicht in großen Dimensionen denken. Step by Step. Was, wenn sie mich schnappen? Es darf, nein, es wird nichts schiefgehen.

Meine Hände sind feucht, ich werde ein bisschen nervös.

„Ist Ihnen nicht gut?", fragt die Schwester, die meine Unruhe bemerkt.

„Ein bisschen schwindelig, sonst nichts."

„Kommen Sie, ich nehme Sie schon mal mit auf Station, da können Sie es sich im Bett gemütlich machen."

Wie nett die Leute hier sind. Gelassen kann ich im Bett meine Flucht planen, während meine Mitinsassinnen von Magengrummeln und Durchfällen geplagt auf Besserung warten. Sorry, Mädels, und danke.

Mit dem Aufzug fahren wir in den zweiten Stock. Die Schwester geht voran, hinter mir die Beamtin. Ich denke an meinen großen Plan und meine Knie werden ein bisschen weich.

Ich schaffe das!

Das Zweibettzimmer ist hell und freundlich. Meine Bettnachbarin, eine alte Dame um die achtzig, scheint schwerhörig. Jedenfalls sieht sie aus dem Fenster, als die Schwester die Tür öffnet, und schaut auch nicht auf, als sie angesprochen wird. Na ja, mein Aufenthalt wird von kurzer Dauer sein, hoffentlich. Meinen Rucksack lege ich auf das Bett. Die Polizistin sagt, dass sie auf dem Flur vor der Zimmertür Wache halten wird. Am Abend soll ein Kollege zur Ablösung kommen.

Wenn etwas ist, soll ich Bescheid geben, meint die Schwester. Ich sage, dass ich gerne duschen würde, ich fühle mich so erschöpft und verschwitzt. Das sei kein Problem. Ich nicke kurz zu der Oma rüber, die inzwischen mitbekommen hat, dass sie nicht mehr allein im Zimmer ist. Sie nickt zurück.

„Ich möchte nicht, dass Sie abends so lange fernsehen, bei dem Geflimmer kann ich nämlich nicht schlafen", lässt sie mich wissen.

„Da werden wir uns schon einig", sage ich, wohl wissend, dass sie es nicht hört.

„Frau Bergmann sieht überhaupt nicht fern", wirft die Polizistin ein. Tatsächlich, weder das eine noch das andere scheint die Omi verstanden zu haben. Ich nicke wieder zu ihr rüber. Sie lächelt mich an.

Die Schiebetür zum Bad lasse ich ein Stückchen offen. Meine Kleidung lege ich auf dem Hocker ab, stelle die Dusche an. In diesem Augenblick spüre ich einen Anflug von Freiheitsgefühl und weiß ganz genau: Alles wird gut.

Es ist Zeit für den Tampon. Ich entferne ihn, spüle die Folie ab. Plötzlich schiebt jemand die Tür auf. Ich glaube, mir bleibt das Herz stehen vor Schreck.

„Es tut mir leid, aber ich muss so dringend aufs Klo. Ich kann nicht warten, bis Sie endlich fertig geduscht haben, junge Frau."

Die Omi kommt einfach, während ich dusche, herein, macht ihr Geschäft und verlässt wieder den Raum.

Besser sie als jemand anders, denke ich. *Immerhin hat sie die Tür wieder zugeschoben.*

Gleich darauf geht die Zimmertür auf, ich höre die Frage der Polizistin, ob alles in Ordnung sei.

„Wie bitte?", fragt die alte Dame.

In Ruhe zu duschen habe ich mir anders vorgestellt.

Ich baue den Tampon auseinander. Das Stückchen Folie wird die Toilette nicht verstopfen. Ich wickle sie in Klopapier und spüle. Für den Tampon benutze ich den Hygienebeutel. Die Geldscheine rolle ich auseinander und lege sie zum Glätten in mein Tagebuch, das ich in den Rucksack zurückstopfe. Ein ganz entscheidender Teil meines Vorhabens ist hiermit schon einmal richtig gut gelungen. Zufrieden lege ich mich aufs Bett.

Den zweiten Tag bin ich jetzt auf der Station. Langsam werde ich ein bisschen nervös. Bisher hat es keinen Moment gegeben, in dem ich unbeobachtet gewesen wäre.

Am ersten Abend hatte ich wegen der Schnarcherei meiner Bettnachbarin das Zimmer verlassen, um auf dem Flur ein wenig auf und ab zu gehen. Der allgegenwärtige Wachposten der JVA gestattete es mir aus Mitgefühl, begleitete mich allerdings. Ich nutzte die Gelegenheit, um zu schauen, wo sich Ausgänge, Aufzüge und Ähnliches befinden.

Wenngleich die Präsenz des Aufpassers die Hoffnung, unbemerkt zu entkommen, ein wenig überschattet, stelle ich mit Erleichterung fest, dass sich neben meiner Zimmertür, gleich um die Ecke, das Treppenhaus und die Notausgänge befinden. Unentwegt kreisen meine Gedanken um das Versprechen, das ich mir selbst gegeben habe, und um den Einsatz der Mädels, die mir die einmalige Chance ermöglichten. Aber die Luft wird dünn.

Ich werde es schaffen!

Die Übergabe der Entlassungspapiere zieht sich in die Länge. Offensichtlich haben die Mitarbeiter der Station um diese Zeit alle Hände voll zu tun. Die Oma im Nachbarbett hat Durchfall, sie wird gewindelt.

Frau Pilz rollt mit den Augen. „Das kann ja wohl nicht ... Kommen Sie, wir gehen die Unterlagen persönlich abholen. Wer weiß, wann das hier alles abgearbeitet ist."

Ich schnappe meinen Rucksack und folge ihr. Sie vergewissert sich, dass ich hinter ihr herlaufe.

Sie hätte mich vorgehen lassen sollen!

Einige Ärzte und Schwestern kommen uns entgegen, in ihrer Mitte der Wagen mit den Patientenakten. Als die Frauen und Männer im weißen Kittel in einem Zimmer auf der von mir aus rechten Flurseite verschwinden und ich ihnen ausweichen muss, mache ich, flink wie ein Wiesel, kehrt und bin durch die Glastür im Treppenhaus nach unten unterwegs. Frau Pilz wird just in diesem Augenblick das Schwesternzimmer betreten und einen Schock erleiden.

Völlig außer Atem komme ich im Foyer an. Ich gehe mit forschem Schritt, jedoch nicht hektisch, an der Information vorbei.

„Auf Wiedersehen", nicke ich den Damen zu und gehe durch die Drehtür auf das Taxi zu, aus dem gerade ein Fahrgast ausgestiegen ist.

„Sind Sie frei? Ich möchte in die Stadt", sage ich. „Breite Straße. Setzen Sie mich einfach in der Nähe ab."

Ich erinnere mich, dass das Café Niederegger in der Breiten Straße liegt. Der Taxifahrer setzt den Blinker und verlässt das Krankenhausgelände. Vor Erleichterung muss ich heulen.

Hoffentlich geht keine Fahndung raus, bevor ich das Taxi verlassen habe.

„Sie sind nicht von hier?"

„Nein, ich komme aus Düsseldorf. Habe meine Oma im Krankenhaus besucht. Wahrscheinlich war es das letzte Mal, das nimmt mich ein bisschen mit. Ich möchte auf andere Gedanken kommen und ein wenig durch die Geschäfte schlendern."

„Vergessen Sie nicht, dem Café Niederegger einen Besuch abzustatten. Das sollten Sie sich wirklich nicht entgehen lassen. Köstlich, sage ich Ihnen. So, da sind wir schon."

„Vielen Dank für den Tipp", sage ich, muss mich zusammenreißen, um nicht übereilt aus dem Auto zu steigen. Von Weitem sehe ich die Großbuchstaben C&A. Schnurstracks steuere ich darauf zu, tauche im Kaufhausinneren in der Menschenmenge unter.

Rasch habe ich einen Sweater, Unterwäsche, eine Schirmmütze, Flip-Flops und eine große Umhängetasche, in der ich meinen Rucksack verstauen kann, gekauft. In der Kundentoilette ziehe ich mich um.

In einer Fielmann-Filiale kaufe ich eine Hornbrille in Braun mit Riesengläsern und eine Sonnenbrille in Rot. Auf die Frage der Verkäuferin, ob ich die Brille ohne Sehstärke wünsche, antworte ich, dass ich eine Brillensammlung von nahezu dreißig Modellen habe.

„Einige haben an die hundert Paar Schuhe, ich bin ein Brillennarr."

„Sagen Sie nur. Hätte nicht gedacht, dass es das gibt. Ich muss, weil ich hier arbeite, eine Brille tragen, obwohl ich auch nur Fensterglas drin habe. Das finde ich manchmal ganz schön nervig. Aber gut zu wissen, dass es Leute gibt, die das freiwillig tun."

Ich zahle. Mein Weg in die Freiheit beginnt.

Unaufgeregt gehe ich runter an den Hafen.

Ein Stein auf dem Gehweg bringt mich zum Sturz. Mein Knie schmerzt. Ich schiebe das Hosenbein hoch, um nachzusehen, ob Haut abgeschürft ist oder die Stelle gar blutet.

„Na, alles noch dran?", fragt der Mann neben mir, der den Sturz beobachtet hat.

„Alles in Ordnung", sage ich.

Er steigt in seinen Lkw und lässt den Motor an. „Täglich nach Sylt und zurück" steht in großen Buchstaben auf der Lkw-Plane. Wie aus heiterem Himmel habe ich plötzlich eine Idee. Wie wild fuchtle ich mit den Armen, renne auf den Lkw zu. Der Fahrer ist einverstanden. Wenig später klettere ich auf den Beifahrersitz ins Führerhaus. Das Geräusch des laufenden Motors ist Balsam, nicht nur für meine Ohren.

„Ich heiße Josef."

„Bri-gitte", sage ich. Beinahe wäre mir Britta herausgerutscht.

„Zuerst habe ich gedacht, du bist die Gefängnisinsassin, die heute geflohen ist", sagt er nach einer Weile und sieht zu mir herüber. Zutiefst erschrocken, aber geistesgegenwärtig sage ich: „Klar, bin ich. Wärter niedergestochen, Polizistin verprügelt und abgehauen. Die Beschreibung passt doch haargenau, oder?"

Nun guckt er schon ein bisschen erschrocken.

„War 'n Scherz, Mann. Ich kann dich beruhigen. Hier, ich zeig dir meinen Perso. Moment."

Ich greife nach meiner Tasche.

„Nee, lass mal stecken, war auch ein Scherz meinerseits."

Ich bluffe und lege nach.

„Also, nun mal Scherz beiseite. Ist wirklich jemand aus dem Gefängnis abgehauen? Aus welchem und wann?"

Er erzählt, eine Insassin aus dem Frauengefängnis der JVA sei während eines Krankenhausaufenthaltes geflohen.

„Wusste gar nicht, dass es hier ein Frauengefängnis gibt. Aber ehrlich, ich freue mich immer, wenn es jemand trotz hoher Sicherheitsvorkehrungen schafft, auszubüxen. Wie damals, der Bankraub von England. Irgendwie hab ich die bewundert. Allerdings, wenn Sexualtäter Freigang haben und die Gelegenheit zur Flucht nutzen oder so etwas in der Art, dann habe ich Zweifel an den Leuten, die Gutachten schreiben und damit den Kerlen die Möglichkeiten einräumen. Da komm ich nicht so wirklich mit klar.

Ich könnte mir nicht vorstellen, mein Leben im Gefängnis zu verbringen. Auf jeden Fall würde ich einen Fluchtversuch unternehmen. Da gruselt es einen doch schon bei dem Gedanken, sein Leben in einer kleinen, dunklen, vielleicht sogar schmutzigen Zelle zu verbringen."

„Ich hab mal jemanden gekannt, der im Gefängnis gearbeitet hat. Soll gar nicht so schlimm sein. Man könnte das Gefühl haben, in der Reha zu sein, nur, dass am Abend die Zellentür abgeschlossen und morgens wieder geöffnet wird. Ansonsten soll's denen da drinnen gar nicht schlecht gehen. Wenn es nicht gerade Radaubrüder sind, die Krawall machen und sich untereinander nicht grün sind.– Ach du Scheiße. Da vorne, Polizei."

Ich erstarre vor Schreck.

„Klettere mal hinten rauf, ich darf nämlich keine Personen mitnehmen. Will keine Schwierigkeiten kriegen, weißt du? Zieh den Vorhang wieder ordentlich hin. Am besten lässt du ihn halb offen. Ja, gut so."

„Und du meinst, ich sollte keinen Mucks sagen?", scherze ich.

„Mach mir keine Schwierigkeiten bitte."

Josef wird angehalten. Er lässt die Scheibe runter. Der Polizist fragt, ob ihm eine Frau aufgefallen sei. Dann höre ich die Beschreibung einer Person, der ich äußerlich nicht mehr sehr ähnlich sehe.

„Nee, so eine ist mir nicht über den Weg gelaufen."

„Dann wünsch ich Ihnen weiterhin eine gute Fahrt. Sollten Sie einer Frau begegnen, auf die die Beschreibung passt, geben Sie uns bitte unverzüglich Bescheid."

„Klar, mach ich. Ich halte die Augen offen. - Kannst wieder runterkommen."

„Ist ja richtig gemütlich da hinten. Schläfst du da manchmal? - Weißt du, im Grunde bin ich tatsächlich auf der Flucht."

Schon wieder habe ich Josef verunsichert. Ist irgendwie ein nettes Spielchen.

„Entspann dich. Auf der Flucht vor meinem Typen, der mich so was von mies behandelt. Zuerst wollte ich zur Polizei gehen und ihn anzeigen, aber damit bringe ich ihn auch nicht hinter Gitter, muss immer weiter Angst haben, dass er mich verprügelt. Mit dem Gedanken zu leben, ist auch kein Zuckerschlecken. Da hau ich doch lieber mal 'ne Weile ab. Und auf der Insel wird er nicht nach mir suchen. Ich hab auf Sylt 'ne Tante, da kann ich hin. Sie weiß zwar noch nichts von ihrem Glück, aber das wird.

Vielleicht kann ich da drüben bei irgendwem in der Gastronomie arbeiten, in einem kleinen Café oder so.

Ich war mal in Keitum in der Kleinen Teestube, allerliebst, sag ich dir. Da werde ich nach einer Beschäftigung fragen.

Kann ich mich 'n bisschen in die Koje legen? Bin total erschossen. Hab ein paar Nächte kaum ein Auge zugetan. Das ewige Vor-deinem-Kerl-auf-der-Hut-sein ist ganz schön anstrengend."

„Klar, mach. Wo willst du denn aussteigen?"

„Wo fährst du denn hin?"

„Nach Sylt."

„Na dann."

Josef lässt mich schlafen. Er ist ein richtiger Kumpel. Er holt mich aus dem Tiefschlaf, als er den Motor ausstellt und mich anspricht.

„So, da sind wir. Von hier aus kommst du überall hin. Bus, Bahn, Taxi."

Ich kletterte aus dem Truck.

„Ich wünsch dir viel Glück auf der Insel. Wenn ich deinem Typen begegne, polier ich ihm sonst was."

Ich hebe meine Hand zum High five. Er schlägt ein. Diese Aktion kann in der Tat als gelungen abgeklatscht werden.

„Tschüss und danke. Bist 'n netter Kerl."

Als Josef außer Sichtweite ist, lege ich ihm einen Fünfziger auf den Sitz. Ich werde für mich nur noch wenige Euros benötigen. Also, was soll ich mit dem Geld? Josef hat mir echt geholfen, außerdem ist er wirklich nett. Dass ich jetzt auf Sylt gelandet bin, hätte besser nicht sein können.

Auf dem Weg in die Friedrichstraße besorge ich mir aus der Apotheke rezeptfreie Schmerztabletten.

Bei Gosch bestelle ich einen luxuriösen Fischteller, trinke Weißwein dazu. Ich fühle mich gut, genieße die frühabendliche Stimmung und die gut gelaunten Menschen um mich herum. Mit meinem neuen Outfit habe ich keinerlei Sorge, als die gesuchte Person aus der JVA erkannt zu werden. Besonders die große Hornbrille macht aus mir eine andere.

Die Nacht habe ich im Freien verbracht. Ich gebe zu, gestern von Gosch unbemerkt eine Vliesdecke mitgenommen zu haben. Sie passte prima in meine Umhängetasche. So war es weder kalt noch unbequem. Die Decke wärmte mich, meine Tasche diente als Kopfkissen.

Am Strand von Westerland sehe ich den auf den Strand ausrollenden Wellen zu. Ich mache mich auf den Weg, den Stätten der Erinnerung an glückliche Tage auf der Insel einen letzten Besuch abzustatten.

In der Kleinen Teestube in Keitum mache ich letzte Eintragungen in mein Tagebuch. Ich lasse es Herrn Lüders zukommen. Bei ihm wird es in besten Händen sein. In ein paar Tagen wird man es für mich abschicken.

Vom Kamm der Düne in Rantum schaue ich auf die Brandung. Hier ist die schmale Taille von Sylt, zwischen den Meeren gelegen. Dann und wann sehe ich Menschen aus der Strandsauna, die sich zum Abkühlen in die Wellen stürzen. Ich gehe zurück und überquere den Campingplatz, hätte Lust, eine Zeit lang in einem der mobilen Wohnheime zu verbringen, doch das muss ich wohl verschieben.

Ich komme nach Hörnum, zur südlichsten Spitze der Insel. Einst unser Favorit, der sonnige Süden mit seinem wunderbaren Leuchtturm. An der Westseite die tobenden Wellen, an der Ostseite im Lee können Eltern ihre Kinder unbeaufsichtigt planschen lassen.

Der malerische Hafen mit Segelbooten und ihren weißen Masten. Der Wind spielt geräuschvoll mit den Segeln der Katamarane.

Ich tauche ein in die Erinnerung an den unvergesslichen Sonnenuntergang, den wir genau an dieser Stelle erlebten. Er war Gänsehaut und Weltuntergang zugleich. Hier, an dem Ort, wo einem die Nordsee zu Füßen liegt.

Ich bestelle eine Flasche Rotwein und sehe, während ich Wein trinke und Tabletten schlucke, auf das Meer.

Lieber Torge,

auf der Terrasse unseres Lieblingsrestaurants in Hörnum genieße ich den traumhaften Blick auf die im Meer versinkende Sonne. Erinnerst du dich, wie wir auf der Außenterrasse des Restaurants den atemberaubenden Sonnenuntergang erlebten, dem wir eng aneinander gekuschelt zugeschaut haben? Wir glaubten, der Himmel würde brennen, als die Sonne sich anschickte, in das Meer einzutauchen.

So glühend wie das Rot der untergehenden Sonne war unsere Liebe. Eine Zeit, in der ich dem siebten Himmel näher nicht hätte sein können. Wir taumelten vor Glück vom Tag in die Nacht und wieder in einen neuen Tag.

Jetzt, im Augenblick des Abschieds, spüre ich dieselbe Nähe, die Nähe zu dir, zu unserem siebten Himmel. Sie ist so intensiv, dass es schmerzt.

Erinnerst du dich, wie wir uns an den Händen hielten, den Wellen entgegenstürmten und uns von ihnen an den Strand zurückwerfen ließen? Immer wieder sprangen wir hinein in die hohe Dünung.

Ich höre dein fröhliches Lachen.

Hier verbrachten wir unsere ersten gemeinsamen Urlaubstage. Es war die glücklichste Zeit meines Lebens.

Gleich wird der Schmerz vorbei sein.

Sobald meine Zeilen auf dem Weg zu dir sind, werde ich in die Brandung gehen. Unser ungeborenes Kind nehme ich mit. Verzeih mir, dass du es nicht kennenlernen wirst.

Immer weiter werde ich hineingehen in die Wellen, bis sie mich aufnehmen, forttragen, bis das Wasser mir meine Sinne nimmt. Im Sinken werde ich Leichtigkeit spüren, um mich herum wird Helligkeit sein und in dem Licht werde ich die Konturen unseres ungeborenen Kindes sehen.

Irgendwann wird mich das Meer wieder freigeben und an Land spülen. Dann werde ich, und das ist meine letzte Bitte an dich, ein Grab auf Sylt haben und meinen Frieden finden.

Lebe wohl, Torge, ich danke dir für eine schöne gemeinsame Zeit.

Deine Britta

Ich falte den Brief zusammen und stecke ihn in den frankierten Umschlag. Direkt vor dem Haus ist ein Postkasten, nächste Leerung: Morgen um elf Uhr.

Ich kehre zurück zu der fast leeren Weinflasche.

„Wo soll's denn hingehen?", fragt der Ober, nachdem ich die Rechnung beglichen habe.

„Ein bisschen den Wellen am Strand zusehen", sind meine letzten Worte, die mir in meinem alkoholisierten Zustand etwas schwer über die Lippen kommen.

„Passen Sie auf sich auf!"

Der Urlaub von Gerda und Rudi Palzer ist zu Ende. Sie haben ihr Auto für die Rückreise gepackt.

„Ich hätte Lust auf einen Spaziergang am Strand, bevor wir die Fahrt antreten. Die meisten Touristen schlafen noch um diese Zeit, wir hätten den Strand für uns alleine."

„Gute Idee", entgegnet Gerda.

Rudi fährt Richtung Rantumer Campingplatz. Auf einem Besucherparkplatz vor der Schranke stellt er das Auto ab. Sie gehen an der Straße entlang zur Fußgängerampel. Während sie auf Grün warten, sagt Gerda plötzlich: „Schau mal, Rudi, dort im Graben, eine Leiche!"

„Ich sehe keine Leiche."

„Siehst du nicht den blauen Müllsack im Graben? Dass der nicht leer ist, sieht man doch, oder? Ich wette, da hat einer seine Frau abgemurkst."

Rudi stupst seiner Frau liebevoll in die Seite. „Lass diese Scherze, Gerda. Ich hab einen ganz schönen Schreck bekommen."

Sie überqueren die Straße, nehmen die Holzstufen zur Düne hinauf, um an den Strand zu gelangen. Sie lieben diesen kleinen Pfad, sind ihn schon oft gegangen. Auf halbem Weg schaut Gerda sich um: „Sieh mal, dieser herrlich gelegene Campingplatz. Es muss wunderbar sein, mit dem Wohnwagen oder Wohnmobil in der ersten Reihe zu stehen. Du kannst auf das Rantumbecken schauen oder auf der anderen Seite mit wenigen Schritten das offene Meer erreichen!"

Gerdas Begeisterung für Urlaub auf dem Campingplatz bleibt Rudi nicht verborgen. Hoffentlich wird das nicht wieder eine Endlosdiskussion.

„Bei schönem Wetter schon, aber lass es mal eine Woche lang regnen. Da lob ich mir die Ferienwohnung mit Blick in die Weite. Also ich ziehe die Wohnung vor. Aber jetzt lass uns bitte nicht wieder diskutieren, ob wir ein Wohnmobil anschaffen oder nicht. Ich dachte, das Thema wäre ein für alle Mal vom Tisch!"

„Trotzdem ist es in einem Wohnmobil in dieser Lage allererste Sahne. Dieser Campingplatz ist bekannt für sehr komfortable Mobilheime. Mit Wohnzimmer und Küche, Schlafzimmer, eigenem Bad und WC ausgestattet, sind sie mindestens genauso attraktiv wie eine Wohnung. Dazu noch die Außenterrasse mit Markise und Gartenmöbeln. Sogar einen Strandkorb kann man dort aufstellen.

Für mich ist das Thema noch längst nicht vom Tisch, Rudi. Und wenn wir kein Wohnmobil kaufen, können wir ja vielleicht einmal ein Mobilheim mieten. Da werde ich dich schon noch auf den Geschmack bringen", murmelt Gerda halblaut vor sich hin.

Als sie den höchsten Punkt der Düne erreicht haben, weht ihnen eine steife Brise ins Gesicht, die Wellen tragen Schaumkronen. Die Sonne kommt von links. Eine wunderbare Stimmung.

„Hast du etwas gesagt, Gerda? Der Wind ist so laut, dass ich dich nicht verstanden habe."

„Alles gut", sagt Gerda und krault Rudi liebevoll den Kopf. „Nichts, das du nicht schon wüsstest. Ich sagte, dass das Leben auf dem Campingplatz toll ist."

Gut gelaunt schnappt Gerda Rudis Hand. Sie gehen die Treppenstufen hinunter. An der Strandsauna laufen sie Richtung Süden. Keine Menschenseele ist unterwegs, der Strand scheint ausgestorben um diese Zeit.

„Schau mal, Gerda, da vorn liegt etwas, sieht aus wie ein Windschutz oder eine Art aufgeblähter Fallschirm. Komm, wir sehen es uns mal aus der Nähe an. Vielleicht ist es Strandgut. Kommt nicht selten vor, dass die Nordsee etwas freigibt, was irgendwo achtlos ins Meer geworfen wurde. Vielleicht hat aber auch einer etwas am Strand liegen gelassen."

Neugierig geworden, was sich tatsächlich am Wassersaum befindet, läuft Gerda mit schnellen Schritten voraus. Plötzlich bleibt sie stehen, als würde eine unsichtbare Wand sie am Weitergehen hindern. Ein markerschütternder Schrei entweicht ihrer Kehle, ein Schrei, wie Rudi ihn noch niemals im Leben von seiner Frau gehört hat. Mit wenigen Schritten ist er neben ihr.

„Was, um Gottes Willen ... Oh mein Gott!", entfährt es dem Mann. „Eine Tote, eine Wasserleiche!"

Gerda wendet sich ab. Sie verbirgt ihr Gesicht an Rudis Brust, ihre Finger krallen sich im Stoff seines Sweatshirts fest. Noch ein paar Mal durchschneiden ihre schrillen Schreie die Luft. Mit einer Hand umfasst Rudi den Kopf seiner Frau, den anderen Arm hat er um ihren Rücken gelegt, als wolle er sie vor einer bevorstehenden Explosion schützen. Beide stehen da wie gelähmt.

Rudi löst sich als Erster aus der Starre.

„Wir müssen die Polizei rufen", hört Gerda ihn sagen. Sie zittert am ganzen Körper. Rudi führt das Telefonat.

„Wir sollen warten, bis sie eintreffen."

Wie zwei allein gelassene Kinder stehen sie beieinander. Gerda wagt einen Blick zur Seite, um sicherzugehen, dass das, was sie gerade gesehen hat, nicht eine Einbildung war. Die Farbe ist ihr aus dem Gesicht gewichen, noch immer zittern ihre Glieder.

„Oh mein Gott, eine junge Frau! Wie sie wohl zu Tode gekommen ist? Bestimmt ist sie ertrunken. Hoffentlich kommt die Polizei bald. Hier mit einer Leiche allein am Strand zu stehen, ist so scheußlich!"

„Beruhige dich. Komm, wir gehen ein Stück zurück Richtung Treppenaufgang. Die Polizei kann ohnehin mit dem Auto nicht bis hier heranfahren."

Gerda kommt es wie eine Ewigkeit vor, bis sie endlich zwei Männer in Uniform die Treppenstufen herunterkommen sieht.

Die Polizisten sind von der Polizeidienststelle Westerland und heißen Frerk Hansen und Torsten Hahn.

„Wir sind Gerda und Rudi Palzer. Wir haben auf der Insel Urlaub gemacht, sind sozusagen schon auf dem Heimweg. Vor unserer Rückreise wollten wir uns noch ein wenig die Beine vertreten, und dabei machten wir diese grausige Entdeckung", sprudelt es aus Rudi heraus. Gerdas Nervenkostüm ist dünn, sie bricht in Tränen aus und kann sich gar nicht wieder beruhigen.

„Wirklich kein schöner Anblick, das muss ich zugeben", sagt der Polizist, der Hansen heißt, während sein Kollege den Fundort mit Flatterband abzusichern beginnt. „Ich brauch dann mal Ihre Personalien und wann und wie Sie die Leiche entdeckt haben."

Hansen notiert die Namen und Angaben, die Rudi Palzer zu Protokoll gibt.

„Vielleicht haben die Kollegen von der Kripo noch Fragen, warten Sie bitte noch, bis sie eingetroffen sind, sie müssen jeden Augenblick hier sein."

Mittlerweile haben einige Jogger, darunter eine Frau, ihren Strandlauf unterbrochen und sich als Schaulustige in Positur gestellt.

„Gehen Sie einfach ein bisschen an die Seite, meine Herrschaften, das hier ist nichts für schwache Mägen", dirigiert Hansen die Neugierigen aus der Schusslinie, während sich die Joggerin beim Anblick der Leiche in hohem Bogen erbricht.

„Sach ich doch", wirft Hansen dröge ein und reicht der Dame ein Papiertaschentuch. „Halten Sie mal die Nase in den Wind, dann wird das wieder", fügt er hinzu. Er holt sein Notizbuch aus der Jackentasche und nimmt die Kontaktdaten der Schaulustigen auf. Alle vier waren auf ihrer allmorgendlichen Joggingtour unterwegs und haben nichts gesehen oder gehört.

Eine Frau und ein Mann in ziviler Kleidung kommen auf die kleine Menschenansammlung zugelaufen.

„Moin zusammen, ich bin Hauptkommissar Nane Lüders, meine Kollegin Kommissarin Grietje Paulsen. Wir sind von der Kriminalpolizei Westerland", stellt der Polizist sich und seine Kollegin vor. „Oha", entfährt es ihm, als er einen Blick auf die Tote wirft. „Kein allzu schöner Anblick am frühen Vormittag."

Gerda hat in ihrem Leben noch niemals mit der Kriminalpolizei zu tun gehabt. Aus dem Fernsehen kennt sie von früher den „Tatort"-Kommissar Schimanski, der war ihr immer viel zu schnodderig gewesen. Seit Jahren sieht sie sich keine Krimis mehr an, und damit wird sie nach diesem schrecklichen Erlebnis mit Sicherheit nicht wieder anfangen.

Von der Freundlichkeit der Beamten hier ist sie sehr beeindruckt. Allerdings überrascht es sie, dass sie nicht einen Overall und Gummistiefel oder etwas praktische Kleidung bei ihrer Arbeit tragen, wo sie im feuchten Sand herumlaufen und es mit einer Wasserleiche zu tun haben.

Praktisch denken können Beamte wohl nicht, sinniert Gerda vor sich hin. Ein bisschen lenkt sie das Erscheinungsbild des Kommissars sogar von dem gruseligen Leichenfund ab. Sein Outfit gefällt ihr. Der Kommissar trägt eine anthrazitfarbene Jeans, dazu ein graues Halbarmleinenhemd, dessen obere offene Knöpfe ein weißes T-Shirt hervorblitzen lassen. Die grauen Schuhe mit weinroten Applikationen und der dicken weißen Sohle lassen das ganze Erscheinungsbild stimmig erscheinen. Sie deuten auf einen sehr guten Geschmack hin.

Da hat bestimmt eine Frau ihre Finger im Spiel. Wenn ich Rudi doch überreden könnte, sich ein bisschen sportlicher zu kleiden. Aber nach dreißig Jahren Ehe wird das wohl Wunschdenken bleiben. Der Herr Lüders ist aber auch so was von nach meinem Geschmack, schwärmt Gerda im Stillen vor sich hin.

Grietje Paulsen ist jung, so Mitte bis Ende zwanzig vielleicht, und sehr schlank. Weil sie recht groß ist, wirkt sie fast ein bisschen schlaksig. Sie trägt eine enge dunkelblaue Jeans, sportliche flache Lederschuhe in Blau, dazu eine kurze Bikerjacke aus schwarzem Leder, deren Strickbund ein paar Zentimeter vom Lauf der Dienstwaffe herausragen lässt. Grietje Paulsen hat lange braune Haare, die sie offen trägt und hinter die Ohren gesteckt hat. Das hübsche Gesicht und der wache Blick aus den wasserblauen Augen lassen auch Rudi für einen kurzen Moment den grausigen Fund vergessen.

„Dass sich junge Frauen so einen Job aussuchen, werde ich nie verstehen“, nuschelt er halblaut vor sich hin. *Sie könnte unsere Tochter sein.*

„Ich schau dann mal", hört er die Beamtin sagen, die sich nun der Leiche zuwendet. Nane Lüders beginnt mit der Befragung der Eheleute.

Noch einmal schildern die Palzers, wie es dazu kam, dass sie die Leiche entdeckten.

„Hab schon 'n kleines Protokoll gemacht, Nane", ruft Frerk Hansen seinem Kollegen zu.

„Danke. Ja, dann hoffe ich mal, dass Sie Nordfriesland in nicht allzu schlechter Erinnerung behalten. Ich wünsche Ihnen eine angenehme Heimreise, und bedanke mich, dass Sie uns gerufen haben."

„Das werden wir mit Sicherheit nicht so schnell vergessen", entgegnet Rudi. „Aber abgesehen von diesem Vormittag haben wir wunderschöne Erinnerungen an unseren Urlaub auf der Insel Sylt."

Gerade als sich Gerda und Rudi zum Gehen wenden, fährt ein Geländewagen der Feuerwehr über den Strand und kommt an der Polizeiabsperrung zum Stehen.

„Da kann der Notarzt auch nichts mehr ausrichten", entfährt es Rudi beim Fortgehen.

Als sie oben an der Treppe ankommen, sehen sie aus den Heckenrosen ein großes schwarzes Objektiv zwischen den Zweigen hervorstechen. Der Mann mit der Kamera trägt eine Mütze und bemüht sich, hinter dem Busch nicht erkannt zu werden.

„Sieh dir das an, Gerda, sind sie nicht penetrant und widerlich, diese sensationslüsternen Menschen? Vielleicht ist es ein Tourist, der seine Fotos in der nächsten Minute bei Facebook einstellt. Vielleicht auch jemand von der Presse, der seiner Zeitung mit einer Nahaufnahme von der Leiche einen Wir-waren-vor-Ort-Bericht liefert. Was für ein Geschäft."

„Oh mein Gott“, entfährt es Nane Lüders, als er sich die Wasserleiche genauer ansehen will. „Britta Bergmann, die Tote ist Britta Bergmann, ehemals Jeute. Wir haben sie in der Fahndung.“

„Was sagst du, Nane? Britta Bergmann? Die, die aus der JVA Lübeck geflohen ist? Du kennst sie? Das hast du mir nicht erzählt.“

„Bin ich einfach noch nicht zu gekommen, Grietje. Zu der Zeit, als ich sie kennenlernte, warst du noch auf der Polizeiakademie in der Ausbildung.

Britta Bergmann war eine großartige Frau. Eine Frau auf dem Weg zurück ins Leben. Schwer gebeutelt von Intrigen. Ihr damaliger Ehemann und dessen Onkel Doktor Leander Hagedorn haben ihr schwer zugesetzt. Sie war Patientin in der Privatklinik für Psychiatrie von Professor Zuber in Breklum. Eingewiesen mit einem von Doktor Hagedorn fingierten Gutachten. Eine ganz gruselige Geschichte. Eines Tages fand man Hagedorn tot in Schobüll hinter einem Knick. Seine Ehefrau kam ebenfalls auf tragische Weise um. Beide sind ermordet worden.

Der erste Ehemann von Frau Bergmann starb auch auf mehr oder weniger mysteriöse Art, er wurde vom Zug erfasst. Ob er sich das Leben nehmen wollte, oder ob es ein Unfall war, konnte nicht geklärt werden.

Frau Bergmanns Jugendfreund, der Anwalt Torge Bergmann aus Husum, hat damals einige Ungereimtheiten in dem Fall ans Tageslicht gebracht. Später haben die beiden geheiratet. Gekannt und gemocht hatten sie sich immer schon, das hat Frau Bergmann mir einmal erzählt.

Vor einigen Monaten sind wir uns erneut begegnet. Ich musste sie festnehmen. Sie hatte gestanden, den Mann, der sie gejagt und verfolgt hat, umgebracht zu haben. Und nun das hier."

Nane wendet sich ab und schaut auf die Nordsee. Tausende kleine Wellenspitzen blinken wie Sterne im Sonnenlicht, verschwinden und blinken wieder.

„Funkelnde Sterne tanzen
auf barbusigen Wellen im Sonnenlicht.
Am Strand liegt eine tote Frau!
Oh, du Illusion, du schöne,
wie bist du so flüchtig.

Ich hätte Dichter, nicht Kripobeamter werden sollen", wendet sich Nane wieder seiner Kollegin zu.

„Das ist jetzt nicht von dir, oder?"

„Nee, nicht wirklich. Das war von dem privaten, manchmal sensiblen Kerl Nane Lüders. Tote, immer wieder Tote im Leben von Britta Bergmann. Nun ist sie selber tot. Es ist doch reiner Zufall, dass ich auf Sylt zur Verstärkung eingesetzt bin. Dass aber Britta Bergmann ausgerechnet an diesem Strand angespült wird, ist das ein Zufall? Ich versteh es, ehrlich gesagt, nicht."

Zufälle gibt's nicht, hat er sich immer gesagt, meist hat es sich auch bestätigt. Er wird herausfinden, warum und wieso. Nane räuspert sich, als würde er aus einer anderen Welt gerade wieder in der Wirklichkeit ankommen.

„Aber, wie gesagt, das alles war vor deiner Zeit, Grietje."

Die junge Beamtin hat ihrem Kollegen aufmerksam zugehört. Sie erkennt seine Betroffenheit. „Vielleicht solltest du den Fall abgeben."

„Bist du nicht bei Trost? Abgeben? Nie und nimmer! Wir werden gerade diesen Fall so was von akribisch und akkurat abarbeiten und lückenlos aufklären!"

„Wieso trägt sie keine Anstaltskleidung? Sie hat ganz normale Klamotten an. Jeans, Sweatshirt, das ist mir auf dem Fahndungsfoto schon aufgefallen. Allerdings erinnere ich mich, dass sie auf dem Foto ein anderes Oberteil anhatte. Die Sachen muss sie sich nach der Flucht irgendwo besorgt und ausgetauscht haben."

„Im Lübecker Frauenvollzug ist es den Inhaftierten gestattet, ihre normale Alltagskleidung zu tragen. Wir werden herausfinden, wann sie wo war und wie sie hierhergekommen ist. Dass die Leiche hier angetrieben wurde, bedeutet nicht, dass sie auch hier ins Wasser gegangen sein muss. Das wäre sogar sehr unwahrscheinlich. Dazu müssen die Strömungsverhältnisse und der starke Wind, den wir gestern hatten, berücksichtigt werden. Doch um das zu berechnen, müssen wir Leute bemühen. Außerdem ist sie möglicherweise gar nicht freiwillig ins Wasser gegangen, sondern gegangen worden?"

Immer wieder müssen die Beamten einige Schaulustige zum Verlassen des abgesperrten Gebietes auffordern.

Ole Meier streift sich die Handschuhe ab und überlässt der Spurensicherung das Feld. „Ich wäre so weit. Hier, der Totenschein. Es gibt Schlimmeres, als bei diesem Wetter am Strand auf den Rechtsmediziner und die Kollegen von der Mordkommission zu warten, oder?"

Eine gute halbe Stunde später steht Bruno Bremer am Fundort.

„So schnell kommt man normalerweise nicht von Kiel hierher."

„Ich war zufällig in Niebüll unterwegs. Hab gedacht, da kann ich gleich den Bogen schlagen und hier eure Leiche in Augenschein nehmen. Die besten Spuren sind die frischen. Und so schlecht ist die Verbindung nicht. Der Autozug fährt zu dieser Jahreszeit alle naselang. Außerdem hat mich das Wetter nicht unbedingt davon abgehalten, hier vorbeizuschauen. Ich mach mich denn mal an die Arbeit."

Der Rechtsmediziner wendet sich der Leiche und kurze Zeit später wieder Nane Lüders zu.

„Also, eine Leichenschau hier in der Öffentlichkeit wäre ein bisschen unsensibel. Ich schlage vor, der Bestatter holt sie ab und wir treffen uns in Westerland."

„Ich ruf Mieke Hinrichs noch mal an und frag nach, ob wir hier auf sie warten oder uns im Bestattungshaus treffen sollen."

Inzwischen ist auch Staatsanwalt Melf Thomsen im Bestattungshaus eingetroffen.

„Während wir auf die Flensburger warten, möchte ich euch meine Kollegin Grietje Paulsen vorstellen", nutzt Nane die Gelegenheit. „Grietje hat ihre Ausbildung beendet und ist für vier Monate in Husum im Kommissariat zu Gast. Solange mein Teamkollege Oke Brandt Urlaub hat, begleitet sie mich."

Mieke Hinrichs und Bent Gregersen kommen zur Tür herein.

„Ah, ein neues Gesicht im Kreise unserer Lieben. Freut mich, Grietje", rauscht Mieke Hinrichs in den Raum und reicht der Kollegin die Hand. „Ich bin

Mieke Hinrichs, Hauptkommissarin vom Morddezernat Flensburg. Das ist Bent Gregersen. Wir arbeiten seit etwa zwei Jahren im Team und gerne mit den Husumern zusammen. Dein erster Fall, Grietje?"

„Na ja, sagen wir's mal so: Meine erste Wasserleiche."

„Dass Frauen, sobald sie die Bühne betreten, einem gleich das Zepter aus der Hand reißen müssen", kommentiert Nane das Auftreten der Beamtin, als sie zur Begrüßung auf ihn zukommt.

„Das versteh nun einer", meint Mieke. „Wer hat wem hier ein Zepter aus der Hand genommen? Moin, Nane."

„Alles gut, Frau Kollegin. Moin, ihr beiden. Ich beginne dann mal mit dem Fachvortrag. Unsere Tote ist Britta Bergmann. Sie saß wegen Totschlags im Frauengefängnis der JVA in Lübeck ein. Der Fall ist sicher noch frisch in euren Köpfen. Anlässlich eines Krankenhausaufenthaltes ist sie entwischt. Seit einigen Tagen haben wir sie in der Fahndung. Sie war die Ehefrau von Torge Bergmann, einem Anwalt aus Husum. Wer überbringt ihm die Nachricht?"

„Das macht ihr am besten von Husum aus. Wir geben der Leiterin der JVA Bescheid, dass wir sie gefunden haben. Wie sieht es aus, könnt ihr den Fall übernehmen? Salopp ausgedrückt brennt bei uns zurzeit die Hütte. Einige Kollegen haben Urlaub, und in unserem Kommissariat lässt sich die Bearbeitung der Fälle nun mal nicht mit einem Aufkleber ‚Wegen Urlaub, Wiedervorlage in drei Wochen' in den Schreibtisch legen."

„Das gilt auch für mich", mischt sich der Rechtsmediziner ein, der sich mit dem Beschau der Leiche beschäftigt hatte. „Lasst mich kurz zu Wort kommen. Die

Frau muss etwa zwei Tage im Wasser gelegen haben, bevor sie angespült wurde. Die Einstichstelle in der Armbeuge mag in der Klinik entstanden sein, muss ich mir noch genauer ansehen. Auf jeden Fall müssen Auskünfte eingeholt werden, weswegen sie in der Klinik war und was gemacht wurde.

Anzeichen für einen gewaltsamen Tod oder Spuren, die auf einen Kampf oder Ähnliches hindeuten, habe ich nicht gefunden.

Sollte der Staatsanwalt eine Obduktion anordnen, wovon ich sicher ausgehe, lade ich dich ein, bei der Obduktion dabei zu sein, Grietje. Blutuntersuchung und Co werden ans Tageslicht bringen, ob es Suizid war oder Fremdverschulden vorliegt."

Der Staatsanwalt unterbricht Bruno Bremer. „Im vorliegenden Fall wird hiermit entschieden, ein Todesermittlungsverfahren einzuleiten. Die Obduktion der Leiche wird angeordnet. Sorgt bitte dafür, dass die Original-Krankenunterlagen der Rechtsmedizin zur Verfügung gestellt werden. Die Bekleidung ist zur Auswertung der Spuren an die Kriminaltechnik zu geben. Alle weiteren Entscheidungen zu gegebener Zeit. Ihr könnt loslegen, Leute. Haltet mich auf dem Laufenden."

„Bring Riechwasser mit, Grietje. Wasserleichen haben einen recht eigenwilligen Geruch, möchte ich mal sagen. Man sieht sich. Schönen Tag euch."

Forsch klopft Ute Bendixen an Nanes Bürotür. Gut gelaunt springt sie vor seinen Schreibtisch und wirft ihm einen dicken Briefumschlag auf die Arbeitsplatte.

„Post von der Liebsten, Herr Lüders. Ganz privat, ‚Herrn Hauptkommissar Nane Lüders bei Kriminalpolizeidienststelle Husum, persönlich'. Sehr spannend, ohne Absender. Haben die Husumer rübergeschickt. Darüber redet morgen die ganze Dienststelle, wenn ich nicht dichthalte", trällert Ute und wirft Nane ein verschmitztes Lächeln zu.

„Das wollen wir erst noch mal sehen. Deine dienstliche Beurteilung entspringt meiner Feder, das solltest du nicht vergessen, meine Liebe", flachst Nane zurück. Neugierig ist er auf das, was in dem Umschlag steckt, fischt den Brieföffner aus seiner Schublade.

„Ist in Westerland abgestempelt. Sehr spannend. Setz dich doch, Ute", sagt er und beginnt, die schmale Seite des Briefes aufzuschlitzen.

„Nee, ich fahr mit Holger zum Einbruch in ein Einfamilienhaus nach Wenningstedt. Die Eigentümer sind im Urlaub."

„Na, dann lass dich nicht aufhalten."

Nane ist gespannt, wer ihm private Post auf die Dienststelle schickt, und insofern erleichtert, dass Ute zu einem Einsatz fährt. Er zieht eine Kladde aus dem Umschlag, sieht ganz nach einem Tagebuch aus. Der zwischen Buchdeckel und der ersten Seite liegende Brief trägt die Unterschrift von Britta Bergmann.

Er gießt sich einen Kaffee ein und beginnt zu lesen.

Lieber Herr Lüders,

als ich Kind war, begann ich, Tagebuch zu schreiben. Es war zu der Zeit, als ich bei meinem Vater in Minden lebte. Danach gab es viele Jahre keine Eintragungen. Im Gefängnis fing ich an, aus der Erinnerung heraus die bedeutendsten Ereignisse aufzuschreiben.

Sie, Herr Lüders, sind einer der wenigen Menschen in meinem Leben, die ich sehr geschätzt und denen ich nicht geschadet habe. Damals, als Sie mich in der Psychiatrie in Breklum besuchten, um mir die Todesnachricht von Jonas zu überbringen, waren Sie mehr für mich, als nur der Polizist, der mir mitteilte, dass mein Mann verunglückt war. Sie waren mir menschlich sehr nah. Sie haben mich wertgeschätzt und mir eine Achtung zukommen lassen, die ich nie vergessen habe. Dieses Gefühl hat mir, außer Ihnen, nur Torge Bergmann gegeben.

Heute werde ich meinem Mann seine Freiheit zurückgeben. Er würde mich trotz aller Widrigkeiten der letzten Monate, für die mir selber die Worte und auch die Erklärungen fehlen, nicht verlassen. Das kann ich auf Dauer nicht aushalten.

Meine Kräfte sind durch die unzähligen Verletzungen, deren Anfänge in meiner Kindheit liegen, und die immer wieder Teil meines Lebens waren, aufgebraucht.

Seit der Entlassung aus der Psychiatrie war ich auf einem guten Weg. Mein Leben begann neu. Ich hatte Torge Bergmann an meiner Seite und erlebte eine sehr glückliche Zeit, die glücklichste in meinem Leben vielleicht.

Doch seit dem Tag der Vergewaltigung durch Hannes Baum, Sie werden darüber im Tagebuch lesen, komme ich nicht zur Ruhe. Ich habe es nicht geschafft, mein inneres Ich zu schützen. Ich wurde niemals danach wieder frei. In meiner körperlichen Hülle wohnt seitdem jemand Fremdes. Aus

Angst, Torge würde mich verlassen, hat er nie etwas davon erfahren. Es wäre schön, wenn das auch so bleibt.

Nach wie vor bin ich erschüttert, dass ich Hannes Baum getötet habe, wenngleich ich es nicht bedaure.

Mein Tagebuch wird dazu beitragen, ein weiteres Stück Wahrheit im Fall Britta Bergmann, deren Akte mit der Verurteilung geschlossen scheint, ans Tageslicht zu bringen.

Zunächst plante ich, in Halebüll, an einer Stelle, wo meine Schwester und ich mit unseren Eltern oft unsere Freizeit verbrachten, ins Wasser zu gehen. Hier war Heiterkeit und der schönste Ort auf der Welt, hier war Sonne, Wärme und Heimat, an unserem kleinen Strand.

Wir sind ins Watt gelaufen, haben unsere Körper mit Schlick beworfen und später im auflaufenden Wasser abgeschrubbt. Wir waren frei und unbeschwert.

Hierhin kam ich stets, wenn ich nicht weiterwusste. Hier habe ich alles Bedeutsame in meinem Leben erledigt, hier fand ich Lösungen.

Auch für meinen Abschied hätte ich keinen besseren Platz auswählen können. Das Meer an diesem wunderbaren Ort würde mich aufnehmen, jemanden, der erschöpft und müde ist. Es wird mich zurückbringen, wenn ich es geschafft habe, und meinen Leichnam an Land spülen. Wohin werden ihn die Wellen und der Wind tragen?

Plötzlich, bei dem Gedanken an das Danach, war mir klar, dass ich meinen Plan ändern muss. Ich wollte mir nicht vorstellen, dass Sie am Fundort vor meiner Leiche stehen.

So entschied ich mich für die Insel. Hier hatten Torge und ich glücklich unsere ersten gemeinsamen Urlaubstage verbracht.

Ich habe mein Leben nicht meistern können, ich gehe ohne Groll.

Ihnen überlasse ich das Tagebuch, das ich in dem kleinen Café in Keitum abgeschlossen habe.

Für die Öffentlichkeit mögen Sie darin eine Antwort auf einige Fragen finden. Behandeln Sie meine Aufzeichnungen so, wie Ihr Dienst es von Ihnen verlangt.

Für Sie persönlich sei es ein Geschenk.

Herzlichst
Ihre Britta Bergmann

PS: Die Besitzerin des Cafés wird meinen Brief in ein paar Tagen an Sie abschicken.

Wie versteinert stiert Nane auf die Zeilen, er muss die Trockenheit in seinem Mund wegschlucken. Die Augen brennen wie verrückt, die Glieder tun ihm weh von der angespannten Haltung.

Herr des Himmels, was für eine Offenbarung!

Nane wischt sich mit den Händen über das Gesicht.

Wie einsam muss diese Frau gewesen sein!

Er fährt zusammen, als jemand an seine Tür klopft. Der Kollege Ingwer Hamkens steht plötzlich in seinem Büro. Ihm ist, als würde er aufwachen aus einem schlechten Traum.

„Ist was?", fragt Hamkens und sieht Nane fragend an.

„Nee, wieso, was soll sein? Wo du da gerade stehst, Ingwer, kannst du mal eben die Vorhänge vorziehen? Die Sonne macht aus dem Büro eine Sauna."

Während Hamkens sich um das Schließen der Gardinen kümmert, zieht Nane den Aktendeckel „Wasserleiche" zu sich hin, bugsiert das Tagebuch in die Schreibtischschublade und schnäuzt sich die Nase.

„Hast recht, Nane, hier ist richtige Treibhausluft. Aber nichtsdestotrotz, du guckst so merkwürdig, so, als hättest du eine schlechte Nachricht bekommen."

„Nee, is nix. Hab nur gerade an Britta Bergmann gedacht. Daran, was sie für ein Scheißleben hinter sich hat. Intrigen, vom eigenen Ehemann hintergangen damals, um sie herum immer wieder Tote. Die hat nicht viel von der Sonnenseite des Lebens abbekommen. Nun ist sie selber tot, noch keine vierzig Jahre alt."

„Genau, das trifft es, du hast nicht merkwürdig, du hast betroffen, vielleicht ein bisschen sensibel geguckt. Passt ja dann. Meine Menschenkenntnis kann man mir nun mal nicht absprechen.

Übrigens: Mieke Hinrichs hat angerufen, noch mal offiziell den Fall an uns abgegeben. Also so wie immer, kurze Info, wenn es Neuigkeiten gibt. Ansonsten könnt ihr schalten und walten.

Sag mal, deine Abordnung ist doch mit Ablauf der Woche zu Ende, oder? Das wären noch drei Tage."

„Jo, ab Montag tun Ute und ich wieder in Husum unseren Dienst. Bis dahin werden wir den Fall sicher schon ein Stück vorangebracht haben, jedenfalls so weit, dass die Arbeit daran auch von Husum aus getan werden kann. Übrigens, ich nehme Grietje mit nach Kiel zur Obduktion."

„Gute Idee, ich denk, die Deern ist bei dir gut aufgehoben. Wir sehen uns, mach's gut, Nane. Und lass das Ganze nicht so nah an dich ran, hab schon mitgekriegt, wie dich die Sache mitnimmt. Es gibt Schöneres."

Wo er recht hat ..., denkt Nane bei sich und ist froh, als Ingwer das Büro verlässt. Tatsächlich beansprucht ihn der Fall Bergmann emotional mehr als alle anderen Fälle bisher, und nun noch das Tagebuch.

Er beschließt, Feierabend zu machen und den Zug rüber nach Husum zu nehmen. Feierabend ist gut, er muss zu Torge Bergmann fahren, ihm die traurige Nachricht überbringen. Danach wird er sich zu Hause dem Tagebuch widmen und morgen einen frühen Zug zurück nach Westerland nehmen.

Die Aufzeichnungen von Frau Bergmann verstaut er in seiner ledernen Umhängetasche. Das ist nichts für die Dienststelle, wo man immer damit rechnen muss, dass plötzlich jemand vor seinem Schreibtisch steht.

Eigentlich bin ich kein Taschentyp. Diese Dinger sind eher was für smarte Männer, aber sie hat sich doch als ganz praktisch erwiesen. Passt jedenfalls 'ne Akte oder, wie jetzt, das Tagebuch rein. Da hat Frauke wieder mal richtig zweckmäßig gedacht. Außerdem sieht sie rustikal, fast ein bisschen gebraucht aus, und das passt dann wiederum auch ganz gut zu mir. Wenn ich sie bloß nicht mal irgendwo hängen lasse.

Nane Lüders steht vor dem Haus von Torge und Britta Bergmann. Er drückt auf die Klingel. Er hasst Situationen wie diese. Wenn er Glück hat, ist Torge Bergmann zu Hause. Der Mann öffnet die Tür.

„Sie haben sie gefunden“, sagt er monoton, „und Ihrem Gesichtsausdruck zufolge ist sie tot. Kommen Sie herein.“

„Ja. Es tut mir leid. Spaziergänger haben die Leiche Ihrer Frau heute Morgen am Rantumer Strand gefunden. Mein herzliches Beileid, Herr Bergmann.“

Nane räuspert sich. Seine eigene Betroffenheit bleibt seinem Gegenüber nicht verborgen.

„Ich mache uns einen Kaffee. Es würde mich freuen, wenn Sie ein paar Minuten Zeit hätten. Kommen Sie.“

Torge geht voraus in die Küche.

„Nach dem letzten Telefonat mit meiner Frau hatte ich ein merkwürdiges Gefühl. Wie immer erkundigte sie sich nach meiner Familie und ob es Neuigkeiten gäbe. Am Ende des Gespräches kam es an diesem Abend zum ersten Mal nicht zu einem Streit. In der Regel sorgte Britta dafür, dass wir heftig stritten und ich mich für den Rest des Tages und darüber hinaus mit ihr beschäftigte. Diesmal nicht. Das war neu.

Eigentlich begann dieses Merkwürdige, Andere schon viel früher, nämlich an dem Tag, als ich sie das erste Mal im Gefängnis besuchte. Sie fragte mich, ob ich ihr etwas Geld dalassen könne. Im Nachhinein ist mir klar, was hinter der Frage steckte. Sie plante ihre Flucht. Vielleicht hatte sie für sich eine Lösung gefunden und musste deshalb mit mir nicht mehr streiten. Das wird es sein. Sie hatte eine Perspektive."

„Was waren das für Themen, die zum Streit führten, wenn ich Sie das fragen darf?", hakt Nane nach.

„Sie mögen denken, kaum ist die Frau tot, schon lässt er kein gutes Haar an ihr."

„Sicher nicht, Herr Bergmann. Sie befinden sich in einem psychischen Ausnahmezustand. Da ist alles erlaubt. Ich erlebe es immer wieder, dass Angehörige sich anlässlich einer Todesnachricht auf unterschiedlichste Art Luft verschaffen. Jeder braucht erst einmal ein Ventil. Erzählen Sie, ich bin ein guter Zuhörer."

„Einmal endete das Gespräch mit der Frage, ob ich schon eine neue Frau hätte. Es kam der Vorwurf, dass ich mein Leben genießen könne, und sicherlich auch täte, während sie im Gefängnis jegliche Annehmlichkeiten des Lebens entbehren müsse. Weggesperrt, wie damals in der Psychiatrie.

Ich könne bei ihrer ehemaligen Freundin Marion anfragen, die interessiere sich für verheiratete Männer. Sie hätte sich ja auch mit Erfolg an Jonas herangemacht. Sie redete sich in Rage und drückte irgendwann einfach die rote Taste. Ende.

Sie sind so machtlos dem gegenüber, lassen es zu, dass man Ihnen ein schlechtes Gewissen macht, gehen in die Rechtfertigung, fühlen sich einfach mies."

„Meinte sie mit Marion Frau Petereit?"

Bergmann nickt. „Ich habe Frau Petereit in sehr unangenehmer Erinnerung. Sie tauchte plötzlich auf, als ich Britta aus der Psychiatrie abgeholt hatte und wir auf dem Nachhauseweg zum Mittagessen im Osterkrug eingekehrt waren. Plötzlich stand sie da, stellte provozierende und verletzende Fragen. Für Britta war es damals ein sehr peinlicher Auftritt.

Unser Leben war wunderschön und sehr glücklich, solange wir zusammen waren. Sobald meine Frau die Kontrolle über mich verlor, wenn ich beispielsweise wegen meiner Arbeit einmal ortsabwesend sein musste, wurde alles zu einer großen Anstrengung für mich. Wahrscheinlich für sie selbst ebenso. Ist Ihnen bekannt, dass Britta an Borderline erkrankt war?"

„Genau wusste ich's nicht, aber es war einmal im Gespräch zu der Zeit, als sie in der Psychiatrie war."

Torge Bergmann atmet tief durch und nippt an seiner Kaffeetasse. „Weiß man schon, ob es Suizid war? Natürlich war es das. Wohin hat man sie gebracht?"

„Sie wurde in die Rechtsmedizin nach Kiel überführt. Der Staatsanwalt hat die Obduktion angeordnet."

Der Mann verliert die Fassung. Ungeniert lässt er seinen Tränen freien Lauf, sinkt in sich zusammen.

„Ich will es mir nicht vorstellen, dass man Britta aufschlitzt und an ihr herumschnippelt, -sägt. Entschuldigung, aber mein Beruf assoziiert mir entsetzliche Bilder. Wie sieht sie aus? Sie haben sie doch gesehen! Wasserleichen sehen schrecklich entstellt aus!"

Beruhigend legt Nane seine Hand auf Torges Unterarm. „Nach Meinung des Arztes soll sie etwa zwei Tage im Wasser gelegen haben. In Anbetracht dieser kurzen Verweildauer sind die Veränderungen nicht erschreckend. Ich lasse Sie jetzt mal allein. Danke für den Kaffee. Wenn es Neuigkeiten gibt, melde ich mich. Alles Gute, Herr Bergmann. Ich wünsche Ihnen viel Kraft. Wiedersehen."

Lüders kann nicht sagen, dass er erleichtert ist, als er in seinem Wagen sitzt.

Jetzt brauche ich erst einmal Fraukes Ohr, sagt er zu sich selbst und wählt ihre Nummer.

Wenig später sitzt er neben Frauke in ihrer Wohnstube auf dem Sofa.

„Das musste ich erst einmal loswerden. Herr des Himmels, was war das für ein schwerer Gang", sagt er, nachdem er Frauke die Geschichte erzählt hat. „Ich dank dir fürs Zuhören. Wie schön, dass es dich gibt, Frauke. Hab ich dir das schon mal gesagt?

Was machen nur die Menschen, die niemanden haben, der ihnen zuhört? Wie hab ich es denn gemacht, bevor ich dich wiedergetroffen habe? Ich hatte es schon fast vergessen, ich schrieb die Dinge in mein Tagebuch. Alles, was ich woanders nicht lassen konnte, schrieb ich auf.

Dieses Beispiel zeigt wieder einmal, wie schnell im Leben etwas zu spät sein kann. Torge und Britta Bergmann, ein so junges Glück und mit einem Husch ist es vorbei. Und was bleibt? Weißt du, was mir dazu einfällt? Wir kennen uns mehr als ein halbes Leben, aber in den letzten zwei Jahren, wo wir uns menschlich so nah gekommen sind, ist mein Leben heiter und ausgefüllt. Deshalb frage ich dich, ob du dir vorstellen kannst, dass wir beide ein bisschen dichter zusammenrücken? Ich würde mich freuen, wenn du zu mir nach Hockensbüll in mein Haus ziehen würdest.

Ich trage schon längere Zeit den Gedanken mit mir herum, dich das zu fragen, aber heute, da bin ich mir sicher, ist dafür der richtige Tag."

Nanes Stimme klingt am Ende richtig feierlich, Frauke ist gerührt. Er zieht sie zu sich heran und hält sie lange fest im Arm.

„Ich werde es mir überlegen, gib mir ein bisschen Zeit", hört er ihre Stimme an seinem Ohr.

„Danke für alles“, sagt er und dann: „Ich bin mir sicher, du wirst eine Entscheidung treffen, die ich, wie immer sie auch ausfällt, akzeptieren werde.“

Kurze Zeit später sitzen Frauke und Nane bei Käsebrot und Tee am Küchentisch und essen zu Abend.

„Zu Hause werde ich mir das Tagebuch von Frau Bergmann vornehmen. Es lässt mir keine Ruhe, ich muss da unbedingt noch ein bisschen drin herumblättern. Deshalb werde ich mich gleich auf den Weg machen“, sagt Nane, als sie das Geschirr in die Spülmaschine geräumt und die Küche aufgeräumt haben.

„Arbeite nicht so lange und vergiss nicht, ein paar Stunden Schlaf einzuplanen“, ermahnt ihn Frauke und bugsiert ihn Richtung Haustür. „Ich merk schon die ganze Zeit, dass du heute kein Sitzfleisch hast. Komm gut nach Hause, schlaf schön.“

Gut gelaunt hört Nane seinen Lieblings-Oldie-Sender. Ein bisschen Musik zum Wegträumen ist jetzt genau das Richtige.

Zu Hause angekommen, nimmt er direkt Kurs auf seinen Ohrensessel und vertieft sich in das Tagebuch. Als Erstes will er noch einmal den handschriftlichen Brief lesen. Währenddessen überkommt ihn das Gefühl, als sei er nicht der Beamte Nane Lüders, sondern ein guter Freund von Britta Bergmann.

Dieser Fall beschäftigt mich wie kein anderer bisher. Das mag an den immer wiederkehrenden dienstlichen Begegnungen über eine lange Zeit liegen.

Er blättert in den Seiten, beginnt zu lesen von der Zeit, als Britta nach der Scheidung der Eltern mit ihrem Vater nach Minden zog ...

Das gibt's doch gar nicht!

Nicht zu fassen, auf welche Art und Weise der Vater seine Aufsichtspflicht verletzt, und seiner Tochter dadurch schwere Schäden zugefügt hat. Wie soll ein Mensch beziehungsfähig werden, wenn er beziehungslos aufwächst? Ihre Entscheidung, bei ihm und nicht bei der Mutter zu bleiben, war von Altruismus geprägt. Ein Kind, das nicht erträgt, den Vater alleinzulassen, und sich opfert. Er hat sie mit Füßen getreten.

Sich seinem Kind nicht zuzuwenden, wenn es verstört und mit verschmutzter Kleidung nach Hause kommt, beinahe vergewaltigt worden wäre! Einfach nicht hinzusehen. Diese Oberflächlichkeit ist nicht zu überbieten, der seelische Schaden unermesslich. Beinahe kriminell, sein Verhalten. Sie hatte nicht die Möglichkeit, über Probleme zu reden, ge-

schweige denn sie zu klären. Orientierungslos hat der Alte sie alleine dastehen lassen. Was muss sie für Ängste ausgestanden haben?

Allein, keine Liebe, keine Nähe. Eine Beziehung, die nur auf Versorgung ausgerichtet war, selbst die scheint mehr schlecht als recht gewesen zu sein. Den Typen möchte ich mir mal vornehmen!

Nane knöpft sein Hemd auf, in ihm ist die Hitze aufgestiegen. Er holt sich eine Apfelsaftschorle aus der Küche und trinkt in großen Schlucken davon. Dann fährt er mit der Lektüre fort.

*

Die Hochzeitsfeier im Hotel Bad Minden.

Diesen Eintrag liest er mehrere Male.

In ihrem Brief hat sie von einer Vergewaltigung durch Hannes Baum geschrieben. Doch die genaue Schilderung des Vorfalls lässt ihn sich versenken in die schreckliche Angst und Panik, in der sich die Frau befunden haben muss. Vor ihm entsteht das Bild eines dämonischen, grauenhaften Tyrannen. Auf niederträchtige Art und Weise hat der Mann sie körperlich misshandelt und verbal gedemütigt! Allein darüber zu lesen, bereitet ihm allergrößte Beklemmung. Richtig übel ist ihm geworden dabei.

Ich glaube, in dieser Sache bin ich tatsächlich kein guter Kripobeamter. Die Kollegen haben recht. Wer einen Fall so dicht an sich heranlässt, ist nicht unbefangen. Vielleicht sollte ich die Sache tatsächlich abgeben? Ich bin einfach voreingenommen.

Aber, verdammt noch mal, warum nicht Partei ergreifen? Diese Männer, ihr Vater und Hannes Baum, sind die Böse-

wichte in ihrem Leben gewesen, sie ist die Beschützenswerte. Niemand hat sie beschützt! Mit Torge Bergmann zusammen hätte sie es vielleicht hinbekommen. Aber sie war am Ende!

Ich werde weiter in der Sache recherchieren, wer weiß, was noch alles durch das Tagebuch ans Licht kommt?

Sie erwähnt, dass die Aufzeichnungen zur Klärung beitragen werden. Also muss es etwas geben, das bisher nicht relevant war oder überhaupt noch nicht bekannt geworden ist. Allerdings, ihr wird es auch nicht mehr helfen.

Möglicherweise hat sie die Schwangerschaft gemeint. Aber durch die Schwangerschaft wird nichts geklärt, die macht die Angelegenheit nur noch tragischer, als sie eh schon ist.

Nane liest weiter. Nicht eine einzige Seite lässt ihn unbeeindruckt.

Es ist vollbracht, steht da. *Alles entsorgt, gereinigt, geklärt.*

Ich decke für Torge und mich den Tisch, stelle Kerzen hin, koche uns eine kräftigende Hühnerbrühe. Als Hauptgang Kartoffelpüree aus der Packung, dazu ein Steak, als Dessert Schokoladenmousse.

Das habe ich mir verdient. Jetzt gibt es nur noch Torge und mich.

Der Beamte stutzt. Der Eintrag ist vom Februar. Irgendetwas passt hier nicht, ist nicht plausibel. Die übrigen Schilderungen sind ausführlich bis ins Detail, hier aber fehlt eine Erläuterung, eine Erklärung, was *entsorgt, gereinigt, geklärt* ist. Was soll das sein?

Er blättert und überfliegt die nachfolgenden Seiten. Im hinteren, unbeschriebenen Teil wird er fündig. Hier wurden einige Blätter mit Tesafilm eingeklebt.

Er beginnt zu lesen: *Ich hatte schlecht geschlafen ...* Ergriffen von dem, was er gerade von einer entsorgten Babyleiche gelesen hat, öffnet er die Terrassentür, atmet ein paarmal tief durch. Er reibt sich die Augen und sieht hinaus in den im fahlen Mondlicht liegenden Garten. Ihm ist kalt.

Was für eine Geschichte!

Ach herrje, die verkohlte Babyleiche im Biikehaufen, die Fritz Petersen, der Gemeindearbeiter, gefunden hat!

Sollte das etwa das Kind von Britta Bergmann gewesen sein? Dann ist es unschwer, sich vorzustellen, wer der Vater des Kindes ist.

Wenn er sich recht besinnt, hatte man bei der Leiche noch intakte DNA gefunden. Er wird es nächste Woche, wenn er in Husum wieder seinen Dienst tut, überprüfen lassen.

Das hat Frau Bergmann damit gemeint, dass die Tagebucheintragungen einiges aufklären werden.

Es ist spät geworden, Nane muss morgen früh raus. Doch er ist aufgewühlt und angespannt. Ein Stückchen will er noch weiterlesen, vielleicht etwas von dem Besuch bei Hannes Baum.

*

Aus.

Hannes ist tot. Hannes ist tot. Hannes ist tot.

Ich könnte diesen Satz hundertmal aus mir herausschreien und aufschreiben. Er wird mir keine Erinnerung daran bringen, wie es geschehen ist. Die Situation war eskaliert. Igor und Alexander hatten uns genötigt, mit einem Wodka anzustoßen und den Streit zu beenden, Frieden zu schließen. Torge lehnte ab, deshalb zogen Igor und Alexan-

der es vor, bei ihrem Bier zu bleiben. Außerdem war die Zeit knapp, sie mussten den Autozug nach Sylt erreichen. Sie bestanden allerdings darauf, dass Hannes und ich mit dem Wodka, dem Gastgeschenk von Igor, nach russischem Brauch anstoßen und uns vertragen sollten.

„Wir müssen uns beeilen, Igor, der Zug wartet nicht", sagte Alexander, während er auf seine Armbanduhr schaute. Torge, Hannes und ich gingen mit den russischen Gästen hinaus in den Flur, um sie zu verabschieden. Torge nutzte die Gelegenheit, aus unserem Wagen die Unterlagen für Hannes zu holen.

„Versprochen ist versprochen. Komm, anstoßen", sagte Hannes und zog mich ins Wohnzimmer. Widerwillig folgte ich ihm. Gleich würde Torge zurück sein und mit mir nach Hause fahren.

Wir erhoben die bis zum Rand gefüllten Gläser. Hannes sah mich an. Schon sein widerliches Grinsen brachte mich auf die Palme. Dann folgten sarkastische Bemerkungen.

Wir würden ein tolles Paar abgeben, sollten Torge von unserem Verhältnis erzählen. Ich trank mein Glas mit einem Schluck leer. Es wärmte mich, doch mein Herz begann zu rasen und in meiner Wut warf ich mein Glas in Hannes' Richtung. Ich weiß nicht, ob ich ihn verletzt habe, auf jeden Fall sank er zusammen. Dann wurde mir schwarz vor Augen. Während ich zu Boden glitt, sah ich Schatten. Ich sah, wie Torge zur Wohnzimmertür hereinkam und mir zuprostete. Am Fenster zum Hof schwebten die Umrisse von Marion und Jonas. Hand in Hand tanzten sie durch die schneeweiße Pforte, dann lösten sie sich in Luft auf. Das war's.

Danach kam die absolut erinnerungslose Schwärze, bis zu dem Zeitpunkt, als ich Torges Hand an meiner Schulter spürte, als ich meine blutverschmierten Hände und den toten Hannes neben mir auf dem Fußboden sah.

*

Lüders legt das Buch auf seinen Oberschenkeln ab, schließt die Augen und sinniert.

Während sie ohnmächtig wird, sieht sie ihren Mann, der eigentlich auf dem Weg zu seinem Auto ist. Möglicherweise kehrte er in diesem Augenblick zurück ins Wohnzimmer, allerdings wird er kein Glas in der Hand gehabt haben.

Durch das Fenster zum Hof erkennt sie die Umrisse von Jonas und Marion. In den letzten Monaten haben die beiden ihr Leben nicht unerheblich tangiert. Zwar ist Jonas tot, doch die Tatsache, dass er sie mit ihrer besten Freundin hintergangen hat, hat sie nicht verarbeitet.

Halluzinativ sieht sie die beiden zusammen im Garten. Es muss nicht alles eine Wahnvorstellung gewesen sein. Was, wenn sie Marion tatsächlich durch das Fenster gesehen und ihr intuitiv Jonas an die Seite gestellt hat?

Torge Bergmann hat ausgesagt, dass er ins Wohnzimmer kam und Hannes Baum mit einem Messer im Rücken am Boden lag. Seine Frau, bewusstlos daneben.

Theoretisch könnte Frau Bergmann in ihrer blinden Wut zum Tisch geeilt sein, das Messer genommen und auf Hannes Baum eingestochen haben. Baum muss zu diesem Zeitpunkt schon bewusstlos am Boden gelegen haben, ansonsten hätte es einen Kampf oder zumindest weitere Spuren am Tatort gegeben. Um an das Messer zu gelangen, hätte sie nur drei Schritte gebraucht, also denkbar wäre es. Blind vor Wut, aber nicht bei Sinnen, rammt sie ihm mit voller Wucht das Teil in den Rücken. Dann wird sie ohnmächtig.

Nane schlägt sich mit der Hand vor die Stirn.

Mein Gott, was bin ich für ein Trottel? Bei Hannes Baum wurden K.-o.-Tropfen im Blut nachgewiesen. Wenn ich mich recht erinnere, hat man Frau Bergmann daraufhin gar nicht untersucht. Sie war bei Bewusstsein, als wir zum Tat-

ort kamen. Zwar habe ich eine gewisse Verwirrtheit bei ihr bemerkt, aber genau deswegen könnte es sein, dass sie ebenso die Tropfen geschluckt hat.

Da muss ich aber noch mal gründlich meine Hausaufgaben machen und nachlesen.

Gut, dass sie die Aufzeichnungen gemacht hat.

Er kann das Tagebuch nicht aus der Hand legen. Spannender als ein Krimi liest sich das Ganze. Es ist nicht die Sensationslust, die ihn zum Weiterlesen bewegt. Es sind die menschlichen Abgründe, das unfassbar Grausame, was diese Frau in den Tod getrieben hat.

Er schaut auf die Armbanduhr, 1:30 Uhr. Das wird eine kurze Nacht. Es nützt nichts, er muss Schluss machen. Morgen wird er Kontakt zu Marion aufnehmen, nein, heute wird er sie anrufen.

„Hast dich wacker geschlagen“, wendet sich der Rechtsmediziner an die junge Polizistin Grietje Paulsen.

„Hab ich. Bin aber auch froh, dass es vorbei ist. Gott sei Dank findet unser Kripoalltag nicht in der Rechtsmedizin statt.“

„Ich gehe davon aus, dass es Selbsttötung war“, fährt er fort. „Sie flieht aus dem Gefängnis, kommt unerkannt nach Sylt. Als sie beschließt, zu sterben, wirft sie reichlich Tabletten ein und trinkt jede Menge Alkohol, geht dann ins Wasser.“

Nane hat sich abgewendet, er starrt vor sich hin.

Ich gehe auch von Suizid aus, denkt er bei sich. *Würde mich wundern, wenn's anders wäre. Der Einstich in der Armbeuge stammt von der Blutabnahme in der Klinik. Alles gut soweit. Aber Britta Bergmann war schwanger. Das werden wir dem Ehemann nicht verschweigen können. Was für eine Tragik.*

Wieder einmal hasst er seinen Beruf.

„Weitere Einzelheiten wird die toxikologische Untersuchung ergeben. Ich schick euch meinen Bericht.“

*

„Herr Bergmann, Lüders hier, es gibt Neuigkeiten. Kann ich zu Ihnen nach Hause kommen?“

„Ja, das passt sehr gut. Ich habe auch etwas, das ich Ihnen gerne zeigen möchte. Habe heute meinen freien Nachmittag. Gegen halb fünf, wäre das für Sie in Ordnung?“

„Prima, bis dann.“

Schon während der Fahrt von Kiel zurück nach Husum überlegt er, wie er Torge Bergmann die Nachricht von der Schwangerschaft seiner Frau am schonendsten übermitteln kann. Einige Varianten hat er durchprobiert, keine scheint ihm geeignet.

Mein Gott, was für ein Mist. Warum fallen mir die richtigen Worte nicht ein? Noch mal ganz von vorne: ‚Wissen Sie, Herr Bergmann, Ihre Frau erwartete ...‘ Nein, so nicht.

‚Herr Bergmann, wussten Sie ...‘ Natürlich wusste er das nicht. Vielleicht wusste sie es selbst nicht einmal.

‚Ich habe eine traurige ...‘.

Nane Lüders, jetzt reiß dich mal am Riemen!

Pünktlich parkt er seinen Wagen auf dem Grundstück am Haus in der Brinckmannstraße.

Bergmann hat ihn kommen sehen, empfängt ihn an der Haustür. „Ich habe Kaffee aufgebrüht. Hoffe, Sie trinken um diese Zeit noch welchen?“

„Gerne, Kaffee geht immer. Manch einer kann ja ab einer bestimmten Uhrzeit keinen mehr vertragen, aber mir macht das nix. Bei mir passt auch mitten in der Nacht noch Kaffee.“

„Wenn's recht ist, bleiben wir wieder in der Küche. Ist irgendwie gemütlich. Das war zu Hause bei meinen Eltern schon so. In der Küche tagte der Familienrat, da wurde geklönt, probiert und dann und wann auch gestritten. Aber nun.“

Wir sitzen hier beinahe wie Vater und Sohn zusammen, denkt Lüders bei sich. *Wenn ich's doch erst über die Lippen gebracht hätte.*

„Heute ist ein Brief von Britta gekommen“, beginnt Torge. „Eine Nachbarin brachte ihn vorbei. Er hat bei ihr im Kasten gelegen, während sie ein paar Tage verreist war. So kann's gehen. Ich möchte ihn Ihnen zum Lesen geben."

Der Mann schiebt das Papier über den Tisch. Nane schaut auf die handgeschriebenen Zeilen, dann sieht er Bergmann an. Soll er ihm sagen, dass er ebenfalls einen handschriftlichen Brief von seiner Frau erhalten hat, und das Tagebuch? Am liebsten würde er. Doch schnell besinnt er sich. Er darf sich nicht von sentimentalen Gefühlen leiten lassen. Vielleicht wird er zu einem späteren Zeitpunkt darüber reden. Aber dann müsste er auch das Tagebuch erwähnen, das wäre nicht so eine gute Idee.

„Mögen Sie nicht?", unterbricht Torge seine Gedanken, weil er glaubt, ein zögerliches Verhalten seines Gegenübers zu bemerken.

„Doch. Danke für das Vertrauen. Ich meine, das ist ja etwas sehr Persönliches, so ein handschriftlicher Brief."

„Ja."

Ein seltsames Gefühl überkommt ihn. Er beginnt zu lesen:

Lieber Torge ...

Als er zu Ende gelesen hat, starrt er auf das Papier, trinkt einen Schluck aus der Kaffeetasse.

„Das tut mir sehr leid, Herr Bergmann. Ich wünschte, es wäre anders gekommen. Die Tragik nimmt kein Ende. Ihnen die Nachricht von der Schwangerschaft zu überbringen, ist der Grund meines Besuches. Ich konnte nicht ahnen, dass Sie bereits davon wussten. Manchmal frage ich mich, was der alten Weltenseele einfällt, solche Dinge passieren zu lassen und nicht einzugreifen. Ich danke Ihnen nochmals sehr herzlich für Ihr Vertrauen."

„Gerne. Manche Dinge lassen sich leichter ertragen, wenn man sie mit anderen teilt. So nach dem Motto „Geteiltes Leid ist halbes Leid". Hört sich vielleicht kitschig an in diesem Zusammenhang, aber ich empfinde es so. Ich könnte mir niemand anderen vorstellen, der mir in dieser Sache empathischer gegenübersteht als Sie es tun, Herr Lüders. Das tut wirklich gut. Sich an die Eltern zu wenden damit, ist so eine Sache. Da schwingt unendliche Trauer mit, die sie noch weiter runterzieht, als sie eh schon unten sind. Weiß man schon, wann meine Frau ... wann die Leiche zur Bestattung freigegeben wird?"

„Ich denke morgen. Ich rufe Sie an."

Nane ist erschöpft. Das Überbringen schlechter Nachrichten kostet Energie. Er freut sich auf den Feierabend mit Frauke. Sie kocht heute sein Leibgericht, Bratkartoffeln und Fliederbeersuppe mit Klümp. Dieser Gaumenschmaus wird ihm heute besonders gut schmecken. Schon bei dem Gedanken daran läuft ihm das Wasser im Mund zusammen. Bratkartoffeln, lecker.

Er bringt das Auto zur Dienststelle und schwingt sich auf das Fahrrad. Nach diesem emotional anstrengenden Tag wird ihm die frische Luft guttun. Immer wieder kreisen seine Gedanken um Torge Bergmann. Mitgenommen hat er ausgesehen, richtig fertig. Kein Wunder, wenn einem ein Brief zugestellt wird, in dem man so ganz nebenbei etwas von Schwangerschaft und einem ungeborenen Kind erfährt. Der Abschiedsbrief seiner Frau ist ihm ganz schön an die Nieren gegangen.

Nane kommt seine Reise nach New York vor einigen Jahren in den Sinn. Er hatte am Ground Zero das 9/11 Memorial angeschaut, die Gedenkstätte für die Opfer der Terroranschläge auf das World Trade Center. An die dreitausend Menschen waren bei den Anschlägen ums Leben gekommen. An der Stelle, wo einst die Twin Towers gestanden hatten, gedenkt man der Opfer. Ihre Namen sind in die Umrandung der riesigen Pools eingraviert. Viele Namen hatte er gelesen, darunter einige von Frauen mit dem Zusatz „and her unborn child". Er hatte sich abwenden müssen, war gefangen in einem Betroffenheitsgefühl, das sich wie ein Ring um seine Brust legte. Tief in ihm drin war ein Schmerz, Tränen waren ihm über das Gesicht gelaufen. Er fühlte das Leid dieser vielen Menschen, als sei es sein eigenes. Ähnlich war es ihm heute ergangen. Der Brief von Frau Bergmann hatte ihn sehr ergriffen.

Er steigt ab von seinem Fahrrad, geht zu Fuß durch die Hafenstraße, um sich gedanklich auf den Feierabend einzustimmen. Er mag diese Straße, die in den Sommermonaten für den Autoverkehr gesperrt ist. Stark frequentiert wird sie von Touristen, die die kleinen Geschäfte, die Restaurants, Straßencafés und das im Hafen liegende Restaurantschiff Nordertor besuchen. Hier ist immer etwas los. Schnell voran kommt man allerdings nicht. Für Touristen scheint die Zeit stehen geblieben. Vor jedem Schnickschnack-Laden wird haltgemacht oder die Speisekarte vor der Tür eines Restaurants in aller Ruhe rauf- und runtergelesen. Heute ist es ihm recht. Er muss erst einmal in seinem Feierabend ankommen, das geht ohne Hektik am ehesten.

Eine halbe Stunde später fühlt er sich frei im Kopf. Er stellt sein Fahrrad in die Garage. Schon als er die Haustür öffnet, steigt ihm der Duft von ausgelassenem Speck und Zwiebeln in die Nase. Fraukes Bratkartoffeln sind die besten. Wieder läuft ihm das Wasser im Mund zusammen.

„Hallo", ruft er vom Flur aus.

Sicherlich hat sie die Dunstabzugshaube in Gang, dass sie mich nicht kommen hören hat, denkt er bei sich, als er keine Antwort erhält. Normalerweise kommt Frauke zur Begrüßung in den Flur, sobald sie ihn hört oder sieht.

„Frauke, wo steckst du? Sei nicht albern, wir sind keine kleinen Kinder, ich finde dich."

Er findet sie nicht. Seltsam. Vielleicht ist sie kurz zu Ische, der Nachbarin, rübergegangen.

Er packt seine Tasche aus und stellt sein Handy wieder an. Auf dem Display wird ein verpasster Anruf angezeigt. Er hört die Sprachnachricht ab. Eine Mitteilung vom Husumer Krankenhaus. Sie haben Frauke eingeliefert, er soll sich melden.

Nane springt in sein Auto und ruft von unterwegs in der Klinik an. Wenig später steht er vor dem Anmeldetresen und erfährt, dass Frauke auf der Intensivstation liegt. Näheres wird er dort erfahren. Intensivstation, seine Frauke! Er nimmt zwei Treppenstufen auf einmal und meldet sich völlig außer Atem an der Stationstür.

„Dann kommen Sie mal mit, Herr Lüders. Ich glaube, da wird sich jemand freuen."

Die Schwester bringt ihn in einen Raum, in dem mehrere Betten, jeweils durch einen Vorhang getrennt, nebeneinander stehen. Die Patienten sind an Messgeräte angeschlossen, deren Linien auf den Monitoren aufgeregt auf und ab flackern. Andere laufen monoton und schreiben gelegentlich Zacken nach oben oder unten auf die Bildschirme. Die Infusionsständer piepsen durcheinander.

Die Schwester zieht einen Vorhang beiseite. „So, da wären wir. Sie haben Besuch."

„Frauke!" Nane beugt sich zu Frauke herab und drückt ihr einen Kuss auf die Stirn. Er zieht einen Stuhl an das Bett heran und setzt sich erst einmal.

„Ach, Frauke, zu Hause duftet es nach Bratkartoffeln wie verrückt und du liegst auf der Intensivstation? Was ist passiert? Nun sag doch, was ist los?"

„Jetzt reg dich erst mal ab. Alles ist gut, oder halbwegs gut, wie ich inzwischen weiß. Ich werde hier noch ein, zwei Stunden überwacht, dann komme ich auf Station."

„Heißt das, dass sie dich hierbehalten?"

„Ja, das heißt es. Seit einigen Tagen fühle ich mich müde und matt. Ich habe Lust zu gar nix. Ewig hatte ich Durst wie verrückt und durch das viele Trinken kam der Harndrang dazu. Ich traute mich schon gar nicht mehr aus dem Haus. Ich hab mir nicht viel dabei gedacht. Wer viel trinkt, muss es ja irgendwie auch wieder loswerden.

Heute Morgen ging's mir gut. Ich freute mich darauf, für uns zu kochen und mit dir den Abend zu verbringen. Also fuhr ich nach Hockensbüll. Zuerst war alles gut. Im Garten habe ich ein bisschen die Blumen gegossen, dann die Wohnzimmerfenster geputzt. Als ich anfing, den Speck auszulassen, wurde mir leicht übel. Ich dachte, ich hätte nicht genug gegessen. Ich machte mir eine Scheibe Brot und setzte mich damit auf die Terrasse. Vom Nachbargarten winkte Ische herüber. Sie hatte Wäsche rausgehängt und kam rüber. Das war eine gute Idee. Wir saßen eine ganze Weile, schnackten und hatten Spaß. Sie kam noch mit rein, und leistete mir in der Küche Gesellschaft, während ich mit der Fliederbeersuppe beschäftigt war.

Plötzlich bekam ich Bauchkrämpfe und vor meinen Augen wurde es schwummerig und neblig. Eine Magenverstimmung, dachte ich, dann wurde mir schwarz vor Augen. Ich sank auf den Boden. Zum Glück war Ische da. Sie hat sofort den Notarzt gerufen.

Ja, und nun bin ich hier. Überzuckerung, hat der Arzt gesagt. Es sei gut, dass Ische angerufen hat. Mein Zuckerspiegel war auf einem bedenklich hohen Wert. Ein paar Tage muss ich hierbleiben. Man will herausfinden, was die Ursache für den Zusammenbruch war. Manchmal verbirgt sich ein Diabetes dahinter, von dem man bisher nicht wusste, dass man ihn hat."

„Weißt du, Frauke, da haben wir beide ja richtig Glück gehabt. Wer weiß, was passiert wäre, wenn Ische nicht bei dir gewesen wäre. Ich bin froh, dass du hier in guten Händen bist."

Nane beugt sich noch einmal zu Frauke herab.

„Ich liebe dich, Frauke. Wir sollten nicht mehr so lange so weit voneinander entfernt wohnen. Dann können wir auch viel besser aufeinander aufpassen, was meinst du?"

„Ich glaube, da ist was dran, Nane. Schön, dass du da bist."

„Sag, wenn ich was für dich tun kann. Blumen gibt's erst, wenn du auf Station bist."

Nane schreibt auf, was er an persönlichen Sachen aus ihrem Haus holen soll.

Das kann ja kein Mensch behalten, denkt er bei sich.

Doktor Schneider erscheint. Mit Schneider hat er im Dienst schon oft zu tun gehabt. Ein sehr umgänglicher Normalo unter den Ärzten, wie er findet.

„Grüß Gott, Herr Lüders. Heute mal privat in unserem Haus? Also, Anlass zu ganz großer Sorge besteht nicht, so viel kann ich schon mal sagen. Ein paar Tage müssen wir Frau Clausen aber hierbehalten. Schließlich wollen wir auf Nummer sicher gehen."

„Klar, Doktor, bringen Sie Frauke mal wieder auf die Füße, dann nehme ich sie unter meine Fittiche und passe auf, dass so etwas nicht noch einmal passiert. Ich geh denn mal. Tschüss und bis morgen, Frauke."

*

Nane sitzt am Küchentisch. Was vorhin noch seine Geschmacksnerven gekitzelt und das Wasser in seinem Mund hatte zusammenlaufen lassen, ist angesichts des Ereignisses verblasst.

Wie schnell sich die Wertigkeit von Dingen verschiebt. Es wird Zeit, dass sich an unserem Beziehungsstatus etwas ändert. Wenn Frauke sich doch entschließen könnte, bei mir zu wohnen. Wie wär das fein."

Der Gedanke wirkt wie ein Appetitanreger. Plötzlich kehrt die gute Stimmung zurück, das Essen schmeckt. Nach dem Abendbrot will er sich bei Google zum Thema Überzuckerung schlaumachen.

Montagmorgen, sieben Uhr. Hautkommissar Lüders sitzt auf der Husumer Dienststelle an seinem Platz.

„Mann, ist das schön, wieder auf seinem alten Bürostuhl zu sitzen", sagt er zu sich selbst und streckt seine Beine unter dem Schreibtisch aus.

Gleich geht's in die Frühbesprechung. Darauf freut er sich. Hat er doch eine ganze Weile seine alten Mitstreiter nicht gesehen. Zum Fall Bergmann eine Mappe mit der ihm eigenen Zettelwirtschaft unterm Arm, macht er sich auf den Weg.

„Moin zusammen", ruft er laut in die Runde. „Hätte euch gerne ein Fischbrötchen von der Insel mitgebracht, aber leider lag das Wochenende dazwischen. Aber ich freu mich, wieder bei euch zu sein."

Sein Chef, Willi Mertens, kontert: „Wir sind auch mit einem Fischbrötchen aus Husum zufrieden, Nane. Also, heute Mittag um zwölf? Wer ist dabei?"

„Na ja, man lässt sich nicht gerne lumpen. Statt Fischbrötchen gibt's ein Blech frisch gebackenen Butterkuchen. Der duftet vielleicht herrlich. Könnt mal vorab 'ne Nase voll nehmen, steht in meinem Büro."

„Nun sag nicht, dass du für uns gebacken hast", frotzelt Oke Brandt. „Ich kann mir denken, wer da wieder fleißig war. Darauf würdest du doch niemals kommen, Nane."

„Das tut mir nun auch wieder weh. Aber gut, der Kuchen ist ein lieber Gruß von meiner Frauke."

Der Leichenfund auf Sylt ist das Hauptthema der Besprechung an diesem Morgen. Nane berichtet über den Sachstand.

„Dann seht mal zu, dass ihr eine hundertprozentige Aufklärung hinbekommt. Ihr seid zu dritt, Oke, Grietje und du, das solltet ihr wohl zuwege bringen, oder?" Willi Mertens zwinkert Nane zu.

Worauf du dich verlassen kannst, fügt Nane in Gedanken hinzu.

*

„Ich schlage vor, wir machen eine Bestandsaufnahme und legen fest, wie wir weiter vorgehen wollen", sagt Nane Lüders, als sie zu dritt in seinem Büro sitzen. „Hab schon mal Kaffee aufgebrüht. Wer will?"

Alle drei haben Kaffeedurst.

„Wie war dein Urlaub, Oke?"

„Gerlinde und ich waren eine Woche auf Malle zum Wandern und zwei Wochen auf Santa Teresia in der Woldsenstraße. Alles war schön. Auch wenn am Haus und im Garten immer was zu tun ist, Urlaub war's trotzdem. Ich bin gut erholt. Aber nach drei Wochen darf die Arbeit auch wieder losgehen."

Lüders hat Kaffee eingeschenkt und sich hinter seinen Schreibtisch gesetzt. Er zieht das Tagebuch von Britta Bergmann aus seiner Umhängetasche.

„Das hier", sagt er und sieht seine Kollegen beinahe verschwörerisch an, „das ist unsere Arbeitsunterlage für weitere Ermittlungen. Aber top secret, wenn ich bitten darf.

Das ist das Ding, was du mir in Westerland auf den Schreibtisch geknallt hast, Grietje. Britta Bergmann hat Tagebuchaufzeichnungen gemacht. Mal mehr, mal weniger. Ich hab schon ein bisschen drin gelesen und allerhand Unglaubliches herausgefunden.

Ich bitte euch, bis auf Weiteres niemandem von der Existenz des Buches zu erzählen. Wir lesen es, verwenden die für unsere Ermittlungsarbeit wichtigen Informationen und gut ist's."

„Das klingt ja nach einem Komplott. Versteh ich nicht. Wir können doch nicht einfach das Tagebuch unterschlagen."

Nane reicht Oke den Brief von Britta Bergmann. „Hier, lies, dann wirst du es verstehen. Kannst ihn danach Grietje zum Lesen geben. Und wenn einer von euch damit nicht leben kann, dass wir es zunächst für uns behalten, na, dann weiß ich auch nicht."

Oke wartet ab, bis auch Grietje die Zeilen gelesen hat.

„Das ist ja krass. Sie scheint einen ganz persönlichen Draht zu dir gehabt zu haben. Da kommt einem die Sache schon 'ne ganze Ecke näher, oder?"

„Sag ich doch, das kannst du wohl annehmen. Also, was ist? Ist, zwischen den Zeilen gelesen, sozusagen eine Art letzter Wille von Frau Bergmann."

„Ehrensache."

„Absolut."

„Na dann, packen wir's an. Grietje, du nimmst dir bitte die Akten vor. Was sag ich, kennst du so was überhaupt noch, Akten? Also, kremple ihn um, den PC, und guck, was er zu Hannes Baum so alles ausspuckt.

Die Mordkommission müssen wir noch mal anstupsen, einen Blick in die Asservatenkammer halte ich für unverzichtbar. Das muss aber nicht sofort sein.

Ich für meinen Teil werde Marion Petereit kontaktieren. Hab so ein Gefühl, dass über sie etwas herauszubekommen ist. Dir überlass ich erst mal das Tagebuch zum Reinlesen. Aber wie gesagt ..."

„... Streng geheim!", ergänzt Oke und hält den Daumen hoch.

Nane überlegt, wie er am unverfänglichsten mit Frau Petereit Kontakt aufnehmen kann. Dann hat er eine Idee.

„Mein Name ist Lüders, ich möchte gerne mit Marion Petereit verbunden werden."

„Moment, ich stelle Sie durch."

„Personalbüro Petereit."

„Kriminalhauptkommissar Lüders von der Kriminalpolizei Husum. Frau Petereit, es tut mir leid, dass ich Sie bei der Arbeit störe, aber ist es Ihnen möglich, nach Feierabend bei uns auf der Dienststelle vorbeizukommen? Wir ermitteln in der Sache Britta Bergmann. Sie haben sicher darüber in der Zeitung gelesen. Wir müssen Ihnen ein paar Fragen stellen."

„Ich wüsste nicht, was ich mit Britta noch zu tun hätte. Wie kommen Sie überhaupt dazu, mich auf der Arbeit anzurufen? Dürfen Sie das überhaupt? Außerdem hat man sie doch gefunden."

„Selbstverständlich darf ich Sie auf der Arbeitsstelle anrufen, aber Sie können beruhigt sein. Ich habe mich nur mit meinem Namen gemeldet. Sie kannten Frau Bergmann einmal ganz gut und würden uns durch die Beantwortung einiger Fragen möglicherweise sehr helfen. Es dauert sicher nicht lange."

„Leider geht es mir nicht gut, ich habe mich bei meinem Vorgesetzten schon abgemeldet und werde gleich nach Hause gehen."

„Das tut mir leid. Ich mache Ihnen einen Vorschlag. Meine Kollegin und ich kommen zu Ihnen nach Hause, wir stellen unsere Fragen und sind schon wieder weg. Einverstanden?"

Marion ist nicht ganz wohl bei der Sache. Irgendwie möchte sie das Gespräch abwimmeln, doch das wäre sicher nicht sehr geschickt. Außerdem, was sollen die Beamten schon von ihr wollen? Die Freundschaft zwischen ihr und Britta ist längst Geschichte.

„Also gut, es wäre mir schon lieb, wenn ich nicht erst zu Ihnen zur Dienststelle kommen müsste."

„Prima", erwidert Lüders. „Sagen wir gegen dreizehn Uhr? Ihre Adresse brauche ich noch und, wenn Sie haben, eine Telefonnummer, falls was dazwischenkommt. Bei unserem Beruf weiß man ja nie."

Marion nennt Adresse und Telefonnummer und legt auf.

*

Kurz vor dem Mittagessen kommt Grietje in Nanes Büro.

„Wir zwei Hübschen fahren kurz vor eins zu Marion Petereit, der ehemaligen Freundin von Britta Bergmann."

„Ist ja witzig. Wie heißt die, Marion Petereit? Habe gerade beim Stöbern eine Auflistung von Telefonnummern gefunden. Da gibt es auch eine Marion, allerdings hat die keinen Nachnamen. Ich guck mal, ob ich das jetzt so schnell wiederfinde."

Nane vergleicht die Telefonnummer aus dem Fall mit der auf dem Zettel, die Frau Petereit ihm genannt hat.

„Da wird doch der Hund in der Pfanne verrückt. Interessant. Da bin ich umso gespannter, was die Befragung von Frau Petereit ergibt. Fest steht jedenfalls, dass sie Hannes Baum gekannt hat."

„Ich geh dann mal schnell 'ne Bratwurst essen. Bin um zehn vor eins wieder hier, okay?"

*

„Schon alleine dafür hat es sich gelohnt, in den Fall Baum zu gucken", sagt Nane zu seiner Beifahrerin, als sie auf dem Weg in die Gurlittstraße sind. „Ich freu mich schon, sie damit zu konfrontieren. Fängt an, Spaß zu machen."

„Ich hab Sie kommen sehen. Jedenfalls habe ich mir gedacht, dass Sie es sein müssen, Sie und Ihre Kollegin", sagt Frau Petereit, als sie den Beamten die Tür öffnet.

Nane stellt sich und seine Kollegin vor. „Moin, Frau Petereit. Ich sagte ja schon am Telefon, dass wir in der Sache Britta Bergmann ermitteln. Es ist richtig, dass wir sie gefunden haben, aber damit fängt ja unsere Arbeit auch erst an. Also, es stimmt doch, dass Sie und Frau Bergmann Freundinnen waren?"

„Das ist lange her. Wir können uns bitte hier an den Tisch setzen. – Ich hatte mit ihrem Mann Jonas ein Verhältnis. Wir hatten große Pläne, Jonas und ich, aber dann kam die Sache eben doch anders. Dass wir seitdem keine Freundinnen mehr sind, liegt auf der Hand."

„Das tut mir leid. Wann haben Sie Frau Bergmann das letzte Mal gesehen?"

„Das war auf der Beerdigung von Jonas."

„Haben Sie miteinander geredet?"

„Nein. Sie hat sich nach den Worten der Pastorin sofort, kalt wie ein Frosch, von der Grabstelle entfernt."

„Wo Sie das so sagen, ‚kalt wie ein Frosch'. Würden Sie Frau Bergmann einen Mord zutrauen?"

„Klar. Sie war es doch auch. Sie hat den Hannes Baum umgebracht. Deshalb musste sie ja ins Gefängnis. Außerdem ist sie nicht zum ersten Mal übergriffig geworden. Jonas hat mir Szenen erzählt, da sind schon mal die Gläser durch die Gegend geflogen. Deshalb ist sie damals auch in der Klapse gelandet."

„Dann habe ich Sie also richtig verstanden, dass Britta Bergmann in der Zeit, als sie im Gefängnis war, oder danach, keinen Kontakt zu Ihnen aufgenommen hat?"

„Absolut richtig."

„Frau Bergmann und Hannes Baum waren verwandt. Haben Sie Herrn Baum kennengelernt? Vielleicht in der Zeit, als Sie und Frau Bergmann noch Freundinnen waren?"

„Keine Ahnung. Nee, ich habe Herrn Baum nicht gekannt."

„Eine letzte Frage habe ich noch. Kennen Sie den Vater von Frau Bergmann?"

„Auch den kenne ich nicht. Britta und ich haben uns erst an unserem Arbeitsplatz beim TSBW kennengelernt. Sie hatte seit Jahren keinen Kontakt zu ihrem Vater."

„Das war's dann auch schon. Vielen Dank, Frau Petereit. Sie haben uns auf jeden Fall weitergeholfen. Gemütlich, Ihre Wohnung."

„Darf ich fragen, wieso ich Ihnen weitergeholfen habe?"

„Na ja, wir können jetzt ausschließen, dass Britta Bergmann Sie aus dem Gefängnis und auch danach kontaktiert hat. Wenn das so ist, kann man Sie wegen Beihilfe zur Flucht nicht belangen. Ich danke Ihnen. Tschüss und gute Besserung, Frau Petereit."

Lüders kehrt noch einmal um. „Entschuldigung, eine Frage hab ich noch."

Er zieht die kleine Fotomappe aus seiner Jackentasche und reicht sie Frau Petereit.

„Schauen Sie mal rein. Kennen Sie den?"

Marion klappt das Heftchen auf und schüttelt den Kopf. „Wer soll das sein? Nie gesehen."

„Danke, hätte ja sein können."

„Ganz schön dreist, die Frau Petereit. Gleich dreimal hat sie uns angelogen.

Erstens hat sie Britta Bergmann nicht zuletzt auf der Beerdigung von Jonas Jeute gesehen, sondern am Tag der Entlassung von Frau Bergmann aus der Psychiatrie.

Zweitens muss sie zumindest einmal zu Hannes Baum Kontakt gehabt haben. Lass uns mal die Gespräche auf dem Handy überprüfen.

Drittens kennt sie den Mann auf dem Foto, auf jeden Fall hat sie Torge Bergmann zusammen mit Britta beim Mittagessen im Osterkrug gesehen."

„Verstehst du das? Sie kann doch zugeben, wie es gewesen ist, wenn sie nichts zu verbergen hat."

„Genau. Irgendwas ist da faul. Komm, wir sehen uns gemeinsam an, von wem aus die telefonischen Kontakte stattgefunden haben."

„Wieso hast du ihr die Mappe in die Hand gegeben, hättest ihr doch das Foto unter die Nase halten können? Oh Nane, du Schlitzohr. Ich verstehe."

Lüders zwinkert Grietje zu. Er schließt sein Dienstzimmer auf.

„Hm, riechst du, was ich rieche? Butterkuchen! Lang zu, wir probieren schon mal."

Nane lüftet das Handtuch auf dem Backblech, das den Butterkuchen bedeckt, und lässt sich mit einem Kuchenstück in seinen Bürostuhl fallen.

„Bevor ich Feierabend mach, ruf ich den Vater von Frau Bergmann an. Vielleicht ist der um die Zeit schon von der Arbeit zu Hause. Die Kontaktdaten müssen in den Unterlagen zu finden sein. Schreib sie mal auf, wenn du darüber stolperst. Sonst müssen wir bei Torge Bergmann nachfragen. Ich bin dann mal im Haus unterwegs."

Kurz vor Feierabend sitzen Nane, Oke und Grietje in Nanes Büro zusammen.

„Ich kann euch gar nicht sagen, wie viel Spaß mir meine Arbeit im Augenblick macht, auch wenn Britta Bergmann dadurch nicht wieder lebendig wird. Dass sie den Freitod gewählt hat, müssen wir nicht mehr in Zweifel ziehen, insofern könnte die Akte geschlossen werden.

Aber der Fall Hannes Baum bekommt unter Berücksichtigung der Tagebucheinträge von Britta Bergmann eine ganz neue Relevanz. Im Hinblick darauf auch eine ganz andere Wertigkeit. Genau genommen ist noch jede Menge Arbeitseinsatz nötig.

Da kommt Ermittlungsarbeit auf uns zu, die mir so richtig gut schmeckt. Glaubt mir, ich werde alles umkrempeln und auf den Kopf stellen, bis der kleinste Zweifel ausgeräumt ist.

Wenn Britta Bergmann gar nicht die Täterin war, hätten wir drei weitere Tatverdächtige zur Auswahl, die für die Tat infrage kommen. Die Gäste aus Düsseldorf, Alexander und Igor, deren Nachnamen und Adressen bisher nicht ermittelt werden konnten, und sogar Torge Bergmann muss man als möglichen Täter in Betracht ziehen, rein theoretisch."

„Wieso? Hältst du es für möglich, dass Frau Bergmann ihn nicht umgebracht hat? Sie hat doch gestanden. Würdest du einen Mord gestehen, den du nicht begangen hast? Versteh ich nicht", wirft Grietje ein.

„Manchmal hilft einem so ein Gefühl, Grietje. Schau einfach mal ins Tagebuch. Ich gebe zu, ich bin nicht ganz unbefangen, aber ich hab da was zwischen den Zeilen gelesen.

Frau Bergmann hat eine Stinkwut auf Hannes Baum gehabt. Sie haben gestritten, sie hat ein Glas nach ihm geworfen. Nur weil niemand anders zu dem Zeitpunkt im Haus war, ging sie davon aus, dass sie es getan haben musste, auch wenn sie sich daran nicht erinnern konnte. Das Blut an den Händen, der tief sitzende Wunsch, Hannes Baum tot zu sehen, sprechen für sich. Sie machte keinen Hehl daraus, dass sie seinen Tod nicht bedauerte, aber Restzweifel waren vorhanden. Und die sind jetzt auch bei mir vorhanden.

Erste Ungereimtheiten haben wir doch schon herausgefunden. Warum hat uns Frau Petereit angelogen? Wen will sie schützen?"

„Ich verstehe deine Erregung, aber steigerst du dich da nicht rein? Trägst du Scheuklappen, weil du die Dinge plötzlich anders sehen willst, weil du möchtest, dass sie es nicht war?"

„Du Küken, was heißt hier Scheuklappen? *Du* hast die Scheuklappen vor den Augen, ach was, du machst komplett dicht für Neues, was dem Fall eine Wende geben könnte. Du bist in der schlechten Welt noch nicht angekommen, dafür bist du viel zu jung. Werde erst einmal erwachsen!"

„Stopp, ihr beiden. Das bringt uns doch nicht voran. Nane, du bist mal eben über das Ziel hinausgeschossen. Unsachlichkeit macht keinen Sinn", mischt sich Oke ein.

„Hast recht. Sorry, Grietje, tut mir leid. Da sind gerade die Pferde mit mir durchgegangen. Also, ich entschuldige mich hiermit. Kehren wir zur Sachlichkeit zurück. Lies mal, was Frau Bergmann schreibt. Das öffnet die Augen, und spätestens dann wirst du anders darüber denken."

Nane reicht Grietje die Hand.

„Lasst uns Feierabend machen für heute. Ich ruf noch den Vater an."

Nane gönnt sich eine Verschnaufpause, stellt sich mit dem vorletzten Stück Butterkuchen ans Fenster und blickt in den Hof.

Wenn es Frau Bergmann nicht war, wer dann? Diese Frage geht ihm immer wieder durch den Kopf.

Ich werde meine Fühler nach Düsseldorf ausstrecken. Der Gedanke, dass die Kerle aus dem Milieu kommen, lässt mich nicht los. Reine Intuition zwar, aber mit ein bisschen Glück könnte man sie wie die Stecknadel im Heuhaufen finden. Vielleicht sind Männer mit diesen Vornamen polizeibekannt.

Aber Step by Step. Jetzt ruf ich erst mal in Minden an.

*

„Moin, Herr Franke, ich bin Nane Lüders von der Kriminalpolizei Husum. Zum Tod Ihrer Tochter möchte ich Ihnen mein Beileid aussprechen. In diesem Zusammenhang habe ich aber noch ein paar Fragen, die ich Ihnen stellen muss. Im Grunde Routine, aber auch die muss erledigt werden, damit alles seine Ordnung hat."

„Was für Fragen? Ich denke, Sie haben meine Tochter gefunden. Da hätte ich ein paar Fragen an Sie, nämlich, wann die Beerdigung stattfindet, zum Beispiel."

„Dazu kann ich noch nichts sagen, Herr Franke. Sicher wird Ihnen Ihr Schwiegersohn Bescheid geben, wenn die Leiche zur Bestattung freigegeben ist. Wann haben Sie Ihre Tochter zum letzten Mal gesehen beziehungsweise gesprochen?"

„Das habe ich doch alles schon den Kollegen gesagt. Schließlich wurde ich lang und breit befragt, als sie aus der JVA abgehauen war."

„Mag sein, aber sagen Sie es mir einfach noch einmal. Also, wann?"

„Das war im August vorletzten Jahres im Hotel Bad Minden. Meine Frau und ich hatten unsere Hochzeit nachgefeiert, da war Britta eingeladen. Da habe ich sie zum letzten Mal und auch nach vielen Jahren zum ersten Mal gesehen. Ihr Mann war im Ausland damals, und weil Britta sich nicht so fremd und allein fühlen sollte, hatten wir auch meinen Cousin Hannes Baum eingeladen. Sonst hätte sie nämlich niemanden auf der Feier gekannt."

„Welchen Eindruck hatten Sie von Ihrer Tochter?"

„Die Freude, sie zu sehen, war groß. Aber wie das auf einer Gesellschaft mit vielen Menschen so ist, man kommt nicht so wirklich lange mit dem Einzelnen ins Gespräch. So war es auch mit uns. Außerdem hat sie sich sehr früh mit Kopfschmerzen in ihr Zimmer zurückgezogen. Das habe ich sehr bedauert. Ich glaube, sie kam nicht besonders gut damit zurecht, dass ihr Mann sie so lange allein ließ. Am Morgen hofften wir, sie beim Frühstück zu treffen, aber leider war sie schon abgereist. Wir waren ein bisschen später dran als geplant. Es war eine kurze Nacht. Britta konnte auf uns nicht warten, weil sie einen festen Zug gebucht hatte."

„Sie meinen, dass Sie danach keinen Kontakt mehr gehabt haben? Sich nicht mehr getroffen oder telefoniert haben, auch nicht, als sie in der JVA einsaß, oder nachdem sie geflohen war?"

„Ja, das meine ich. Nach der Feier war Funkstille wie die ganzen Jahre davor auch. War's das?"

„Das war's, Herr Franke. Sollte noch etwas sein, würde ich mich wieder melden. Haben Sie vielen Dank. Auf Wiederhören."

„Moin, Frau Petereit, es tut mir leid, aber wir müssen noch einmal miteinander sprechen. Wann können Sie auf die Dienststelle kommen?“

„Woher haben Sie meine Telefonnummer?“

„Das eben möchte ich mit Ihnen besprechen. Wann können Sie hier sein?“

„Ich bin krankgeschrieben, mir geht's nicht gut. Ich kann auf keinen Fall auf die Dienststelle kommen. Vielleicht lässt es sich verschieben?“

„Nein, verschieben ist schlecht. Aber wir kommen wieder zu Ihnen nach Hause, wäre das in Ordnung für Sie?“

Marion Petereit windet sich. „Okay. Wann?“

„In einer halben Stunde sind wir da.“

Grietje und Nane sitzen Frau Petereit an ihrem Wohnzimmertisch gegenüber.

Sie sieht nicht gut aus, denkt Nane bei sich, *aber das kann bei Frauen ja verschiedene Ursachen haben. Ich werde ihr gleich mal auf den Zahn fühlen.*

„Frau Petereit, bei unserem letzten Besuch haben Sie uns angelogen. Wissen Sie, es macht keinen Sinn, mit der Wahrheit hinter dem Berg zu halten. In der Regel kriegen wir über kurz oder lang die Wahrheit heraus.“

„Ich wüsste nicht, inwiefern ich Sie angelogen haben soll. Ich habe Britta auf der Beerdigung von Jonas das letzte Mal gesehen.“

„Es geht eher um die Tatsache, dass Sie verneint haben, Hannes Baum zu kennen. Also?“

„Ach, daher haben Sie meine Handynummer. Ja, er hat mich mal angerufen. Wollte mich zum Cappuccino einladen."

„Und wie kommt er bitte schön an Ihre Nummer? Reden Sie doch einfach nicht mehr um den heißen Brei herum. Sagen Sie uns, was Sie tatsächlich mit Herrn Baum zu tun hatten."

Marion erzählt bereitwillig, dass Hannes Baum auf ihrer Arbeitsstelle erschienen war und sich nach Britta erkundigt hatte.

„Danach hat er mich mit in die Stadt genommen. Wir sind einen Cappuccino trinken gegangen, dabei habe ich ihm die Kontaktdaten von Britta gegeben. Wir hatten uns ein weiteres Mal verabredet und für den Fall, dass etwas dazwischenkommen sollte, die Telefonnummern ausgetauscht. Das war alles, mehr war da nicht."

„Wieso haben Sie uns das nicht gesagt?"

„Im Grunde waren Sie ja wegen Britta hier und da war für mich die Frage nach Hannes Baum nebensächlich. Ich wollte in nichts hineingezogen werden. Schließlich ist er ja ermordet worden."

„Gab es denn etwas, wo Sie hätten hineingezogen werden können? Ich verstehe nicht, wie Sie das meinen."

„Na ja, zuerst ist Britta meine Freundin, dann sind ihr Mann und ich ein Paar, Jonas stirbt. Britta bringt Hannes um und nun ist sie selber tot. Ich fühle mich da so mittendrin in der Kette von Toten, weil ich sie alle mehr oder weniger gut gekannt habe. Ich wollte nicht mit Hannes' Tod in Zusammenhang gebracht werden, deshalb habe ich die Aussage gemacht. Aber ich kann immer noch behaupten, dass ich ihn nicht wirklich gekannt habe."

„Ob ich mal kurz Ihre Toilette benutzen dürfte?"

„Klar, raus auf den Flur, hinten links die letzte Tür, und bitte hinsetzen. Wollen Sie Kaffee?", fragt Marion Grietje Paulsen, während sie eine Tasse unter die Espresso-Maschine stellt.

„Nein, danke. Einen schönen Ring haben Sie."

„Ein Geschenk von Jonas. Eigentlich der Verlobungsring, heiraten ging ja noch nicht."

Versonnen dreht die Frau den Ring am Finger hin und her.

„Möchten *Sie* vielleicht einen Kaffee?", wendet sich Marion an Nane, als er das Wohnzimmer wieder betritt.

„Nein, herzlichen Dank, möchte ich nicht. Aber bevor meine Kollegin und ich gehen, hätte ich noch eine Frage. War Ihnen bekannt, dass Herr Baum kurz vor seinem Tod Freunde eingeladen hatte? Hat er Ihnen gegenüber etwas darüber gesagt?"

„Ja, er erwähnte beiläufig, dass Britta und ihr Mann zu Besuch kämen. Er wollte in Husum Fuß fassen, hin und wieder ein paar Leute einladen."

„Da hätte er Sie doch ebenfalls einladen können."

„Das wäre nicht so eine gute Idee gewesen. Britta und ich, das hätte Tote gegeben. Oh, das war jetzt wohl nicht so passend. Also ich hätte niemals so eine Einladung angenommen."

„Gut, Frau Petereit. Dann haben Sie vielen Dank. Ich wünsche Ihnen gute Besserung, Sie sind hoffentlich bald wieder auf den Beinen. Ich möchte ja nicht indiskret sein, und Sie müssen darauf auch nicht antworten, aber was fehlt Ihnen denn?"

„Ich bin einfach überarbeitet. Der Stress im Büro macht mir ganz schön zu schaffen, dann noch die Todesfälle. Jonas stand mir immerhin ziemlich nah und so lange liegt sein Tod noch nicht zurück. Nun ist seine Frau tot, da kommt die Erinnerung noch einmal zurück. Dann Hannes Baum, den ich zwar nur flüchtig kannte, aber da fehlt mir die Coolness, einfach so zu tun, als wäre nichts geschehen. Alle sterben auf tragische Weise einfach so weg."

„Da haben Sie recht, so etwas lässt sich nicht von heute auf morgen wegstecken. Erholen Sie sich gut, Frau Petereit. Auf Wiedersehen."

Nane Lüders, Oke Brandt und Grietje Paulsen sitzen bei Kaffee und Mettbrötchen in Nanes Büro.

„Lasst es euch schmecken, wir haben es uns verdient.“ Nane zwinkert seinen Kollegen zu und beißt herzhaft in eine Brötchenhälfte.

„Du kannst uns doch jetzt verraten, wie du es angestellt hast, eine Aussage von den Burschen zu bekommen.“

„Ich hab so ein bisschen meine Kontakte gepflegt und dabei ist dann rausgekommen, was jetzt vor uns liegt. Fragt nicht nach, Leute, das Ergebnis zählt, und das haben Polizisten zusammengetragen, die ihr Handwerk verstehen. Ihr wisst doch, wie das manchmal so geht. Du kennst einen von früher von der Polizeiakademie und der kennt wieder einen, der weiß, an wen du dich wenden kannst. Und dann landest du irgendwann bei jemandem, der mit illegaler Prostitution und Menschenhandel zu tun hat. Eigentlich ganz simpel, du musst dich nur durchfragen und nicht gleich abwimmeln lassen. 'Ne ganze Portion Sturheit bring ich ja mit, das kann mir wohl niemand absprechen.“

„Nun spann uns nicht auf die Folter. Was haben die ausgesagt?“, will Oke wissen.

„'Ne ganze Menge. Die beiden, Alexander und Igor, gehören zum Kopf einer Gang, die mit Menschenhandel und Prostitution ihr Geld verdient. In Düsseldorf betrieben sie einen Puff, in dem eingeschleuste minderjährige Mädels zur Prostitution gezwungen wurden. Drogen, Menschenhandel, die ganze Palette eben. In diesem Liebestempel verkehrte unser Toter Hannes

Baum früher regelmäßig. Er soll für die Männer mal einen Auftrag erledigt, dabei unrechtmäßig Geld kassiert und nicht zurückgezahlt haben. Dieses Geld wollten die beiden nun von ihm zurückhaben."

„Haben sie's bekommen?"

„Sie sollen sich geeinigt haben. Aber das ist noch nicht alles. Sie haben ausgesagt, dass sie Hannes Baum für die Beschaffung des Geldes eine Frist gesetzt und vereinbart haben, dass sie es sich bei ihm zu Hause abholen würden. Sie kamen an dem Nachmittag vorbei, als er mitten in den Vorbereitungen für den Abend steckte, an dem Britta und Torge bei ihm eingeladen waren. Weiter haben sie ausgeplaudert, dass eine Freundin, und nun hört, Marion soll sie heißen, ihm bei den Vorbereitungen für den Abend geholfen haben soll. Allerdings habe Marion wegen einer anderen Einladung nicht bleiben können.

Erwähnt haben sie ebenfalls, dass es sich bei Marion vom Typ her um eine Frau handelt, auf die Hannes Baum voll abfährt. Vom Alter her sei sie nicht so ganz passend, aber Größe und Figur hundertpro, wie maßgeschneidert. Marion hatte Alexander und Igor zum Bleiben überredet.

Es soll ein netter Abend zu fünft gewesen sein. Als die Männer das Haus verließen, war Hannes noch am Leben, allerdings hätten er und Britta heftig gestritten. Igor ging die Streiterei ziemlich auf den Zeiger, er hatte vorgeschlagen, dass die beiden nach russischem Brauch mit Wodka anstoßen und ihr Kriegsbeil begraben sollten. Wodka hatten sie als Gastgeschenk mitgebracht. Leider war es aber dazu in ihrem Beisein nicht gekommen. Sie wollten den Zug nach Sylt nicht verpassen, deshalb hatten sie sich verabschieden müssen. Was später geschehen sei, dazu konnten sie nichts sagen. Es täte ihnen auf jeden Fall sehr leid, dass Hannes tot sei."

„Damit kannst du doch nichts anfangen, sind doch illegal zustande gekommen, die Informationen", wirft Grietje ein.

„Brauchen wir doch auch nicht. Schließt aber eine Lücke, Frau Petereit hat wieder mal gelogen und wir überführen sie, Punkt für Punkt werden wir sie auszählen. Was für ein raffiniertes, verlogenes Frauenzimmer. Und eiskalt. Da freu ich mich jetzt schon drauf. Ob Alexander und Igor noch mal in einem anderen Fall die Hauptdarsteller werden, das mögen die Düsseldorfer entscheiden."

Marion Petereit sitzt mit einem Gesichtsausdruck von gelangweilt bis genervt am Besprechungstisch in Nanes Büro. Ihre Finger traktieren ununterbrochen die Tischplatte.

„Meine Kollegen werden gleich da sein, Frau Petereit, dann fangen wir an.“

„Ich bin gespannt, was Sie für großartige Neuigkeiten zu berichten haben. Reden wir über Britta oder über Hannes?“

„Wir werden über Sie reden.“

Nervös nimmt Marion Petereit eine andere Sitzposition ein, schlägt das linke Bein über das rechte. Anstatt mit den Fingern den Tisch zu bearbeiten, wippt sie nun mit der linken Fußspitze unaufhörlich auf und ab und räuspert sich.

„Da sind sie. Darf ich vorstellen? Staatsanwalt Thomsen, mein Kollege Oke Brandt, Frau Paulsen kennen Sie ja bereits.“

„Was soll denn der ganze Bahnhof hier? Ein Staatsanwalt, ich bin doch nicht angeklagt!“

„Durch neue Erkenntnisse hat der Fall Hannes Baum eine Wende genommen, eine ganz andere Brisanz ergibt sich im Hinblick auf Ihre Person“, eröffnet der Staatsanwalt das Gespräch.

„Versteh ich nicht, was habe ich damit zu tun?“

„Das werden Sie gleich erfahren. Ich übergebe an meinen Kollegen, Herrn Lüders.“

„Frau Petereit, wir haben den Verdacht, dass Sie etwas mit dem Tod von Hannes Baum zu tun haben, was Sie bisher vehement abgestritten haben.“

Marion schnappt nach Luft und will etwas sagen. Doch stattdessen setzt sie sich gerade vor den Tisch, stützt die Ellenbogen auf und verschränkt die Finger ineinander.

„Waren Sie öfter bei Herrn Baum im Haus?"

„Nein, ich war nicht in seinem Haus."

„Wir haben auf dem Messer, mit dem er erstochen wurde, Ihre Fingerabdrücke gefunden, also müssen Sie in seinem Haus gewesen sein, sogar die Tatwaffe in der Hand gehabt haben."

Lüders sieht Marion direkt in die Augen, sie weicht seinem Blick aus. Er beobachtet, wie sich winzige Schweißperlen auf ihren Handrücken bilden. Wieder räuspert sie sich.

„Okay. An dem Tag, an dem er Britta und Torge erwartete, habe ich ihm bei den Vorbereitungen für den Abend geholfen. Dabei habe ich auch das Messer in der Hand gehabt. Ich habe es sogar amüsiert in den Serrano-Schinken gerammt. Das sah sehr dekorativ aus, ehrlich."

Ihr wird das Scherzen noch vergehen, denkt Nane bei sich. Er ärgert sich über ihre schnodderige Art und fährt fort:

„Das hätten Sie uns doch aber nicht verheimlichen müssen. Aber nun. Wie kam es dazu, dass Sie Herrn Baum bei den Vorbereitungen unterstützten, hatten Sie sich verabredet?"

„Ja, wir trafen uns im Eiscafé an der Roten Pforte. Hannes hatte es eilig wegen der Gäste am Abend. Es war aber erst kurz nach eins. Ich bot ihm meine Hilfe an, er hat sie angenommen. Das ist alles."

„Wie kommt es, dass wir im Bad von Herrn Baum dieselbe Gesichtscreme im Regal fanden, wie sie zu Hause in Ihrem Badezimmer auch steht? Wenn Sie noch nie zuvor dort gewesen sein wollen, frage ich Sie: Wie kommt der Spender dorthin? Herr Baum verwendete eine Gesichtspflege aus einer Herrenserie."

„Haben Sie deshalb in meinem Bad herumgeschnüffelt? Ich weiß nicht, was Sie von mir wollen. Ich hatte die Creme in der Handtasche und habe sie dort benutzt und vergessen!"

„Wieso waren Sie nicht auf der Gästetoilette, die sich im Erdgeschoss befindet? Haben Sie jetzt auch Ihre Gesichtspflege dabei?"

„Weil es oben schöner ist, deshalb bin ich hoch, und nein, jetzt habe ich die Creme nicht dabei."

„Woher wussten Sie, dass es oben schöner ist?"

„Ich habe mit Hannes Baums Tod nichts zu tun."

„Frau Petereit, wann haben Sie an dem Tag, als Hannes Baum starb, das Haus tatsächlich verlassen?"

„Kurz vor fünf war es, glaube ich. Es waren unverhofft Freunde aus Düsseldorf vorbeigekommen. Die beiden Männer bedauerten sehr, dass ich am Abend nicht dabei sein würde. Mit ihnen habe ich, als alles fertig war, ein Glas Sekt getrunken und bin gegangen."

„Auch das haben Sie uns verschwiegen. Warum?"

Das Gesicht von Marion Petereit ist von einer eigenartigen Röte überzogen. Sie wird sichtlich nervöser und kratzt sich andauernd den Kopf.

„Sie lügen, Frau Petereit. Sie haben das Haus so früh noch nicht verlassen. Britta Bergmann hat Sie gesehen, als Sie das Haus sehr viel später, Stunden später, durch die Hintertür verlassen haben", blufft Lüders.

„Kann nicht sein. Ich bin gegen fünf weg."

„Spüren Sie, wie eng sich die Schlinge um Ihren Hals zieht? Sagen Sie uns doch endlich die Wahrheit, das würde uns allen viel Zeit sparen. Kommen wir zu

Ihrem Ring, dem Verlobungsring von Jonas Jeute, Ihrem Geliebten. Würden Sie ihn bitte kurz abnehmen?"

„Warum sollte ich das tun? Einen Verlobungsring abzunehmen bringt Unglück."

„Da könnten Sie recht haben. Also bitte lassen Sie mich den Ring kurz ansehen, oder drehen Sie ihn einfach einmal ganz herum, dass ich ihn von allen Seiten betrachten kann ... Sehen Sie, dort."

Nane zeigt mit der Spitze seines Kugelschreibers auf die Stelle, an der einer von fünf Steinen fehlt.

„Wir von der Kripo leiden an so einer Art ... nennen wir es mal Messie-Syndrom. Wir heben alles auf, auch, was wir auf den ersten Blick nicht brauchen. Und in Augenblicken wie diesem, da holen wir Dinge wieder hervor, und manchmal bekommt eine klitzekleine Sache mit einem Mal eine ganz große Bedeutung.

Dieser kleine blinkende Stein zum Beispiel, der in Ihrem Ring fehlt. Können Sie sich vorstellen, wo wir den gefunden haben? Ich sag's Ihnen: Man hat ihn bei der Leichenschau aus der Stichverletzung in Hannes Baums Rücken gepult. Und jetzt sagen Sie mir bitte, wie er dahin gekommen ist.

Wir gehen davon aus, dass Sie Hannes Baum getötet haben. Ich will Ihnen auch sagen, warum: Sie hatten eine Stinkwut auf Britta, da kommt sie zu Besuch und er legt ihr Rosenblütenblätter ins Gästehandtuch und schreibt auch noch was Nettes dazu. Das konnten Sie nicht zulassen, eine Beziehung mit ihr neben Ihnen sollte er nicht haben. Das hätten Sie nicht ausgehalten. Sie sollte ihn auf keinen Fall bekommen. Sie hatten ihr zwar den Jonas ausgespannt, aber andersherum ...

Ich gebe zu, das allein ist kein Grund, jemanden umzubringen, aber das war auch nur der Auslöser. Sie sind überführt, Frau Petereit, oder sehen Sie es anders? Ich schlage vor, Sie gestehen endlich und erzählen uns, was an diesem Abend bei Herrn Baum im Haus abgelaufen ist."

„Er hat bekommen, was er verdient. Der Mann taugte so viel wie ein Stück verschimmeltes Brot. Es ist gut, dass er tot ist."

Nane hat nicht erwartet, dass sie in Tränen ausbricht, aber über ihre kaltschnäuzige Art ist er entsetzt. ‚Es ist gut, dass er tot ist', hatte auch Britta Bergmann mehrfach gesagt, aber es hatte anders geklungen.

„Ich schlage vor, wir machen eine kurze Pause und dann zeichnen wir Ihr umfassendes Geständnis auf. Einverstanden?"

Frau Petereit nickt. „Wo ist die Toilette?"

„Gibt's das? Wie kann man so gefühllos über alles hinwegfegen? Ich bin gespannt wie ein Flitzebogen, was wir gleich zu hören bekommen. Jetzt brauch ich 'n Kaffee, wer noch?"

„Ich zwei", meldet sich Oke, „aber ich verschwinde erst mal."

Auf dem Weg zum Klo fällt sein Blick zufällig auf die Straße. Er macht auf dem Absatz kehrt und rast die Treppenstufen hinunter. Kurz bevor Frau Petereit ihr Auto erreicht hat, ist er neben ihr.

„Das ist jetzt aber eine ganz schlechte Idee. Kommen Sie."

Als er Marion am Arm packt, fegt sie verächtlich seine Hand beiseite. „Ich kenne den Weg."

Grietje Paulsen stellt Tassen und Gläser auf den Tisch und gießt den Kaffee in die Warmhaltekanne.

„Wo bleibt sie nur so lange? Ich geh mal nachsehen."

Gerade als Grietje die Tür öffnet, kommen Oke und Frau Petereit ihr entgegen.

„Ach, da sind Sie ja."

„Frau Petereit war im Begriff, uns zu verlassen. Bin gleich wieder da."

Als alle wieder um den Tisch herumsitzen, beginnt Marion ohne Aufforderung zu erzählen.

„Ich war's. Er hat es nicht anders verdient. Hannes Baum und ich hatten ein Verhältnis. Manchmal wohnte ich ein paar Tage bei ihm, wenn wir uns auf den Keks gingen, zog ich mich in meine Wohnung zurück. Das klappte ganz gut, bis eines Tages Igor auftauchte.

Er hatte Hannes observieren lassen und der Detektiv, der für ihn arbeitete, war dabei auf mich gestoßen. Hatte herausgefunden, dass ich Kontakt zu Hannes hatte. Er wusste, wo ich arbeite, dass ich regelmäßig das Fitnessstudio im Industriegebiet besuche, und vieles mehr. Um sich an mich heranzuschleichen, hat sich Igor ebenfalls im Fitnessstudio angemeldet. Ich habe keinerlei Verdacht geschöpft, wie auch? Ein netter Mann, den man beim Training trifft. Wir fanden einander sympathisch und trafen uns gelegentlich auch außerhalb des Sports.

Eines Tages begann er über seinen Beruf zu erzählen. Er fand es fair, weil ich dabei auch eine Rolle spielen würde. Im Nachhinein betrachtet war ich Teil seines Vorhabens. Er musste mich nur noch instrumentalisieren. Er erklärte seine aufwändige Recherche damit, dass zwischen Hannes und seiner Organisation von früher eine Rechnung offen sei. Hannes schuldete ihm Geld, sollte er nicht freiwillig den Betrag zurückzahlen, würde es bedauerlicherweise nur eine Lösung geben. Ihm würde niemand Geld schuldig bleiben, sonst ..."

Sie macht eine Handbewegung, als würde sie jemandem die Gurgel durchschneiden.

„Ich war entsetzt über die rigorose Methode, doch Stück für Stück wusste Igor mir durch die Blume Informationen zukommen zu lassen, die mich innerlich zur Weißglut brachten.

Hannes war dabei, sich an Britta heranzumachen. Sie trafen sich immer heimlich im Hotel Rosenburg. Am Ende war ich so weich gekocht und ebenso überzeugt, dass es nur eine einzige Lösung geben konnte:

Hannes musste weg. Er hatte nicht nur mich enttäuscht.

Meine Instabilität, ich hatte schließlich vor nicht allzu langer Zeit meinen Verlobten Jonas verloren, und meine Fassungslosigkeit darüber, dass Hannes mich betrog, waren ausschlaggebend für die Überlegung, mich möglicherweise für eine Zusammenarbeit mit Igor zu entscheiden. Nach seinem Plan war alles ganz easy.

Der Zugriff sollte an dem Tag erfolgen, an dem Hannes Britta und Torge Bergmann zum Essen in sein Haus eingeladen hatte. Igor erklärte die Vorgehensweise. K.-o.-Tropfen und eine Schusswaffe würden die Umsetzung des Konzepts zu einem Kinderspiel machen.

Das Stichwort für meinen Einsatz hieß ‚Nach russischem Brauch mit Wodka auf die Freundschaft anstoßen'. Dann oder kurz danach würden Alexander und er sich verabschieden und mein Auftritt sei gefragt. Weil sich alles nicht explizit auf die Minute planen ließe, wollte sich Igor auf meine Kreativität und Intuition verlassen. Wer eine solche Wut im Bauch habe, könne nichts falsch machen, ermutigte er mich. Ich müsse mir nur immer wieder vorstellen, dass Hannes ein Doppelleben führe und mich betrog. Ich sagte zu.

Zu Hause angekommen, habe ich dann noch einmal hin und her überlegt. Alles, was Igor eindrucksvoll bildhaft geschildert hatte, verblasste mit jeder Erinnerung an schöne Stunden mit Hannes immer mehr. Eines wurde mir klar: Ich sollte mir für Igors Organisation die Finger schmutzig machen und das Risiko tragen. Trotz des verlockenden Angebotes, fünftausend Euro zu kassieren, zog ich meine Zusage zurück.

Das sei kein Problem, sagte Igor. Ich könne noch bis zum Schluss überlegen, seine Handynummer hätte ich ja. Sollte er von mir nichts hören, würden er und Alexander eine Lösung finden. So gesehen stand ich nicht unter Druck. Immer wieder drängten sich die positiven Erlebnisse in den Vordergrund. Im Grunde war Hannes der Mann, der voll meinem Geschmack entsprach. Sportlich, gut aussehend, witzig und zu haben, das dachte ich zumindest. Das Wechselspiel des Für und Wider hielt mich eine Weile in Schach. Das Wissen, dass Hannes für Geld eine junge Nutte aus dem Weg zu schaffen bereit gewesen war, ließ ihn in eine finstere Ecke rücken. Dass ich für Hannes' Beförderung ins Jenseits ebenfalls Geld kassieren würde, sah ich als eine andere Veranstaltung an. In Anbetracht der Tatsache, dass er zu Britta eine Liebesbeziehung unterhielt, hatte ich unser Verhältnis gedanklich beendet. Bisher hatte ich ihm gegenüber nicht erwähnt, dass ich davon wusste, schließlich waren die Verhandlungen zwischen mir und Igor nicht endgültig abgeschlossen. Auf jeden Fall würde ich mir Hannes Baum vorknöpfen. Er war ein schlechter Groschen.

Dann kam der große Tag. Ich war heimlich ins Haus zurückgekehrt und hielt mich in der oberen Etage auf. Ich sah mir Zeitschriften an. Irgendwann kam jemand die Treppe herauf und ging ins Bad. Das musste Britta sein. Hannes hatte mir gesagt, ich solle meine Sachen aus dem Bad nehmen, er wolle Britta die Benutzung der Toilette im Badezimmer anbieten, vorläufig müsse niemand von unserem Verhältnis wissen.

Es dauerte eine Weile, bis ich sie wieder runtergehen hörte. Als ich danach das Badezimmer betrat, blieb mir beinahe das Herz stehen. Auf dem Boden verstreut lagen Rosenblütenblätter, mittendrin ein rosafarbenes herzförmiges Blatt Papier. Ich hob es auf.

„Für die schönste Rose meines Lebens" las ich. Was für eine Offenbarung. Hannes war sich sicher, dass ich nicht im Haus war, deshalb konnte er es riskieren. Blind vor Wut suchte ich nach meinem Handy. Ich wählte die Nummer von Igor. Im nächsten Moment hörte ich unten im Wohnzimmer ein Telefon läuten. Igor ging in den Flur. Ich schloss die Zimmertür, um eine Rückkopplung der Geräte zu vermeiden.

‚Ich mach's', sagte ich knapp und entschlossen.

‚Perfekt, dann machen wir es so. Ich bin begeistert! Das Werkzeug hänge ich Ihnen im Flur an die Garderobe, für alle Fälle.', hörte ich ihn sagen, dann legte er auf. Was für ein Schauspieler!

Mein Herz raste. ‚Das Werkzeug hänge ich Ihnen an die Garderobe'. Richtig, eine Waffe sollte ich bekommen. Gebrauchsfertig. *Gebrauchsfertig* hieß, in diesem Fall, mit Schalldämpfer versehen und entsichert, so war es besprochen. Ich hatte noch niemals eine Waffe in der Hand gehabt, wusste nicht, wie oft ich würde schießen müssen und was für eine Schweinerei es geben würde. Einerseits konnte ich meine Wut kaum aushalten, andererseits war ich voller Angst und mordsmäßig gestresst.

Ich ging bis zum Treppenabsatz und wartete auf meinen Einsatz. Noch hing an der Garderobe weder ein Mantel noch eine Tasche, worin sich eine Waffe hätte verstecken lassen. Maximal noch eine gute Stunde, dann würden Igor und Alexander das Haus verlassen, um ihre Bahn nach Sylt zu bekommen. Danach war ich an der Reihe.

Kurze Zeit später hörte ich die Stimmen der Männer im Flur. Die Haustür wurde geöffnet. Ich schlich die Treppe hinunter und betrat durch die Küche das Esszimmer. Schnell öffnete ich die Wodkaflasche.

Etwa einen Zentimeter des Inhalts schüttete ich in die Spüle und füllte sie mit den K.-o.-Tropfen auf, schüttelte das Ganze einmal gut durch, und stellte die Flasche zurück an ihren Platz. Die Küchentür ließ ich einen Spaltbreit geöffnet, beobachtete, was passieren würde. Über den Spiegel im Esszimmer hatte ich einen guten Blick auf das Geschehen, ohne dabei gesehen zu werden. Hannes und Britta kehrten ins Wohnzimmer zurück. Gleich würde auch Torge wiederkommen.

Ich warf erneut einen Blick auf die Garderobe im Flur. Noch immer waren die Haken leer. Zu meiner Aufgeregtheit gesellte sich Panik. Ich erinnerte mich an Igors Aussage, intuitiv das Richtige zu tun. ‚Wer so voller Hass ist, macht keinen Fehler.' Mein Blick fiel auf das Messer, das auf dem großen Holzbrett neben dem Schinkenrest lag. Das Messer würde ich nehmen. Die Klinge schien stabil und nicht zu lang.

Als ich dann Hannes sagen hörte, was für ein schönes Paar Britta und er abgeben würden, wäre ich ihm am liebsten aus meinem Versteck heraus an den Hals gesprungen. Dann wurde ich plötzlich ruhig und ich war mir sicher, dass ich tun musste, was ich gleich tun würde.

Er füllte die Gläser, ich hörte, wie sie aneinanderstießen.

‚Du bist so ein gottverdammtes Arschloch', hörte ich Britta sagen, dann flog ein Glas durch die Gegend und fiel auf den Dielenboden. Im Spiegel sah ich, wie Hannes zu Boden glitt und mit dem Gesicht nach unten liegen blieb. Ich griff schnell nach dem Messer und war mit einem Satz neben ihm. Britta sank in diesem Augenblick, mit dem Rücken zu mir, ebenfalls zu Boden.

Wie eine Furie hielt ich das Messer in beiden Händen und stieß es mit aller Wucht und einer Kraft, die einen Riesen hätte töten können, Hannes in den Rücken. Es saß mit nur einem Stich, steckte fest, das Blut begann zu sprudeln.

Gleich würde Torge zurück sein. Torge. Ich hielt inne. Ich hob kurz Brittas Oberkörper an und zog ihre Hände einmal durch das blutige Rinnsal, das Hannes aus dem Rücken lief. Dann ließ ich sie fallen, und sie kippte leblos zur Seite weg.

Ohne mich noch einmal umzusehen, ging ich durch die Küche zum Hinterausgang. Ich schnappte mir meine Umhängetasche, die im Windfang am Haken unter einer Jacke hing, daneben, ein Jutebeutel mit einem harten Gegenstand.

‚Zu spät', dachte ich bei mir und verließ eilig über den Hof durch die Gartenpforte das Grundstück."

Das Geständnis klingt wie eine szenische Lesung aus einem Drehbuch. Knisternde Spannung. Der Staatsanwalt fängt sich als Erster.

„Sagen Sie, Frau Petereit, warum haben Sie das getan?"

„Ich habe es getan, weil er nichts anderes verdient hat, ganz einfach."

„Ich meine, warum haben Sie den Anschein erwecken wollen, als hätte Frau Bergmann Hannes Baum getötet?"

„Für den Bruchteil einer Sekunde hatte ich das Gefühl, Torge würde auf mich zukommen. Auf mich! Kaum war der Gedanke da, folgte auch schon die Handlung. Es würde so aussehen, als sei Britta es gewesen. Das konnte nicht falsch sein. Es war reine Intuition. Warum ich? Sie hatte schon einmal mein Leben ruiniert, meine Pläne durchkreuzt. Jetzt war die Gelegenheit, sich zu revanchieren.

Ich dachte noch, es ist besser, der Polizei wird ein Täter präsentiert, als wenn sie erst danach suchen muss. Wenn ein Mensch mit Blut an den Händen neben jemandem liegt, aus dem das Blut herausläuft, passt es doch. Über Fingerabdrücke auf dem Messerschaft musste ich mir keine Gedanken machen. Sowohl sie als auch ich waren damit in Berührung gekommen. Ich habe nicht gewusst, was der Mensch so alles innerhalb von Sekunden zu denken in der Lage ist.

Ich würde Torge zur Seite stehen, wenn seine Frau im Gefängnis sitzt ..."

„Wenn jetzt jemand sagen würde ‚Schalte mal einer den schlechten Film ab', dann wäre ich dafür. Ich könnte sonst was."

Kopfschüttelnd lehnt sich Nane auf seinem Stuhl zurück, er verschränkt die Arme. Was für ein verabscheuungswürdiges Verhalten.

Die Frau gehört in psychiatrische Behandlung.

„Jemand noch Fragen an Frau Petereit? Nicht? Dann können wir sie abholen lassen. Sag bitte den Kollegen von der Wache Bescheid, Grietje. Frau Petereit, ich nehme Sie fest wegen des Mordes an Hannes Baum."

Mit der letzten ihm zur Verfügung stehenden Kraft hat Nane die Worte gesprochen. Er ist erschöpft und kraftlos.

Melf Thomsen geht einmal um den Tisch herum. „Da ich nicht ausschließen kann, dass Sie sich dem Verfahren entziehen, werde ich morgen beim Amtsgericht die Anordnung der Untersuchungshaft beantragen. Bis dahin werden Sie hier in Gewahrsam bleiben."

Die MS Ekke Nekkepen ist am Beisetzungsort angekommen. Der Schiffsmotor verstummt. Im Salon auf dem Tisch steht die mit roten Rosen geschmückte Urne mit der Asche von Britta Bergmann. Die Trauergäste haben Platz genommen, lauschen andächtig der Trauerrede des Kapitäns. Es folgt eine Gedenkminute. Im Anschluss begeben sich die Angehörigen an Deck, von wo aus der Kapitän die Urne dem Meer übergibt. Ein sehr bewegender Augenblick. Die Urne sinkt, das Rosenbouquet bleibt an der Wasseroberfläche zurück.

Die MS Ekke Nekkepen fährt eine Ehrenschleife um den Punkt, an dem die Urne in die Tiefe sank.

Drei lange Töne der Schiffssirene kündigen das Antreten der Rückreise an. Sie dauert etwa fünfundvierzig Minuten. Im Salon werden Getränke und Kanapees gereicht.

Torge Bergmann und Nane Lüders stehen nebeneinander an der Reling. In wenigen Augenblicken hat das Schiff seinen Liegeplatz in Hörnum erreicht.

„Ich danke Ihnen, Herr Lüders, dass Sie meiner Frau die Ehre erwiesen haben, sie auf dem letzten Weg zu begleiten. Ich fühle mich gut mit der Entscheidung, die wir in der Familie getroffen haben, für Britta eine Seebestattung zu wählen. Sie hat sich ein Grab auf Sylt gewünscht, hat die Nordsee über alles geliebt, wir haben ihre Überreste der Nordsee übergeben. Den Ermittlungsergebnissen zufolge müssen wir davon ausgehen, dass sie hier am Hörnumer Südstrand ins Wasser gegangen ist. Ebenso ist ihr letzter Brief an mich hier auf der Terrasse unseres Lieblingsrestaurants entstanden. Alles hat sich zu einem Kreis geschlossen. Ich denke, ihr wird es gefallen."

Das Schiff hat angelegt. Die Männer nehmen sich in den Arm. Ergriffen geht Nane Lüders von Bord.

*

Als er in Husum aus dem Zug steigt, ist die Schwere der Freude gewichen. Sein Auto hatte Nane auf dem Parkplatz neben dem Bahnhof abgestellt. Er fährt direkt zum Krankenhaus, um Frauke abzuholen. Zu seiner großen Freude hatte sie eingewilligt, die erste Woche nach ihrer Entlassung bei ihm in seinem Haus zu verbringen.

Er hat allerhand Veränderungen vorgenommen, hofft, dass ihm die eine oder andere Überraschung gelungen ist. Bei dem Gedanken daran muss er schmunzeln.

Was sie wohl sagen wird?

Er fühlt sich wie ein Kind, das eine Heimlichkeit nicht für sich behalten kann, und ist froh, als sie endlich im Hausflur stehen.

„Komm rein, wir können gleich essen."

„Du hast gekocht?"

„Klar hab ich das. Hühnersuppe. Eine leckere, gesunde Hühnersuppe von einem frischen Suppenhuhn vom Markt. Und ich habe nicht kochen lassen, hab alles selbst gemacht, sogar das Fleisch von den Knochen gepult. Das war ganz schön viel Arbeit."

Den Tisch hat er liebevoll gedeckt. Tischdecke, Servietten, Kerzen.

Frauke ist beeindruckt.

„Ich stell den Herd schon mal an, dann kann's gleich losgehen. Während die Suppe warm wird, möchte ich dir aber etwas zeigen, komm."

Nane legt den Arm um Fraukes Schultern, geht mit ihr den Flur entlang, öffnet die Schlafzimmertür.

„Nane, was ist das denn? Das ist ja so was von allerliebst. Wo hast du das denn aufgetrieben?"

„Selbst gebastelt, nach einer Anleitung im Internet."

Ein aus weißen Handtüchern gefaltetes Schwanenpaar ziert das Bett. In Fraukes Augen liegt ein feuchter Glanz.

„Warte", sagt Nane, öffnet die Tür zum Abstellraum und kehrt mit einem riesigen Strauß roter Rosen zurück.

„Frauke." Er räuspert sich. „Ich möchte dich fragen, ob du meine Frau werden willst."

Überwältigt sieht sie ihn an, drückt ihm einen Kuss auf die Wange. Ihr Gesicht ist tränenfeucht. Nane glaubt, ein gehauchtes Ja gehört zu haben. Selbst wenn nicht. Was gibt es Schöneres, als über strahlende Augen den anderen ohne Sprache zu verstehen?

In inniger Umarmung genießen beide das Glücksgefühl, während ihnen der köstliche Duft der Hühnersuppe in die Nase steigt.

All denen, die mich seelisch, moralisch, fachlich und sachlich, familiär und freundschaftlich unterstützt haben, damit dieses Buch entstehen konnte, sei an dieser Stelle sehr herzlich gedankt.

Ganz besonders geht mein Dank an eine Einrichtung, die mir Einblick in Abläufe gewährte, die für das Schreiben dieses Romans von großer Wichtigkeit waren.

Um niemanden zu vergessen, verzichte ich auf die Namensnennung.

D A N K E   Ihnen und Euch allen.

Herzlichst
Renate Folkers

Minden, im November 2015

Im Verlag CW Niemeyer bereits erschienen ...

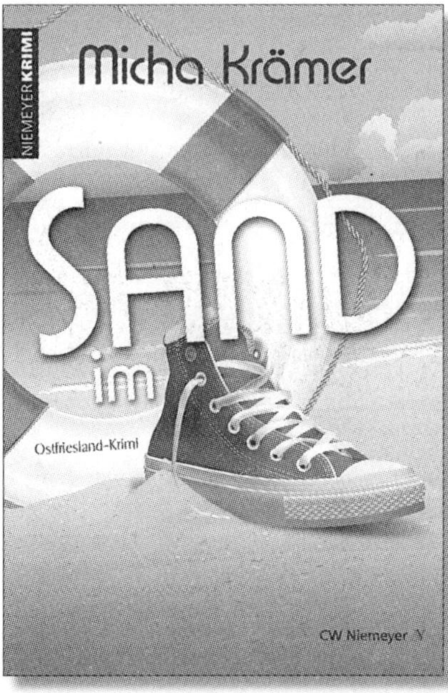

Wo zum Kuckuck ist Harald von Friedwitz bloß abgeblieben? Nach einem feuchtfröhlichen Abend stehen am nächsten Morgen nur noch seine herrenlosen Schuhe am Strand der Nordseeinsel Langeoog. Ein Unglück? Oder könnte er sich etwas angetan haben? Vielleicht ist ihm auch lediglich der giftige Kugelfisch nicht bekommen, den der japanische Koch ihnen zum Abendessen servierte. Für Oberkommissarin Nina Moretti, die sich so auf ihren erholsamen Nordseeurlaub gefreut hatte, beginnt ein Wettlauf mit der Zeit.

Micha Krämer. Sand im Schuh
320 Seiten. Paperback. ISBN 978-3-8271-9527-2
E-Book 978-3-8271-9694-1 (Pdf)
978-3-8271-9894-5 (Epub)

Im Verlag CW Niemeyer bereits erschienen ...

Ein St. Pauli-Spieler verschwindet spurlos nach seinem ersten Hamburger Marathon. Weitere Läufer werden als vermisst gemeldet. Zufall? Eine heiße Spur führt Kommissarin Sandra Holz auf ein luxuriöses Kreuzfahrtschiff. Was geht dort tatsächlich vor? Und welche Rolle spielen die beiden Asiaten im schwarzen Transporter? Die Kommissarin tappt im Dunkeln - und dann wird der Fall persönlich.

Klaus E. Spieldenner. Start Ziel Tod
352 Seiten. Paperback. ISBN 978-3-8271-9427-5
E-Book 978-3-8271-9657-6 (Pdf)
978-3-8271-9857-0 (Epub)

Krimis finden Sie unter ...